策　　劃	鄭海檳　吳冠曼
責任編輯	鄭海檳
書籍設計	吳冠曼
排　　版	楊　錄
插　　畫	于　霆
朗　　讀	田南君　張艷玲

書　　名	地道粵語（香港話）：20天流利說（錄音掃碼即聽版）
	Ease into Cantonese
編　　著	鄭定歐
出　　版	三聯書店（香港）有限公司
	香港北角英皇道 499 號北角工業大廈 20 樓
	Joint Publishing (H.K.) Co., Ltd.
	20/F., North Point Industrial Building,
	499 King's Road, North Point, Hong Kong
香港發行	香港聯合書刊物流有限公司
	香港新界荃灣德士古道 220-248 號 16 樓
印　　刷	美雅印刷製本有限公司
	香港九龍觀塘榮業街 6 號 4 樓 A 室
版　　次	2017 年 4 月香港第一版第一次印刷
	2024 年 3 月香港第二版第一次印刷
規　　格	32 開（130 mm × 190 mm）224 面
國際書號	ISBN 978-962-04-5435-6

© 2017, 2024 Joint Publishing (Hong Kong) Co., Ltd.

Published & Printed in Hong Kong, China.

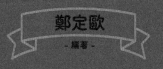

鄭定歐
- 編著 -

（錄音掃碼即聽版）

地道粵語

（香港話）
20 天流利説

EASE INTO
CANTONESE

目錄

前言 002

粵語語音系統 006

粵語常用字表 008

粵語傳意項目 112

01. 農曆新年 012

02. 恭喜發財 022

03. 茶餐廳 032

04. 購物天堂 042

05. 市井旺角 052

06. 麥嘜同麥兜 062

07. 迪士尼樂園 072

08. 沙灘游水 082

09. 黑幫影片 092

10. 香港電車 102

11. 籌備婚禮非易事 120

12. 香港師奶要升呢 130

13. 此兩不同彼兩 140

14. 至乞人憎嘅惡習 150

15. 新沙士殺到埋身 160

16. 我哋呢班打工仔 170

17. 馬照跑 180

18. 投資有道 190

19. 澳門小城 200

20. 漂在香港 210

每課學習重點

課次	話題	會話（一）	會話（二）	鬼馬詞語話你知
01	節慶	留港過年	外出過年	利是逗來
02	問候	喬遷之喜	創業夢想	喜慶祝賀
03	飲食	飲啲乜？	食啲乜？	食肆用語
04	購物	炒唔炒得起	劏你都有份	港紙叫法
05	風土	話說灣仔	重慶大廈	樓宇戶型
06	動漫	麥兜正傳	"港漫"係乜	說"煲"
07	休閒	海洋公園	R66 旋轉餐廳	同形異義詞
08	運動	行山	離島遊	賊仔與老鼠
09	影視	電影危機	紅館開騷	態度輕浮
10	交通	遊電車河	香港地鐵	單音節擬聲詞
11	戀愛	紅色炸彈	奉子成婚	婚戀用語
12	教育	"怪獸家長"①	"怪獸家長"Ⅱ	新潮英語借詞
13	差異	此團友不同彼團友	百搭文化	此雞不同彼雞
14	禮儀	吐痰要講文明	何必爆粗	雲吞
15	健康	維他命丸	只求"四得"	說"命"
16	商務	點叫老細加薪	打工仔嘅新文化	檸檬茶
17	娛樂	六合彩	風水	跑馬用語
18	投資	唔做功課點投資	創業起步難	水為財
19	旅遊	手信兩餅	小賭怡情	賭場用語
20	移民	融入香港：求學	融入香港：求職	□（hea^3）

前言

"差不多三年前，你不是跟人家合作出版了《粵語（香港話）教程》的嗎？賣得不錯嘛。怎麼這麼快又出版了新版本啊？"

沒錯，市場第一。一來幫助捧場的讀者朋友提升學習香港話的能力，二來對香港特有的語言文化做一深度的介紹。正如主管所要求的，最重要要有港味。"有港味"就是說，不要停留在語言描寫的層面，要催生對其相輔相成的文化的感知。而要寫出"有港味"的教材，當然要市井（"市井"並無雅俗之分）、貼近生活、富於情趣並存。要知道，相對於廣州話和澳門話，香港話內聚力和外張力都很強，認同感和親切感都很鮮明。

那如何定義"港味"呢？拿"港"來說，一聽到"港孩"，大家都會自然而然地聯想到"逃學小子"（逃學威龍）；"港女"，任性多變的標籤是跑不掉的。至於"味"，這味兒那味兒，社會言語裏面確實不少。這是因為都關係到一種語言固有的思想觀念、生活習性和表述上的偏好。比方說，"梁小姐和王先生結婚，昨晚兩人十指緊扣出現在婚宴上，孕味正濃哪"這個句子指的是"奉子成婚"。剛剛成為王太太的梁小姐身形孕味十足，肚皮稍稍凸了出來。又比方説，"糊味"（粵語為"燶味"，原指食品燒焦）指的是股市瀕於崩盤，隨時招致慘重的損失。再比方説，"煳味"（粵語為"爩味"，原指電線燒焦）指的是一副窘態，正如你請女朋友的母親吃飯卻拿一張刷爆了信用額的信用卡去結賬一樣。

　　所以説，你現在手裏拿着的這本書的二十課，二十個話題都是在這個層面發揮：説"人"，從麥兜説到旺角人；説"物"，從有軌電車説到獅子山精神。超值享受哪！你還不趕緊到付款處付款？

鄭定歐

2017 年 4 月

本書附贈 MP3 錄音，請掃描二維碼或登錄網站：
https://www.jpchinese.org/cantonese 獲取。

小測試：
前言的粵語版，你能看得懂多少？

"Qin4 sam1 nin4 dou6-2 néi5 mei6 hei6 tung4 yen4 heb6 zog3 cêd1 zo2 "Yud6 Yu5
"前 三 年 度 你 咪 係 同 人 合 作 出 咗《粵 語

(Hêng1 Gong2 Wa6-2) Gao3 Qing4" gé2, dou1 mai6 deg1 géi2 hêng4 a1. Med1 gem2 fai3
（香 港 話）教 程》嘅，都 賣 得 幾 衡 吖。乜 咁 快

yeo6 lei1 bun2 sen1 gé3 a3?"
又 嚟 本 新 嘅 呀？"

Mou5 co3、 xi5 cêng4 hei6 wong4 dou6. Yed1 lei4 bong1 di1 pung4 cêng4 gé3 dug6 zé2
冇 錯，市 場 係 王 道。一 嚟 幫 啲 捧 場 嘅 讀 者

peng4 yeo5 xing1 lé1, yi6 lei4 sem1 dou6 gai3 xiu6 yed1 ha5 Hêng1 Gong2 deg6 yeo5 gé3 yu5
朋 友 升 呢，二 嚟 深 度 介 紹 一 下 香 港 特 有 嘅 語

yin4 men4 fa3. Hog6 za1 fid1 yen4 wa2 zai1, ji3 gen2 yiu3 yiu3 yeo5 gong2 méi6. "Yeo5
言 文 化。學 揸 弗 人 話 齋，至 緊 要 要 有 港 味。"有

gong2 méi6" jig1 hei6 m4 hou2 ting4 leo4 hei2 yu5 yin4 miu4 sé2 gé3 ceng4 min6-2, yiu3 cêu1
港 味" 即 係 唔 好 停 留 喺 語 言 描 寫 嘅 層 面，要 催

seng1 dêu3 kéi5 sêng1 fu6 sêng1 xing4 gé3 men4 fa3 gé3 gem2 ji1. Yi4 yiu3 sé2 cêd1 "yeo5
生 對 其 相 輔 相 成 嘅 文 化 嘅 感 知。而 要 寫 出 "有

gong2 méi6" gé3 gao3 coi4, geng2 hei6 yiu3 xi5 zéng2 ("xi5 zéng2" bing6 mou5 nga5 zug6
港 味" 嘅 教 材，梗 係 要 市 井（"市 井" 並 無 雅 俗

ji1 fen1)、 tib3 déi6, qing4 cêu3 bing6 qun4, gem2 xin1 ji3 wui5 yen5 héi2 dug6 zé2 peng4
之 分）、貼 地、情 趣 並 存，嗽 先 至 會 引 起 讀 者 朋

yeo5 gé3 gung6 ming4. Néi5 ji1 la1, sêng1 dêu3 yu1 Guong2 Zeo1 Wa6-2 tung4 Ngou3 Mun4-2
友 嘅 共 鳴。你 知 啦，相 對 於 廣 州 話 同 澳 門

Wa6-2, Hêng1 Gong2 Wa6-2 noi6 zêu6 lig6 tung4 ngoi6 zêng1 lig6 dou1 hou2 kêng4, ying6 tung4
話，香 港 話 內 聚 力 同 外 張 力 都 好 強，認 同

gem2 tung4 cen1 qid3 gem2 dou1 hou2 xin1 ming4.
感 同 親 切 感 都 好 鮮 明。

Med1 yé5 wei4 ji1 "gong2 méi6" né1 ha2? "Gong2" gé3 wa6, yed1 téng1 dou3-2 "gong2
乜 野 為 之 "港 味" 呢 吓？"港" 嘅 話，一 聽 到 "港

hai4", dai1 ga1 dou1 ji6 yin4 yi4 yin4 gem2 lün4 sêng2 dou3 "tou4 hog6 wei1 lung4"; "gong2
孩"，大 家 都 自 然 而 然 嗽 聯 想 到 "逃 學 威 龍"；"港

nêu5-2", "m4 ga3 yeo6 ga3" gé3 biu1 qim1 zeo2 m4 led1. Ji3 yu1 "méi6", med1 méi6
女"，"唔 嫁 又 嫁" 嘅 標 籤 走 唔 甩。至 於 "味"，乜 味

med⁶ méi⁶, sé⁵ wui⁶⁻² yin⁴ yu⁵ lêu⁵ teo⁴ m⁴ xiu² ga³. Gai¹ yen¹ ni¹ di¹ guan¹ fu⁴ yed¹

物 味，社 會 言 語 裏 頭 唔 少 㗎。皆 因 呢 啲 關 乎 一

zung² yu⁵ yin⁴ gu³ yeo⁵ gé³ xi¹ sêng¹ gun¹ nim⁶, seng¹ wud⁶ zab⁶ xing³ tung⁴ mai⁴ biu² sêd⁶

種 語 言 固 有 嘅 思 想 觀 念、生 活 習 性 同 埋 表 述

sêng⁶ gé³ pin¹ hou³. Péi³ yu⁴ gong², "Miss Lêng⁴⁻¹ tung⁴ Wong⁴⁻² Sir lai¹ mai⁴ tin¹

上 嘅 偏 好。譬 如 講，"Miss 梁 同 王 Sir 拉 埋 天

cêng¹, kem⁴ man⁵ lêng⁵ yen¹ seb⁶ ji² gen² keo³ cêd¹ yin⁶ hei³ fen¹ yin³, yen⁶ méi⁶ nung⁴

窗，琴 晚 兩 人 十 指 緊 扣 出 現 喺 婚 宴，孕 味 濃

bo³⁻¹ ni¹ gêu³, ji² gé³ hei³ "fung⁶ ji² xing⁴ fen¹". Ngam¹ ngam¹ bin³ zo² zou⁶ Wong⁴

嗻" 呢 句，指 嘅 係 "奉 子 成 婚"。啱 啱 變 咗 做 王

Tai³⁻² gé³ Miss Lêng⁴⁻¹ sen¹ ying⁴ yen⁶ méi⁶ seb⁶ zug¹, tou⁵ péi⁴ méi¹ ted² a¹ ma³. Yeo⁶

太 嘅 Miss 梁 身 形 孕 味 十 足，肚 皮 微 凸 吖 嘛。又

péi³ yu⁴ gong², "nung⁴ méi⁶", ji² gé³ hei³ cao³ gu² pen⁴ yu¹ beng¹ pun⁴⁻², fen¹ fen¹ zung¹

譬 如 講，"燶 味"，指 嘅 係 炒 股 瀕 於 崩 盤，分 分 鐘

xun² seo² lan⁶ gêg³. Zoi³ péi³ yu⁴ gong² "lo³ méi⁶", ji² gé³ hei⁶ long⁴ bui³ bed¹ hem¹,

損 手 爛 腳。再 譬 如 講 "爛 味"，指 嘅 係 狼 狽 不 堪，

hou² qi⁵ céng² nêu⁵ peng⁴ yeo⁵ gé³ ma¹ mi¹⁻⁴ xig⁶ fan⁶, lo² ju⁶ zêng¹ lug¹ bao³ zo² gé³ kad¹

好 似 請 女 朋 友 嘅 媽 咪 食 飯，攞 住 張 碌 爆 咗 嘅 卡

hêu³ mai⁴ dan¹ gem².

去 埋 單 嘅。

So² yi⁵ wa⁶ né¹, néi⁵ yi⁴ ga¹ za¹ ju⁶ hei² seo² go² bun² xu¹ séng⁴ ya⁶ fo³, ya⁶ go³

所 以 話 呢，你 而 家 揸 住 喺 手 嗰 本 書 成 廿 課，廿 個

wa⁶ tei⁴ dou¹ hei⁶ hei² ni¹ go³ ceng¹ min⁶⁻² fad⁶ fei¹: "yen⁴", cung⁴ Meg⁶ Deo² gong²

話 題 都 係 喺 呢 個 層 面 發 揮："人"，從 麥 兜 講

dou³ MK zei²; "med⁶", cung⁴ ding¹ ding¹ cé¹ gong² dou³ xi¹ ji² san¹ jing¹ sen⁴. Qiu¹ sai³

到 MK 仔；"物"，從 叮 叮 車 講 到 獅 子 山 精 神。超 晒

jig⁶ la¹, néi⁵ zung⁶ m⁴ cug¹ cug¹ mai⁴ hêu³ counter béi¹ qin²!

值 啦，你 仲 唔 速 速 埋 去 counter 畀 錢！

鄭定歐

2017 年 4 月

粵語語音系統

本書採用之拼音體系，為"廣州話拼音方案"。

（一）聲母（19 個）

b	p	m	f
爸	趴	媽	花
ba	pa	ma	fa
d	t	n	l
打	他	拿	啦
da	ta	na	la
z（j）	c（q）	s（x）	y
渣	叉	沙	也
za	ca	sa	ya
g	k	ng	h
家	卡	丫	蝦
ga	ka	nga	ha
gu	ku	w	
瓜	誇	蛙	
gua	kua	wa	

（二）韻母（54 個）

元音＼韻尾	-i	-u	-m	-n	-ng	-b	-d	-g
a	ai	ao	am	an	ang	ab	ad	ag
呀	唉	拗	（監）*	（間）	（耕）	鴨	（壓）	（隔）
	ei	eo	em	en	eng	eb	ed	eg
	矮	歐	庵	（根）	鶯	（急）	（不）	（北）

韻尾／元音	-i	-u	-m	-n	-ng	-b	-d	-g
é（些）	éi（卑）			én**（軚）	éng（廳）			ég（隻）
i 衣		iu 腰	im 淹	in 煙	ing 英	ib 葉	id 熱	ig 益
o 啊	oi 哀	ou 澳		on 安	ong（剛）		od（渴）	og 惡
u 烏	ui 回			un 碗	ung 甕		ud 活	ug 屋
ê（靴）		êu（居）		ên（津）	êng（香）		êd（出）	êg（腳）
ü 於				ün 鴛			üd 月	
	m 唔	ng 吳						

* 例字加 " （ ） " 的，只取其韻母。

** én 用於外來詞音節的韻母。如："軚仔"，源於英語中的 van，即 "小巴"（小型公共汽車）。

（三）聲調

調號	1	2	3	4	5	6
調類	陰平 陰入	陰上	陰去 中入	陽平	陽上	陽去 陽入
調值	˥˧ 或 ˥˥	˧˥	˧˧	˨˩ 或 ˩˩	˩˧	˨˨
例字	詩 色	史	試 錫	時	市	事 食

粵語常用字表

（一）人稱代詞

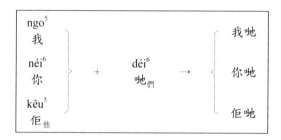

（二）指示代詞

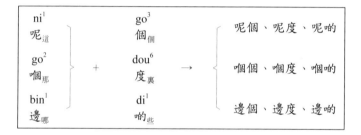

（三）疑問代詞

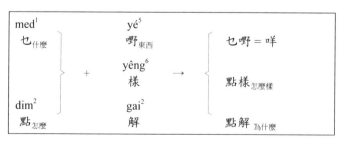

（四）否定詞

粵語	釋義	示例
m⁴ 唔	不	唔知，唔使_{不用}，好唔好，係唔係
mou⁵ 冇	沒有	有冇，冇睇過，冇意見
méi⁶ 未	沒	得未_{好了嗎}，未睇完，未去過
mei⁵ 咪	別，不是	咪客氣，咪行咁快_{別走這麼快}

（五）動詞

粵語	釋義	示例
hei⁶ 係	是	係唔係，係邊個，定係_{還是（誰 / 哪個）}
lei⁴ 嚟	來	入嚟_{進來}，我嚟先，佢嚟咗_{他來了}
wen² 搵	找	搵到，搵乜嘢，搵邊個
béi² 畀 / 俾	給	畀我，畀佢，畀錢我_{給我錢}
kéi⁵ 企	站	企出啲_{往外站}，企入啲_{往裏站}，企定啲_{站穩點}
tei² 睇	看	睇一睇，睇見佢，睇定啲_{看準點}
nem² 諗	想	諗計_{想辦法}，諗住_{想着}，諗唔起，諗清楚
king¹ 傾	談	傾偈_{聊天}，傾（一）傾_{談（一）談}，傾咗好耐_{談了好久}

（六）形容詞

粵語	釋義	示例
péng[4] 平	便宜	好平，平價_{廉價}，平到死_{便宜得很}
léng[3] 靚	漂亮	好靚，靚湯_{好湯}，靚到死／靚爆鏡_{漂亮得很}
zéng[3] 正	不錯	好正，平靚正_{便宜美觀又好使（吃）}
ngam[1] 啱	適合，正好	唔啱_{不對}，啱啱好_{剛剛好}
dim[6] 掂	好，順利， 沒問題	唔掂，搞掂，實掂_{一定行}
gug[6] 焗	悶	好焗，又逼又焗_{又擠又悶}

（七）其他詞類

粵語	釋義	示例
gé[3] 嘅	的	我嘅，你嘅，邊個嘅
hei[2] 喺	在	喺呢度，喺嗰度，喺邊度
geo[6] 嚿	塊	一嚿肉，一嚿蛋糕，一嚿石頭
men[1] 蚊／文	元	一蚊，一蚊雞_{一塊錢}，三百蚊

（八）時間表達

粵語	gem¹yed⁶ 今日	ting¹yed⁶ 聽日	kem⁴yed⁶ 琴日	jiu¹zou² 朝早	sêng⁶zeo³ 上晝	an³zeo³ 晏晝
普通話	今天	明天	昨天	早上	上午	中午

粵語	ha⁶zeo³ 下晝	man⁵heg¹ 晚黑	yi⁴ga¹ 而家	ngam¹ngam¹ 啱啱	ngam¹xin¹ 啱先	zou²pai⁴ 早排
普通話	下午	晚上	現在	剛剛	剛才	前陣子

粵語	ni¹pai⁴/gen⁶pai⁴⁻² 呢排 / 近排	geo⁶xi⁴ 舊時	go²zen⁶⁻² 嗰陣	dei⁶yi⁶yed⁶/dei⁶yi⁶xi⁶ 第二日 / 第二時
普通話	近來	從前	那時候	下次，下回，以後

（九）方位表達

粵語	sêng⁶bin⁶ 上便	ha⁶bin⁶ 下便	cêd¹bin⁶/ngoi⁶bin⁶ 出便 / 外便	yeb⁶bin⁶/lêu⁵bin⁶ 入便 / 裏便
普通話	上邊兒	下邊兒	外邊兒	裏邊兒

粵語	qin⁴bin⁶ 前便	heo⁶bin⁶ 後便	you⁶(seo²)bin⁶ 右（手）便	zo²(seo²)bin⁶ 左（手）便
普通話	前邊兒	後邊兒	右邊兒	左邊兒

（十）常用交際語

粵語	zou²sen⁴ 早晨	zou²teo² 早唞	m⁴goi¹ 唔該	m⁴goi¹sai³ 唔該晒
普通話	早安	晚安	勞駕	勞駕了

粵語	m⁴sei²hag³héi³ 唔使客氣	m⁴gen²yiu³ 唔緊要	mou⁵men⁶tei⁴ 冇問題
普通話	不用客氣	不要緊，沒關係	沒問題

01

Nung⁴ Lig⁶ Sen¹ Nin⁴

農曆新年

喺中國人嘅心目中，

農曆新年始終係至至重要嘅。

借你財星拱照
借你財運亨通
借你財源廣進
借你財來有方

香港話

Hêng¹ Gong² wa⁴ yêng⁴ gung⁶ qu², qun⁴ nin⁴ gé³ zung¹
香　港　華　洋　共　處，全　年　嘅　中

sei¹ jid³ hing⁶ bed¹ dun⁶, dan⁶ hei⁶ zung¹ guog³ yen⁴ gé³ sem¹ mug⁶
西　節　慶　不　斷，但　喺　中　國　人　嘅　心　目

zung¹, nung⁴ lig⁶ sen¹ nin⁴ qi² zung¹ hei⁶ ji³ ji³ zung⁶ yiu³ gé³. Hêng¹
中，農　曆　新　年　始　終　係　至　至　重　要　嘅。香

Gong² yen⁴ zêng¹ guo³ nin⁴ gé³ zab⁶ zug⁶ sêng¹ dong¹ yun⁴ jing² gem²
港　人　將　過　年　嘅　習　俗　相　當　完　整　噉

sêng¹ qun⁴ log⁶ lei⁴. Nin⁴ co¹ yed¹, zeng¹ sêng⁶⁻² teo⁴ ju³ hêng¹. So²
相　傳　落　嚟。年　初　一，爭　上　頭　炷　香。所

wei⁶ teo⁴ ju³ hêng¹, zeo⁶ hei⁶ hei² sen¹ nin⁴ hoi¹ sêu³ (ji² xi⁴) hêng³
謂　頭　炷　香，就　係　喺　新　年　開　歲（子　時）向

sen¹ ming⁴ ging³ fung⁶ gé³ dei⁶ yed¹ ju³ hêng¹, yi⁵ qi² kéi⁴ keo⁴ loi⁴
神　明　敬　奉　嘅　第　一　炷　香，以　此　祈　求　來

nin⁴ yed¹ cei³ sên⁶ ging². Nin⁴ co¹ yi⁶, dou³ Cé¹ Gung¹ miu⁶⁻² jun³
年　一　切　順　景。年　初　二，到　車　公　廟　轉

fung¹ cé¹, jig¹ jun³ dung⁶ miu⁶⁻² noi⁶ teg⁶ qid³ tung⁴ fung¹ cé¹ gé³ yib⁶
風　車，即　轉　動　廟　內　特　設　銅　風　車　嘅　葉

lên¹, yi⁵ keo⁴ xi⁴ loi⁴ wen⁶ jun³, "goi² wo⁶ wei⁴ cêng⁴". Nin⁴ co¹
輪，以　求　時　來　運　轉，"改　禍　為　祥"。年　初

sam¹ wei⁴ "cég³ heo⁴". Sêng¹ qun⁴ Guong² Dung¹ gu² doi⁶ wei⁴ bag³
三　為　"赤　口"。相　傳　廣　東　古　代　為　百

yud⁶ zêu⁶ gêu¹ ji¹ déi⁶, yêg⁶ sei³ bou⁶ zug⁶ wong⁵ wong⁵ hei² sen¹ sêu³
越　聚　居　之　地，弱　勢　部　族　往　往　喺　新　歲

kéi⁴ gan¹ seo⁶ dou³ kêng⁴ sei³ bou⁶ zug⁶ gé³ cêng¹ lêg⁶, so² yi⁵ xi⁶ nin⁴
期　間　受　到　強　勢　部　族　嘅　搶　掠，所　以　視　年

co¹ sam¹ wei⁴ bed¹ cêng⁴ ji¹ yed⁶, wu⁶ bed¹ bai³ nin⁴. Dou³ dou³ jing¹

初 三 為 不 祥 之 日，互 不 拜 年。到 到 正

yud⁶ ya⁶ lug⁶, gun¹ yem¹ zé³ fu³, jig¹ hêng³ gun¹ yem¹ pou⁴ sad³

月 廿 六，觀 音 借 庫，即 向 觀 音 菩 薩

zé³ qin⁴⁻², yi⁵ wui⁴ kuei⁵ sé⁵ wui⁶⁻². Xin⁶ sên¹ bid¹ sêu¹ sen¹ ming⁴: zé³

借 錢，以 回 饋 社 會。善 信 必 須 申 明：借

néi⁵ coi⁴ xing¹ gung² jiu³, zé³ néi⁵ coi⁴ wen⁶ heng¹ tung¹, zé³ néi⁵ coi⁴

你 財 星 拱 照、借 你 財 運 亨 通、借 你 財

yun⁴ guong² zên³, zé³ néi⁵ coi⁴ loi⁴ yeo⁵ fong¹. Gem¹ nin⁴⁽²⁾ zé³ fu³,

源 廣 進、借 你 財 來 有 方。今 年 借 庫，

cêd¹ nin⁴⁻² wan⁴ fu³.

出 年 還 庫。

普通話

　　香港華洋共處。全年的中西節慶不斷，但在中國人的心目中，農曆新年還是最最重要的。香港人把過年的習俗相當完整地傳承下來。年初一，爭着上頭炷香。所謂頭炷香，就是在新年開歲（子時）向神明敬奉的第一炷香，以此祈求來年一切順景。年初二，到車公廟轉風車，即轉動廟內特設銅風車的葉輪，以求時來運轉，"改禍為祥"。年初三為 "赤口"日。相傳廣東古代為百越聚居之地，弱勢部族往往在新歲期間受到強勢部族的搶掠，故視年初三為不祥之日，互不拜年。到了正月廿六，觀音借庫，即向觀音菩薩借錢，以回饋社會。善信必須申明：借你財星拱照、借你財運亨通、借你財源廣進、借你財來有方。今年借庫，明年還庫。

始終 qi² zung¹ 副詞

釋 畢竟

粵 佢始終係你親生阿媽。普 她畢竟是你親媽。

至至 ji³ ji³ 重疊副詞

釋 **最最，表強調**

粵 我至至中意就係呢首歌。普 我最最喜歡就是這首歌。

將 zêng¹ 介詞

釋 把，只用在所涉成分長的句子

粵 將頭先買嘅嘢通通放喺廚房度。普 把剛才買回來的東西全部放在廚房裏。

順景 sên⁶ ging² 形容詞

釋 （際遇）好

粵 我係前年經濟順景嗰陣買嘅樓。普 我是前年經濟好的時候買的房子。

風車 fung¹ cé¹ 名詞

釋 **廟宇用具，讓善信轉動葉輪，祈求轉運**

粵 轉吓個風車車葉啦，祈求來年順景。普 把風車葉輪轉動一下，祈求來年好運。

到到 dou³ dou³ 複合介詞

釋 **到了，後隨時間詞語**

粵 佢到到畢業嗰年結咗婚。普 她到了畢業那年結了婚。

廿 ya⁶ 數詞

釋 **二十，只用於組成複合數詞**

粵 我大佬廿七歲，細妹廿一歲。

普 我哥哥二十七歲，妹妹二十一歲。

𥚃 leng³ 動詞

[釋] **帶上某人，含累贅義**

[粵] 一個大人𥚃住三個細路，確實辛苦。[普] 一個成人帶着仨小孩兒，確實累。

hang⁴ dai⁶ wen⁶ 行大運 固化動詞

[釋] **喜慶日，在特定街區兜圈表示慶祝**

[粵] 新人喺典禮完咗後，上車行大運。[普] 新人在典禮完成後，坐車兜圈表示慶祝。

霸位 ba³ wei⁶⁻² 動詞

[釋] **佔座**

[粵] 先到先得，唔畀霸位。[普] 先到先得，不許佔座。

逗利是 deo⁶ lei⁶ xi⁶ 動詞

[釋] **收紅包兒**

[粵] 細佬哥至中意逗利是。[普] 小孩兒最喜歡收紅包兒。

正 zéng³ 感歎詞

[釋] **表示讚賞**

[粵] 嗰間印度餐廳，正！[普] 那家印度餐廳，棒極了。

hog⁶ néi⁵ wa⁶ zai¹ 學你話齋 句首短語

[釋] **正如你所說的；表示引用別人的話。“你”可用別的代詞代替，或表人的名詞。**

① [粵] 學佢話齋，做生意誠信第一。[普] 正如他所說，做生意誠信第一。

② [粵] 學我哋主任話齋，錢係搵唔晒㗎。[普] 正如我們主任所說，你不可能把所有的錢都掙下來。

唔到你 m⁴ dou³ néi⁵ 動詞

[釋] **你控制不了，表示無奈**

[粵] 喺嗰嘅情況下，唔到你嘞。

[普] 在這樣的情況下，你不得不接受現實。

黐家 qi¹ ga¹ 動詞

[釋] **戀家**

[粵] 我老公有度好：黐家。[普] 我老公有個優點：戀家。

3 微型會話 🎧 1-3

❶ 留港過年

Wei³, zung⁶ yeo⁵ m⁴ geo³ yed¹ go³ lei⁵ bai³ zeo⁶ guo³ nin⁴, yeo⁵ med¹ gei³ wag⁶ a¹?

甲：喂，仲 有 唔 夠 一 個 禮 拜 就 過 年，有 乜 計 劃 呀？

喂，還有不到一個星期就過年，有什麼計劃沒有？

Leng³ ju⁶ lêng⁵ go³ sei³ lou⁶, bin¹ dou⁶ dou¹ m⁴ sêng² hêu³, leo⁴ gong² guo³ nin⁴ la¹.

乙：褦 住 兩 個 細 路，邊 度 都 唔 想 去，留 港 過 年 啦。

兩個小孩兒真把我困住了，哪兒也不想去，只好留港過年了。

Mou⁵ so² wei⁶ la¹, leo⁴ gong² guo³ nin⁴ yed¹ yêng⁶ ho² yi⁵ wan² deg¹ hoi¹ sem¹.

甲：冇 所 謂 啦，留 港 過 年 一 樣 可 以 玩 得 開 心。

別犯愁，留港過年一樣可以玩得開心。

Ngo⁵ ji¹, dou¹ tung⁴ kêu⁵ déi⁶ gei³ wag⁶ hou² sai³ ga³ leg³.

乙：我 知，都 同 佢 哋 計 劃 好 晒 㗎 勒。

知道，跟他們都計劃好了。

Nin⁴ co¹ yed¹ man⁵ Jim¹ Sa¹ Zêu² yeo⁵ fa¹ cé¹ wui⁶ yin² bo³.

甲：年 初 一 晚 尖 沙 咀 有 花 車 匯 演 嘫。

對了，年初一晚上尖沙咀有花車匯演。

Di¹ sei³ lou⁶ gen² zêng¹ dou³ séi², ha⁶ zeo⁶ ng⁵ dim² zung¹ zeo⁶ yiu³ hêu³ ba³ wei⁶⁻².

乙：啲 細 路 緊 張 到 死，下 晝 五 點 鐘 就 要 去 霸 位。

小孩兒興奮得很，下午五點就要去佔位子。

Nin⁴ co¹ yi⁶ man⁵ yin¹ fa¹ wui⁶ yin², bag³ hon¹ bed¹ yim³. Deo² yun⁴ lei⁶ xi⁶ hêu³ tei²

甲：年 初 二 晚 煙 花 匯 演，百 看 不 厭。逗 完 利 是 去 睇

年初二晚煙花匯演，百看不厭。收了紅包兒去看煙花，

yin¹ fa¹, kêu⁵ déi⁶ go² man⁵ jig⁶ qing⁴ m⁴ sei² fen³.

煙 花，佢 哋 嗰 晚 直 情 唔 使 瞓。

那天晚上他們簡直不用睡。

Gem² yeo⁶ hei⁶ gé², yin¹ fa¹ nin⁴ nin⁴ fong³, nin⁴ nin⁴ sen¹ fa¹ fun².

乙：噉 又 係 嘅，煙 花 年 年 放，年 年 新 花 款。

那也是，煙花年年放，年年花式不同。

Nin⁴ co¹ sam¹ cég³ heo² bo³, béi¹ di¹ sei³ lou⁶ fen³ fan¹ yed¹ yed⁶ leg³.

甲：年 初 三 赤 口 嘫，畀 啲 細 路 瞓 番 一 日 嘞。

年初三赤口，讓小孩兒好好兒睡一天吧。

乙： Ngo⁵ zeo¹ m⁴ deg¹ han⁴ leg³, ha⁶ zeo³ tei² pao² ma⁵, tei³ ha⁵ yeo⁵ mou⁵
我 就 唔 得 閒 嘞，下 晝 睇 跑 馬，睇吓 有 冇
我就忙乎起來了，下午看賽馬，看看有沒有橫財運，

wang⁴ coi⁴ wen⁶, loi⁴ nin⁴ xi⁶ xi⁶ ma⁵ dou³ gung¹ xing⁴.
橫 財 運，來 年 事事 馬 到 功 成。
來年事事馬到功成。

❷ 外出過年

甲： Ting¹ yed⁶ ngo⁵ tung⁴ lou⁵ po⁴ ngoi⁶ cêd¹ guo³ nin⁴,
聽 日 我 同 老 婆 外 出 過 年，
明天我跟我愛人外出過年，

hei² dou⁶ yu⁶ xin¹ tung⁴ néi⁵ bai³ go³ zou² nin⁴ leg³.
喺 度 預先 同 你 拜 個 早 年 嘞。
在這裏預先祝你新年快樂。

乙： Do¹ zé⁶, do¹ zé⁶, ngo⁵ yeo⁶ xin¹ tung⁴ néi⁵ gong² fan¹ gêu³: sen¹ nin⁴ fai³ log⁶.
多 謝，多 謝，我 又 先 同 你 講 番 句：新 年 快 樂。
謝謝，謝謝，我也先跟你講一句：新年快樂。

甲： Ngo⁵ déi⁶ hei⁶ hêu³ yed⁶ bun² beg¹ hoi² dou⁶ wad⁶ xud³.
我 哋 係 去 日 本 北 海 道 滑 雪。
我們是去日本北海道滑雪。

乙： Zéng³! Hog⁶ néi⁵ wa⁶ zai¹, di¹ qin⁴⁻² hei⁶ wen² lei⁴ sei² ga³.
正！學 你 話 齋，啲 錢 係 搵 嚟 使 㗎。
棒極了！正如你所說的，錢是掙來花的。

甲： Ni¹ qi³ hêu³, yed¹ lei⁴ liu⁵ zo² lou⁵ po⁴ gé³ sem¹ yun⁶,
呢次 去，一 嚟 了 咗 老 婆 嘅 心 願，
這次去，一來滿足老婆的心願，

sêng² yeo⁵ bi¹⁻⁴ bi¹ ji¹ qin⁴ zên⁶ lêng⁶ hêu³ wan² ha⁴.
想 有 B B 之前 儘 量 去 玩 吓。
想在有小孩兒之前儘量外出走走。

乙： Ya⁶ séi³ hao³ lou⁵ gung¹ bo³, m⁴ wa⁶ deg¹.
廿 四 孝 老 公 嘛，唔 話 得。
你這個老公真會體貼人，不錯不錯。

甲：Yi⁶ lei⁴ hei⁶ cêd¹ hêu³ béi⁶ nin⁴，lou⁵ po⁴ go² bin¹ gé³ yi⁴ ma¹ gu¹ dé¹ fan⁴ dou³ séi².

二嚟係 出 去 避 年，老婆嗰 邊 嘅姨媽姑爹煩 到 死。

二來是出去避年，老婆那邊的七大姑八大姨煩死人。

乙：Mou⁵ gei³⁻² la¹，gid³ zo² fen¹ zeo⁶ m⁴ dou³ néi⁵ ga³ la³.

冇 計 啦，結咗 婚 就 唔 到 你 㗎喇。

沒辦法，結了婚你就控制不了的了。

甲：Néi⁵ yeo⁶ dim² guo³ nin⁴ a³?

你 又 點 過 年呀？

你呢，你打算怎樣過年呀？

乙：Néi⁵ ji¹ la¹，ngo⁵ lou¹ gung¹ hou² qi¹ ga¹ ga³.

你 知啦，我 老 公 好 孻家㗎。

你知道的，我老公老愛待在家裏。

Gem¹ nin¹ ⁴⁽²⁾ hei⁶ ngo⁵ déi⁶ dei⁶ san¹ nin⁴ leo⁴ gong² guo³ nin⁴.

今 年 係我 哋 第 三 年 留 港 過 年。

今年是我們第三年留港過年了。

4 鬼馬詞語話你知：利是逗來

　　香港話 "利是" 的基本義與普通話相同，即指包着錢的紅紙包兒，用於饋贈和獎勵，但使用範圍有別。香港話包括：

❶

新年期間贈與直系小孩兒或未婚的後輩，以示親情關懷。

❷

喜慶場合（如生日、結婚）派發出去，以取意頭。

❸

酬謝需要，如有人幫了個忙。

❹

長輩給出遠門的後輩，祝願他（她） "利利是是" ，即一路平安，順順利利。

❺

"大吉利是" ，為安心消災的應對語。當聽到不祥語句，即表示：醜嘅唔靈，好嘅靈（但願不祥的意味能消失，吉祥的意味能保持）。如，賭徒步入賭場時，聽見別人説什麼 "又嚟賭，唔怕輸呀？" 可用 "大吉利是" 回應。

Gung[1] Hei[2] Fad[3] Coi[4]

恭喜發財

恭喜發財 利是逗來

身壯力健
龍馬精神
快高長大

香港話

Sêng⁶ go³ sei³ géi² ng⁵ lug⁶ seb⁶ nin⁴ doi⁶ Hêng¹ Gong²
上 個 世 紀 五 六 十 年 代 香 港

yen⁴ seng¹ wud⁶ gan¹ fu², lou⁵ bag³ xing³ mou⁵ béng⁶ mou⁵ tung³,
人 生 活 艱 苦，老 百 姓 冇 病 冇 痛，

bed¹ xib⁶ gun¹ féi¹, bed¹ him⁴ zai³ ju², dai⁶ ga¹ guo³ deg¹ nin⁴ guan¹,
不 涉 官 非，不 欠 債 主，大 家 過 得 年 關，

ping⁴ ngon¹ xi⁶ fug¹, yun⁴ qun⁴ mou⁵ "fad³ coi⁴" gé³ tam¹ nim⁶. Dou³
平 安 是 福，完 全 冇 "發 財" 嘅 貪 念。到

zo² ced¹ seb⁶ nin⁴ doi⁶, din⁶ xi⁶ hoi¹ qi² pou² keb⁶, dai⁶ ga¹ man⁶
咗 七 十 年 代，電 視 開 始 普 及，大 家 慢

man⁶⁻²⁽¹⁾ dei² dong² m⁴ ju⁶ din⁶ xi⁶ toi⁴ "fun¹ log⁶ gem¹ xiu¹" gé³ ying²
慢 抵 擋 唔 住 電 視 台 "歡 樂 今 宵" 嘅 影

hêng². "Gung¹ héi² fad³ coi⁴" ping⁴ déi⁶ yi⁴ héi². Sei³ lou² go¹ geng³
響。"恭 喜 發 財" 平 地 而 起。細 佬 哥 更

nem² cêd¹ "gung¹ héi² fad³ coi⁴, lei⁶ xi⁶ deo⁶ loi⁴" gem² gé³ gong²
諗 出 "恭 喜 發 財，利 是 逗 來" 噉 嘅 講

fad³. Yi⁵ qin⁴ gé³ yen⁴, yig⁶ yeo⁵ zug¹ fug¹ yu⁵, sed⁶ sed⁶ zoi⁶ zoi⁶,
法。以 前 嘅 人，亦 有 祝 福 語，實 實 在 在，

sug⁶ yen⁴ gong² sug⁶ wa⁶⁻². Péi³ yu⁴, tung⁴ lou⁵ yid¹ bui³ gong² "sen¹
熟 人 講 熟 話。譬 如，同 老 一 輩 講 "身

zong³ lig⁶ gin⁶", tung⁴ ping⁴ bui³ gong² "lung⁴ ma⁵ jing¹ sen⁴", tung⁴
壯 力 健"，同 平 輩 講 "龍 馬 精 神"，同

heo⁶ bui³ gong² "fai³ gou¹ zêng² dai⁶", yi⁴ ga¹ né¹, hei⁶ seng¹ yen⁴
後 輩 講 "快 高 長 大"，而 家 呢，係 生 人

gong² seng¹ wa⁶⁻², zeo⁶ yed¹ gêu³ "med¹ med¹ fai³ log⁶". Ni¹ zung²
講 生 話，就 一 句 "乜 乜 快 樂"。呢 種

fan⁶ fan⁶ gé³ zug¹ fug¹, gong² zo² deng² yu¹ mou⁵ gong², dan⁶ hei⁶ kêg³
泛 泛 嘅 祝 福，講 咗 等 於 冇 講，但 係 卻

béi⁶ hoi¹ zo² "keo⁴ coi⁴ sem¹ qid³" gé³ yim⁴ yi⁴. Bed¹ guo³, yi⁴ ga¹
避 開 咗 "求 財 心 切" 嘅 嫌 疑。不 過，而 家

di¹ yen⁴ sem¹ tai³ bin³ zo², zen¹ gem¹ bag⁶ ngen⁴ bin¹ go³ m⁴ yiu³?
啲 人 心 態 變 咗，真 金 白 銀 邊 個 唔 要？

Guo³ cen¹ nung⁴ lig⁶ sen¹ nin⁴, lin⁴ guei² lou² dou¹ xig¹ deg¹ gong²
過 嘅 農 曆 新 年，連 鬼 佬 都 識 得 講

Gung Hei Fat Choy a³.
Gung Hei Fat Choy 呀。

普通話

　　上個世紀五六十年代香港人生活艱苦，老百姓沒什麼病患，不涉官非，不欠債主，大家順利過年，平安是福，完全沒有"發財"的貪念。到了七十年代，電視開始普及，大家慢慢抵擋不住電視台"歡樂今宵"的影響。"恭喜發財"平地而起。小孩兒更想出"恭喜發財，紅包拿來"這樣的說法。以前的人，也有祝福語，實實在在的，看對象來說。譬如，跟老一輩說"身壯力健"，跟平輩說"龍馬精神"，跟後輩說"快高長大"。現在呢，不看對象就一句"什麼什麼快樂"。這種泛泛的祝福，說了等於沒說，但是卻避開了"求財心切"的嫌疑。不過，現在的人心態變了，真金白銀誰會嫌棄？每逢農曆新年，連老外也懂得說 Gung Hei Fat Choy 了。

mou⁵ béng⁶ mou⁵ tung³
冇 病 冇 痛　謂詞性慣用語

- 🔖 指身體健康，不受病痛的困擾折磨
- 🔖 佢都八十出頭，行得食得，冇病冇痛。🔖 他已經八十出頭，能走能吃，沒什麼病痛。

(sei³ lou²)　go¹
（細佬）哥　名詞後綴

- 🔖 添加親切色彩。下文的"（朋友）仔"指同齡、要好的年輕朋友。
- ① 🔖 我屋企有三個大人，一個細佬哥。🔖 我家裏有三個大人，一個小孩兒。
- ② 🔖 佢喺學校都有幾個朋友仔。🔖 他在學校有幾個要好的朋友。

乜乜 med¹ med¹　泛指詞

- 🔖 用在名詞前，替代某人某物
- 🔖 聽講佢係乜乜大學嘅乜乜教授。🔖 聽説他是什麼大學的所謂教授。

上車 sêng⁶⁻² cé¹　固化動詞

- 🔖 喻指首次購買房子
- 🔖 而家後生仔上車難，上到車都成身債。🔖 現在年輕人買房子難，買了也負債累累。

zen¹ gem¹ bag⁶ ngen⁴
真金白銀　複合名詞

- 🔖 強調實實在在、正正當當的金錢
- 🔖 間屋係真金白銀買返嚟㗎。🔖 房子是用白花花的銀子買回來的。

過嗮 guo³ cen¹　動詞

- 🔖 每逢，可與時間詞或處所詞連用
- ① 🔖 我哋過嗮年都會去嗰度住幾日。🔖 我們每逢過年都會上那兒住幾天。
- ② 🔖 佢過嗮澳門都會同我哋食餐飯。🔖 他每逢到澳門都會跟我們吃頓飯。

戥 deng⁶　介詞

- 🔖 替，表示正面或負面原因
- ① 🔖 佢考試得咗，我真戥佢開心。🔖 他考試通過了，我真替他高興。
- ② 🔖 呢次升職冇佢份，我哋都戥佢唔抵。🔖 這次他升不了職，我們都替他不值。

四正 xi³ zéng³　　　　　形容詞

- 釋 形容空間佈局規則整齊
- 粵 間屋間隔好四正，地方好用。
- 普 房子設計很規則整齊，地方很見使。

光猛 guong¹ mang⁵　　　　形容詞

- 釋 形容光線充足
- 粵 大房夠晒光猛，細房差啲。
- 普 大的房間光線充足，小的房間差點兒。

字 ji⁶　　　　　　　　　時間詞

- 釋 五分鐘的時段成為一個"字"
- 粵 我等咗四個字佢哋仲未到。
- 普 我等了二十分鐘他們還沒到。

揀 gan²　　　　　　　　　動詞

- 釋 挑，表示選擇
- 粵 畀你揀先，你揀完我至揀。
- 普 讓你先挑，你挑完我才挑。

入伙 yeb⁶ fo²　　　　　　動詞

- 釋 搬進新居
- 粵 而家仲裝修緊，到下個月至入得伙。普 現在還在裝修，到下個月才能搬進去。

預埋 yu⁶ mai⁴　　　　　　動詞

- 釋 把某人計算在某項活動中
- 粵 我哋報咗名學廣東話，預埋你個喎。普 我們報了名學粵語，把你也算在內了。

啱 ngam¹　　　　　　　　動詞

- 釋 指某項活動適合於某人
- 粵 呢個遊戲啱八歲到十歲嘅細佬哥玩。普 這個遊戲適合於八歲到十歲的孩子玩兒。

諗住 nem² ju⁶　　　　　　動詞

- 釋 考慮
- 粵 呢個假期你諗住點過？普 這個假期你打算怎麼過？

3 微型會話 🔊2-3

❶ 喬遷之喜

Gung⁶ héi² néi⁵ déi⁶ kiu⁴ qin¹ ji¹ héi².

甲： 恭 喜 你 哋 喬 遷之喜。

恭喜你們喬遷之喜。

Yeb⁶ lei⁴, yeb⁶ lei⁴, fun¹ ying⁴ fun¹ ying⁴.

乙：入 嚟，入 嚟，歡 迎 歡 迎。

進來，進來，歡迎歡迎。

Ngo⁵ dou¹ deng⁵ néi⁵ déi⁶ hoi¹ sem¹, sen¹ fu² gem³ do¹ nin⁴,

甲：我 都 戥 你 哋 開 心，辛 苦 咁 多 年，

我實在替你們高興，努力這麼些年，

zêd¹ ji¹ sêng⁶·² dou³·² cé¹.

卒 之 上 到 車。

終於買了房子。

Ngo⁵ déi⁶ deng² zo² hou² noi⁶ xin¹ deng² dou³·² ni¹ go³ sên² ga³.

乙：我 哋 等 咗 好 耐 先 等 到 呢 個 筍 價。

我們等了好久才等到這個合算的價錢。

Wei³, néi⁵ gan¹ nguk¹ gan³ gag³ hou² xi³ zéng¹, yi⁴ cé² geo³ sai³ guong¹ mang⁵.

甲：喂，你 間 屋 間 隔 好 四 正，而 且 夠 晒 光 猛。

囉，你房子設計很規則而且光線充足。

Ngo⁵ déi⁶ ni¹ dou³ hei⁶ lêng⁵ fong⁴·² wu⁶. Leo⁴·² ling⁴ seb⁶ ced¹ nin⁴, geo⁶ hei⁶

乙：我 哋 呢 度 係 兩 房 戶。樓 齡 十 七 年，舊 係

我們這兒是兩房戶。樓齡十七年，舊是

geo⁶ di¹, dan⁶ hei⁶ seng¹ wud⁶ hou² fong¹ bin⁶.

舊 啲，但 係 生 活 好 方 便。

舊一點兒，可是生活很方便。

Hei⁶ bo³, ni¹ dou³ hou² hou² wen², hang⁴ lêng⁵ sam¹ go² ji⁶ zeo⁶ hei⁶ déi⁶ tid³ zam⁶.

甲：係 嗰，呢 度 好 好 搵，行 兩 三 個 字 就 係 地 鐵 站。

對了，這兒很好找，走十來分鐘就是地鐵站。

Hei⁶ ngo⁵ lou⁵ po⁴ gan² ga³, zo² gen⁶·² yeo⁵ cei¹ ngen⁴ hong⁴, sêng¹ cêng⁴ tung⁴

乙：係 我 老 婆 揀 㗎，左 近 有 齊 銀 行、商 場 同

是我老婆挑的，附近銀行、商場和

xig⁶ xi³ ga³.

食 肆 㗎。

飯館全有。

Na⁴， ha⁶ lei⁵ bai³ lug⁶ la¹， ngo⁵ déi⁶ bai² yeb⁶ fo² zeo²， yu⁶ mai⁴ néi⁶ ga³ leg³.

乙 ： **嘑，下 禮 拜 六 啦，我 哋 擺 入 伙 酒，預 埋 你 㗎 嘞。**

咯，下星期六吧，我們擺個酒席慶祝慶祝，你得來，把你算在內了。

Do¹ zé⁶ do¹ zé⁶!

甲 ： **多 謝 多 謝！**

多謝多謝！

❷ 創業夢想

Hou⁵ noi⁶ mou⁵ gin³， gen⁶ pai⁴⁻² dim² a³?

甲 ： **好 耐 冇 見，近 排 點 呀？**

好久不見，近況如何？

Dou¹ hei⁶ gem² la¹.

乙 ： **都 係 噉 啦。**

一切如常。

Zung⁶ hei² go² gan¹ gung¹ xi¹ zou⁶ a⁴?

甲 ： **仲 喺 嗰 間 公 司 做 呀？**

還是在那家公司上班嗎？

Hei⁶， bed¹ guo³ gen⁶ pai⁴⁻² tung⁴ di¹ peng⁴ yeo⁵ zei² king¹ ha⁵ cong³ yib⁶ gem² la¹.

乙 ： **係，不 過 近 排 同 啲 朋 友 仔 傾 吓 創 業 噉 啦。**

是的，不過近來跟朋友聊聊創業罷了。

Hei⁶ bo³， qiu⁴ leo⁴ hing¹ cong³ yib⁶.

甲 ： **係 噃，潮 流 興 創 業。**

對了，潮流興創業。

Hei² ban⁶ gung¹ sed¹ zou⁶ sé² yed¹ sei³， dou¹ m⁴ ngam¹ ngo⁵ gé².

乙 ： **喺 辦 公 室 做 死 一 世，都 唔 啱 我 嘅。**

在辦公室裏幹一輩子，我可一點兒沒興趣。

Nem² ju⁶ ji⁶ géi² zou⁶ lou⁵ ban² a³? Ging⁶ zeng¹ hou² dai⁶，

甲 ： **諗 住 自 己 做 老 闆 呀？競 爭 好 大，**

想着自己當老闆啊？競爭很大，

fung¹ him² yig⁶ hou² dai⁶ go³ bo³.

風 險 亦 好 大 個 噃。

風險也很大，你知道的。

Ngo⁴ ji¹， cong³ yib⁶ hei⁶ yiu³ zou⁶ gung¹ fo³， yiu³ gao¹ hog⁶ fei³ gé³.

乙： 我 知，創 業 係 要 做 功 課，要 交 學 費 嘅。

我知道，創業是要充分準備，並且要付出代價的。

Néi⁵ xig¹ nem² zeo⁶ hou²， man⁶ xi⁶ héi² teo⁴ nan⁴ a¹ ma³. Ngo⁵ zug¹

甲： 你 識 諗 就 好，萬 事 起 頭 難 吖 嘛。我 祝

你會考慮就好，俗話説，萬事起頭難。我祝

néi⁵ déi⁶ xing⁴ gung¹.

你 哋 成 功。

你們成功。

Do¹ zé⁶ sai³!

乙： 多 謝 晒！

謝謝！

4 鬼馬詞語話你知：喜慶祝賀

❶ 新年

心想事成、萬事如意

❷ 生日

快高長大（對兒童）

事業有成（對青年）

福壽安康（對老年）

❸ 結婚

龍鳳呈祥、富貴榮華

❹ 開業

大展宏圖、貨如輪轉

❺ 生意

財源廣進、生意興隆

是日套餐

配 麵飯 + 例湯

醬爆肥肚絲　　腐鮋肚湯湯
魚香燒雞中三鮮　豆鮮魚
照時蔬檸　雞　漿椒爆
　　西　　　　　麻豉薑
　　　　　　　　　猪忌

湯湯

A 泰式雞扒飯　　D 榴香排骨飯
B 台式鹵肉飯　　E 柴魚叉燒飯
C 咖喱牛肉飯　　F 欖菜肉碎炒习

每款 35 元　　凍飲 + 2 元.

冰室，標誌為卡位同大吊扇。

飲西茶，以檸茶、奶茶、咖啡為主。

中式快餐，以粥、粉、麵、飯為主。仲有西式簡餐。

滿足你"平、靚、正、快"嘅要求。

香港話

"Ca⁴ can¹ téng¹", gu³ ming⁴ xi¹ yi⁶, hei⁶ géi¹ gung¹
"茶 餐 廳"，顧 名 思 義，係 既 供

ying³ "ca⁴", yeo⁶ gung¹ ying³ "can¹" gé³ xig⁶ xi³. Ca⁴, fen¹ tong⁴
應 "茶" 又 供 應 "餐" 嘅 食 肆。茶，分 唐

ca⁴ tung⁴ sei¹ ca⁴. Can¹, yig⁶ fen¹ tong⁴ can¹ tung⁴ sei¹ can¹. Hêng¹
茶 同 西 茶。餐，亦 分 唐 餐 同 西 餐。香

Gong² yen⁴ gong² keo⁴ ping³ bog³, yi³ so² wei⁶ pin³ bog³, mou⁴ féi¹
港 人 講 求 拼 搏，而 所 謂 拼 搏，無 非

hei⁶ hao⁶ lêd⁶⁻² tung⁴ keo⁴ bin³ gé³ sem¹ tai³. Fan² ying³ hei⁶ "xig⁶"
係 效 率 同 求 變 嘅 心 態。反 映 喺 "食"

ni¹ fong¹ min⁶, tong⁴ ca⁴ bou² leo⁴ hei⁶ qun⁴ tung² gé³ ca⁴ gêu¹. Tong⁴
呢 方 面，唐 茶 保 留 喺 傳 統 嘅 茶 居。唐

can¹ né¹, zeo⁶ zab⁶ zung¹ biu² yin⁶ hei² zug¹ fen² min⁶ fan⁶ go² dou⁶.
餐 呢，就 集 中 表 現 喺 粥 粉 麵 飯 嗰 度。

Hêng¹ Gong² gé³ ca⁴ can¹ téng¹ tüd³ toi¹ ji⁶ sêng⁶ sei³ géi² ng⁵ lug⁶ sem⁶
香 港 嘅 茶 餐 廳 脫 胎 自 上 世 紀 五 六 十

nin⁴ doi⁶ gé³ bing¹ sed¹. Yi¹ ga¹ yeo⁶ ma⁴ déi⁶⁻² miu⁶ gai¹ zo² gen⁶⁻²
年 代 嘅 冰 室。而 家 油 麻 地 廟 街 左 近

zung⁶ bou² leo⁴ yed¹ lêng⁵ gan¹. Biu¹ ji³ wei⁶ ka¹ wei⁶⁻² tung⁴ dai⁶ diu³
仲 保 留 一 兩 間。標 誌 為 卡 位 同 大 吊

xin³. Ced¹ bed³ seb⁶ nin⁴ doi⁶ zug⁶ jim⁶ hing¹ héi² gé³ ca⁴ can¹ téng¹,
扇。七 八 十 年 代 逐 漸 興 起 嘅 茶 餐 廳，

dai⁶ diu³ xin³ béi² hung¹ tiu⁴ cêu² doi⁶ zo², dan⁶ ka¹ wei⁶⁻² yeo⁴ zoi⁶.
大 吊 扇 畀 空 調 取 代 咗，但 卡 位 猶 在。

Xig⁶ di¹ med¹ né¹? Yed¹, sei¹ ca⁴, yi⁵ ning⁴⁻² ca⁴, nai⁵ ca², ga³
食 啲 乜 呢？一，西 茶，以 檸 茶、奶 茶、咖

fé¹ wei⁴ ju²;　　yi⁶,　tong⁴ can¹,　jig¹ zung¹ xig¹ fai³ can¹; sam¹,　sei¹
啡　為　主　；　二　，　唐　餐　，　即　中　式　快　餐　；　三　，　西

xig¹ gan² can¹. Gem² zeo⁶ yun⁴ qun¹ fu⁴ heb⁶ zung¹ ha⁶ ceng⁴ da² gung¹
式　簡　餐　。　噉　就　完　全　符　合　中　下　層　打　工

zei¹ yiu¹ keo⁶ "péng⁴, léng³, zéng³, fai³" gé¹ xiu¹ fei³ sem¹ léi⁵. Péng⁴,
仔　要　求　"平　、　靚　、　正　、　快"　嘅　消　費　心　理　。平　，

pin⁴ yi⁴. Léng³, xig⁶ coi⁴ déi⁶ dou⁶. Zéng³, geo³ wog⁶ héi³. Fai³, cung⁴
便　宜　。靚　，　食　材　地　道　。正　，　夠　鑊　氣　。快　，　從

log⁶ dan¹ dou³ mai⁴ dan¹ bun³ leb¹ zung¹ gao² dim⁶.
落　單　到　埋　單　半　粒　鐘　搞　掂　。

普通話

　　　"茶餐廳"，顧名思義，是既供應"茶"又供應"餐"的小館。茶，分唐茶和西茶。餐，也分唐餐和西餐。香港人講求拚搏，而所謂拚搏，無非是效率和求變的心態。反映在"吃"這方面，唐茶保留在傳統的茶樓。唐餐呢，就集中表現在粥粉麵飯上。香港的茶餐廳脫胎自上世紀五六十年代的冰室。現在油麻地廟街附近還保留一兩家。標誌是卡座和大吊扇。七八十年代逐漸興起的茶餐廳，大吊扇被空調取代了，可卡座還在。吃什麼呢？一，西茶，以檸檬茶、加奶的紅茶、咖啡為主；二，唐餐，即中式快餐；三，西式簡餐。這就完全符合中下層勞動者要求"平、靚、正、快"的消費心理。平，便宜。靚，食材地道。正，夠火候。快，從下單到結賬半小時完事。

2 生詞 🎧 3-2

食肆 xig⁶ xi³ 名詞

- 釋 大小飯館
- 粵 呢度通街都係食肆。普 這兒哪兒都有大小飯館。

冰室 bing¹ sed¹ 名詞

- 釋 供應冰凍飲料的小館
- 粵 油麻地仲有一兩間懷舊冰室。
- 普 油麻地還有一兩家懷舊冰室。

唐 tong⁴ 限定詞

- 釋 中國；與外國（洋、番、西）相對
- ① 粵 間唐樓幾好住，衰喺冇電梯。普 那唐樓住得挺舒服的，差在沒電梯。
- ② 粵 喺而家嘅香港，着唐衫嘅人有，但好少見。普 在現在的香港，穿傳統的中式衣服的人還有，但不多見。

左近 zo² gen⁶⁻² 名詞

- 釋 附近
- ① 粵 唔該，左近有冇超市呀？普 請問，附近有超市嗎？
- ② 粵 佢就住喺左近。普 他就住在附近。

茶居 ca⁴ gêu¹ 名詞

- 釋 茶館的舊稱
- 粵 卅年前嗰度係間茶居。普 三十年前那兒是一家茶館。

---

zug¹ fen² min⁶ fan⁶
粥粉麵飯 固定格式

- 釋 茶餐廳的主流食物
- 粵 間茶餐廳粥粉麵飯樣樣齊。
- 普 那家茶餐廳粥粉麵飯都不缺。

卡位 ka¹ wei⁶⁻² 名詞

- 釋 雙雙面對的座位，類似火車的硬席
- 粵 我中意坐兩人卡位，好傾偈。
- 普 我喜歡坐兩人的卡座，方便聊天。

畀／俾 béi²　　介詞

釋 給；付給

① **粵** 我應該畀你，定係畀佢？
　　普 我應該給你，還是給他？
② **粵** 你唔使畀小費，呢度唔興。
　　普 你不用給小費，這兒用不着。

打工仔 da² gung¹ zei²　　名詞

釋 工薪階層的成員

粵 有時候，做打工仔舒服過做老細。

普 有時候，員工比老闆舒服。

夠鑊氣 geo³ wog⁶ héi³ 固定格式

釋 火候到家

粵 佢炒餸一流，夠晒鑊氣。**普** 她很會炒菜，火候很到家。

搞掂 gao² dim⁶　　動詞

釋 終於完成

① **粵** 佢好識整電腦，兩下手腳搞掂。**普** 他很會修理電腦，兩下子完事。
② **粵** 做到夜晚十二點仲未搞掂。**普** 幹到夜裏十二點還沒完事。

落單 log⁶ dan¹　　動詞

釋（顧客）點菜下單子

粵 唔該同我哋落單吖。**普** 勞駕給我們下單子。

埋單 mai⁴ dan¹　　動詞

釋（飯館顧客）結賬。注意：在這裏香港話只用“埋單”，不用“買單”。

① **粵** 邊度埋單？**普** 哪兒付款？
② **粵** 你哋邊個埋單？**普** 你們誰付款？

粒鐘 leb¹ zung¹　　名詞

釋 小時

① **粵** 整呢味嘢要半粒鐘。**普** 做這個菜要半小時。
② **粵** 排隊排咗兩粒鐘，腳都軟埋。**普** 排隊排了兩小時，腿直發軟。

你同我定 néi⁵ tung⁴ ngo⁵ ding⁶　　安慰用語

釋 別着急；別擔心

粵 死嘞，呢次實遲到。— 你同我定。

普 糟糕，這次準遲到。— 放心好了（不會遲到的）。

3 微型會話 🎧3-3

❶ 飲啲乜？

甲： Hang⁴ dou³ gui⁶ dou³ séi², wen² déi⁶ fong¹ teo² ha⁵ zég³ gêg³ lo³ wei³.
行 到 癐 到 死，搵 地 方 歇 吓 隻 腳 嘍 喂。
走得累極了，找個地方歇歇腿吧。

乙： Hou² yé⁵, qin⁴ min⁶ yeo⁵ gan¹ ca⁴ can⁴ téng¹.
好 嘢，前 面 有 間 茶 餐 廳。
真巧，前面就有一家茶餐廳。

甲： Néi⁵ yem² di¹ med¹? Ngo⁵ xin¹ lei⁴ bui¹ dung⁶ ning⁴⁻² ca⁴
你 飲 啲 乜？我 先 嚟 杯 凍 檸 茶。．
你喝什麼？我先來一杯凍檸檬茶。

乙： Dung⁶ ning⁴⁻² log⁶ la¹. Néi⁵ né¹?
凍 檸 樂 啦。你 呢？
凍檸檬兌可樂，你呢？

丙： Ngo⁵ gog³ deg¹ ced¹ héi² hou² yem² di¹, ho² log⁶ tim⁴ deg¹ zei⁶. Gem² m⁴ goi¹ lei⁴
我 覺 得 七 喜 好 飲 啲，可 樂 甜 得 滯。噉 唔 該 嚟
我覺得七喜好喝點兒，可樂太甜了。勞駕就來

bui¹ dung³ ning⁴⁻² ced¹.
杯 凍 檸 七。
一杯凍檸檬兌七喜汽水兒好了。

丁： Ha¹, med¹ néi⁵ déi⁶ go³ go³ dou¹ giu³ ning⁴ mung¹ yem² liao² gé². Ngo⁵ a⁴, dung⁶ ning⁴⁻² med⁶.
哈，乜 你 哋 個 個 都 叫 檸 檬 飲 料 嘅。我 呀，凍 檸 蜜。
哈，你們怎麼人人都點檸檬飲料。我呀，凍檸檬兌蜂蜜。

甲： Yeo² xiu² xiu² ngo⁶ tim¹, m⁴ goi¹ lei⁴ go³ bo¹ lo⁴ yeo⁴, lei⁴ séi³ go³ la¹.
有 少 少 餓 喺，唔 該 嚟 個 菠 蘿 油，嚟 四 個 啦。
感覺有點兒餓了，勞駕來一個菠蘿包夾黃油，來四個吧。

乙： Sam¹ go³ hou² la³. ngo⁵ m⁴ xig³, pa³ féi⁴.
三 個 好 喇。我 唔 食，怕 肥。
三個夠了。我不吃，怕油膩。

丙： M¹ goi¹ mai⁴ dan¹, ngo⁵ céng².
唔 該 埋 單，我 請。
勞駕結賬，我請客。

服務員： Cêd¹ bin⁶ béi².
出 便 畀。
請到舖子前台付款。

❷ 食啲乜？

Xi⁴ gan⁴ m⁴ do¹, zeo⁶ hei² ni¹ dou⁶ xig⁶ ba² la¹.

甲：時 間 唔 多，就 喺 呢 度 食 罷 啦。

時間不多，就在這兒吃算了。

Ngam¹ hou² go² dou⁶ yeo⁵ séi³ go³ yen⁴ gé³ ka¹ wei⁶⁻².

乙： 啱 好 嗰 度 有 四 個 人 嘅 卡 位。

那兒剛好有四個人坐的卡座。

Dai⁶ ga¹ xig⁶ med¹, fai³ di¹ giu¹.

甲： 大 家 食 乜，快 啲 叫。

大家吃什麼，快點兒要。

Séi³ go³ gon¹ cao² ngeo⁴ ho⁴⁻², zoi³ lei⁴ yed¹ wo¹ sang¹ coi³ yu⁴ pin³⁻² zug¹.

丙：四 個 乾 炒 牛 河，再 嚟 一 窩 生 菜 魚 片 粥。

四客乾炒牛肉河粉，再來一小鍋生菜魚片粥。

Ni¹ dou⁶ di¹ gon¹ cao² ngeo⁴ ho⁴⁻² dim⁶ m⁴ dim⁶ ga¹?

丁： 呢 度 啲 乾 炒 牛 河 掂 唔 掂 㗎？

這兒的乾炒牛肉河粉行不行啊？

Néi⁵ tung⁴ ngo⁵ ding⁶. Ngo⁵ xi³ guo³ géi² qi³ dou¹ zed¹ lêng⁶ wen⁴ ding⁶, zéng³!

丙： 你 同 我 定。我 試 過 幾 次 都 質 量 穩 定，正！

你放心好了。我嚐過很多次，覺得質量穩定，不錯！

Ngo⁵ ho⁴⁻² hou² nan⁴ cao² ga³. Ngeo⁴ yug⁶ yiu³ bog⁶ sen¹, ho⁴⁻² fen² yiu³ dan⁶ nga⁴,

甲： 牛 河 好 難 炒 㗎。牛 肉 要 薄 身，河 粉 要 彈 牙，

牛肉河粉很難炒，牛肉切得要薄，河粉爽口而不黏牙，

wog⁶ héi³ yeo⁶ yiu³ geo³.

鑊 氣 又 要 夠。

還有火候要掌握得很好。

Dim² di¹ gai³ lad⁶ yed¹ leo⁴.

乙： 點 啲 芥 辣 一 流。

蘸着芥末吃，沒治了。

Yi⁴ ga¹ zen¹ hei⁶ hou² nan⁴ wen² dou³⁻² zéng³ zung¹ gé³ gon¹ cao² ngeo⁴ ho⁴⁻² leg³.

甲： 而 家 真 係 好 難 搵 到 正 宗 嘅 乾 炒 牛 河 嘞。

現在真是很難找到正宗的乾炒牛肉河粉了。

So² yi⁵ wa⁶ né¹, méi⁶ dou⁶ sug⁶ yu¹ zeb⁶ tei² wui¹ yig¹ lei⁴ ga³.

丙： 所 以 話 呢，味 道 屬 於 集 體 回 憶 嚟 㗎。

所以我說呀，味道確實屬於集體回憶。

4 鬼馬詞語話你知：食肆用語

❶ 走

指顧客要求製作食物時免除某種調料。如："走青"，
粥品不要擱蔥花；"走色"，蓋飯不要擱醬油；"走糖"，
咖啡不要擱糖；"走辣"，菜餚不擱辣味調料。

❷ 餅

點心中的"餅"在香港師奶中有特殊地位。除了自用，
一般用作送禮。品種繁多，味道各異，如"杏仁餅"
和"雞仔餅"就大不相同。注意："老婆餅"是甜的，
而"老公餅"是鹹的。

❸ 鑊

凡炒必講求"鑊氣"。飯館能否贏得口碑，就要信奉
"鑊氣是王道"這一信條。"鑊"在香港話中衍生出不
少俗語，如"孭鑊"（背黑鍋）；"補鑊"（做錯了事，
盡力挽救）；"大鑊"（用作感歎詞，喻糟糕透頂，大
難臨頭）。至於"打鑊甘"（近乎黑社會用語，喻狠揍
某人）。

❹ 雞與鴨

雞與鴨，形象對立，常用搭配為："雞同鴨講"（喻兩人語言或話題上無法溝通）；"雞手鴨腳"（喻某人做事笨手笨腳，不利落）；"雞毛鴨血"（喻某人投資損失慘重）。

❺ 乾炒與濕炒

你要一份炒牛河，往往需要進一步明確，是"乾炒"還是"濕炒"。前者河粉乾身，用醬油炒，配料為豆芽菜。後者河粉濕身，不用醬油而用青柿子椒勾芡。

04

Keo³ Med⁶ Tin¹ Tong⁴

購物天堂

去香港買嘢，首選中環。

如果要睇世界名裝，唔少得去吓置地廣場。
行完中環，去吓銅鑼灣嘅時代廣場都好。
九龍就去油尖旺區。

1 課文 🎧4-1

香港話

Hêng¹ Gong² dim² gai² giu³ zou⁶ "keo³ med⁶ tin¹ tong⁴"
香 港 點 解 叫 做 "購 物 天 堂"

gé³? Ji⁶ yeo⁴ gong² lo¹. Cêu⁴ yin¹ zeo² ji¹ ngoi³, med⁶ yé⁵ dou¹ m⁴
嘅？自由 港 囉。除 煙 酒 之 外，乜 嘢 都 唔

sei² da² sêu³. Gem², di¹ yé⁵ zeo⁶ péng⁴, fun² xig¹ zeo⁶ do¹ gem² gai².
使 打 稅。噉，啲 嘢 就 平，款 式 就 多 嘅解。

Mou⁴ lên⁴ hei² Hêng¹ Gong² ding⁶ hei⁶ Geo² Lung⁴, déi⁶ tid³ yin⁴ xin⁶
無 論 喺 香 港 定 係 九 龍，地 鐵 沿 線

zeo⁶ hei⁶ zêu³ hou² gé³ keo³ med⁶ dou⁶ tou⁴. Hêu³ Hêng¹ Gong² mai⁵
就 係 最 好 嘅 購 物 導 圖。去 香 港 買

yé⁵, seo² xun² Zung¹ Wan⁴; yi⁴ Zung¹ Wan⁴ gé³ dong² qi³ yed¹ bun¹
嘢，首 選 中 環；而 中 環 嘅 檔 次 一 般

gou¹ guo³ Geo² Lung⁴. Yu⁴ guo² yiu³ tei² tei² sei³ gai³ ji¹ ming⁴ xi⁴
高 過 九 龍。如 果 要 睇 睇 世 界 知 名 時

zong² ben² pai⁴, m⁴ xiu² deg¹ hêu⁴ ha⁵ Ji³ Déi⁶ Guong² Cêng⁴. Ji³ Déi⁶
裝 品 牌，唔 少 得 去 吓 置 地 廣 場。置 地

Guong² Cêng⁴ sêu¹ yin⁴ ging¹ yi⁵ yeo⁵ di¹ lig⁶ xi², dan⁶ hei⁶ zên³ ju³
廣 場 雖 然 經 已 有 啲 歷 史，但 係 進 駐

go² dou⁶ hou² do¹ dou¹ hei⁶ ben² pai⁴ gé³ kéi⁴ lam⁶ dim³. Hang⁴ yun⁴
嗰 度 好 多 都 係 品 牌 嘅 旗 艦 店。行 完

Zung¹ Wan⁴, hêu³ ha⁵ Tung⁴ Lo² Wan⁴ gé³ Xi⁴ Doi⁶ Guong² Cêng⁴ dou¹
中 環，去 吓 銅 鑼 灣 嘅 時 代 廣 場 都

hou². Geo² Lung⁴ zeo⁶ hêu³ yeo⁴ jim¹ wong⁶ kêu¹. "Yeo⁴" hei⁶ Yeo⁴
好。九 龍 就 去 油 尖 旺 區。"油" 係 油

Ma⁴ Dé⁶⁻² , "jim¹" hei⁶ Jim¹ Sa¹ Zêu², "wong⁶" hei⁶ Wong⁶ Gog³. Go²
麻 地，"尖" 係 尖 沙 咀，"旺" 係 旺 角。嗰

dou⁶ med¹ dou¹ yeo⁵ deg¹ mai⁴, med¹ yé⁵ ga³ qin⁴ dou¹ yeo⁵ deg¹ king¹.
度 乜 都 有 得 買，乜 野 價 錢 都 有 得 傾。

Bed¹ guo³, qin¹ kéi⁴ m⁴ hou² hêu³ zou⁶ sêu² yu². Deg⁶ bid⁶ hei⁶ yeo⁴
不 過，千 祈 唔 好 去 做 水 魚。特 別 係 油

wong⁶ kêu¹, tong¹ hag³ xi³ gin² lêu⁵ lêu⁵ fad³ seng¹. Dim² yêng⁶⁻² xin¹
旺 區，劏 客 事 件 屢 屢 發 生。點 樣 先

m⁴ wui⁵ zung³ jiu¹? Hou² do¹ xi⁴ dou¹ hei⁶ sêng⁴ xig¹ fan⁶ wei⁴. Nem²
唔 會 中 招？好 多 時 都 喺 常 識 範 圍。諗

ju⁶ mai⁵ med¹ yiu³ zou⁶ zug¹ gung¹ fo³ a³,   coi⁴ bed¹ ho² ngoi⁶ lou⁶
住 買 乜 要 做 足 功 課呀，財 不 可 外 露

a³, deng² deng².
呀，等 等。

普通話

　　香港為什麼叫做"購物天堂"呢？自由港嘛。除了煙酒之外，什麼都不用繳稅。所以東西便宜，款式多樣。無論在香港或者九龍，地鐵沿線就是最佳的購物導圖。去香港購物，首選中環，而中環的檔次一般比九龍高。如果要看看世界知名時裝品牌，免不了要逛逛置地廣場。置地廣場雖然已經有點兒老舊，但是進駐那邊許多都是品牌的旗艦店。看完中環，就去銅鑼灣的時代廣場看看好了。九龍就去油尖旺區。"油"是油麻地，"尖"是尖沙咀，"旺"是旺角。那裏什麼都可以買得到，什麼價錢都可以商議。不過，千萬當心別讓宰。特別是油旺區，宰客事件屢屢發生。怎樣才不會受騙？很多時候都在常識範圍，譬如説，想着要買什麼得預先了解清楚，財不可外露，等等。

囉 lo[1]   句末助詞

釋 表示明顯的事實

粵 邊個遲到？一佢囉。**普** 誰遲到了？一他唄。

打稅 da[2] sêu[3]   動詞

釋 上稅

粵 呢啲嘢要打稅㗎喎。**普** 這些東西得上稅。

平 péng[4]   形容詞

釋 便宜

① **粵** 我以為呢度平，嗰度仲平。**普** 我以為這兒便宜，那兒更便宜。

② **粵** 平係平咗啲，但係冇平到邊度去。**普** 是便宜了點兒，但沒便宜到哪兒去。

嗽解 gem[2] gai[2]   句末助詞

釋 表示原因

粵 佢冇打電話嚟，即係佢唔去嗽解。**普** 她沒打電話來，這表明她不去。

定係 ding[6] hei[6]   連詞

釋 還是，用於疑問句，表示選擇

① **粵** 你去定係佢去？**普** 你去還是他去？

② **粵** 你諗住聽日去定係後日先去？**普** 你想明天去還是後天才去？

過① guo[3]   助詞

釋 用在形容詞後面，表示比較

① **粵** 呢間飯店平過嗰間。**普** 這家飯館比那家便宜。

② **粵** 佢老婆薪水高過佢。**普** 他老婆工資比他高。

唔少得 m[4] xiu[2] deg[1]   副詞

釋 免不了

粵 過嘅澳門，唔少得買啲手信返嚟。**普** 每逢去澳門，免不了買點兒手信回來。

都好 dou[1] hou[2]   句末助詞

釋 表示可以接受的選擇

粵 冇人去，你去都好。**普** 沒人去，你去也行。

有得傾 yeo⁵ deg¹ king¹ 動詞

釋 有商量的餘地

① 粵 嗰件事仲有得傾。普 那件事還可以商量着辦。

② 粵 唔好意思，你嗰件事冇得傾。普 對不起，你那件事沒法解決。

做水魚 zou³ sêu² yu⁴⁻² 固化動詞

釋 受騙（錢財損失）

粵 以為執到平嘢，結果做咗水魚。普 以為撿到便宜貨，結果被人騙了。

劏 tong¹ 動詞

釋 宰（客）

① 粵 唔劏你劏邊個？普 宰你沒商量。

② 粵 唔想畀人劏，最好唔好幫襯嗰度。普 不想給人宰，最好別光顧那兒。

今時唔同 往日 gem¹ xi⁴ m⁴ tung⁴ wong⁵ yed⁶ 成語

釋 不可同日而語

粵 今時唔同往日，一千蚊唔見使。

普 現在跟以前不一樣了，一千塊錢不禁花。

梗係 geng² hei⁶ 副詞

釋 當然，表示肯定

① 粵 梗係佢啦，仲有邊個啫？
普 當然是他，還會有誰？

② 粵 出咁高價，梗係唔得啦。
普 出那麼高的價錢，當然不行嘍。

通街 tung¹ gai¹ 副詞

釋 到處（在特定範圍內）

粵 咁嘅嘢喺香港，通街都有得賣。

普 這種東西在香港，哪兒哪兒都買得着。

點為之 dim² wei⁴ ji¹ 疑問詞

釋 怎麼才算

粵 點為之 "過分"，有時好難講。

普 怎麼才算 "過分"，有時很難判定。

出世紙 cêd¹ sei³ ji² 名詞

釋 1. 出生證明

粵 你有冇帶 BB 嘅出世紙嚟？普 你有沒有帶小孩兒的出生證明來？

釋 2. 產品來源證

粵 隻錶冇出世紙買唔過。普 這手錶沒有產品來源證就不買了。

3 微型會話 🎧4-3

❶ 炒唔炒得起

Néi⁵ wa⁶ gem¹ nin⁴ gé³ ping⁴ guo² iPhone cao² m⁴ cao² deg¹ héi² a¹ na⁴?

甲 ： 你 話 今 年 嘅 蘋 果 iPhone 炒 唔 炒 得 起 吖 嗱 ？

你説今年的蘋果 iPhone 能炒起來嗎？

Gem¹ xi⁴ m⁴ tung⁴ wong⁵ yed⁶ leg⁴. Yi⁵ wong⁵ gong² ban² géi¹ yeo⁴ yu¹ noi⁶ déi⁶

乙 ： 今 時 唔 同 往 日 嘞 。 以 往 港 版 機 由 於 內 地

不可同日而語了。以往港版機由於內地

sêu¹ keo⁴ dai⁶, yeo⁵ yed¹ ding⁶ gé³ yi⁶ seo² cao² mai⁶ xi⁵ cêng⁴.

需 求 大 ， 有 一 定 嘅 二 手 炒 賣 市 場 。

需求大，有一定的二手炒賣市場。

Gem¹ nin⁴ gong² sem¹ lêng⁵ déi⁶ tung⁴ xi⁴ yu⁶ seo⁶ bo³, yeo⁵ med¹ ying² hêng² né¹?

甲 ： 今 年 港 深 兩 地 同 時 預 售 嗎 ， 有 乜 影 響 呢 ？

今年港深兩地同時預售，有什麼影響呢？

Geng² hei⁶ yeo⁵ la¹, noi⁶ déi⁶ gé³ sêu¹ keo⁴ geng² seo⁶ ying² hêng² la¹.

乙 ： 梗 係 有 啦 ， 內 地 嘅 需 求 梗 受 影 響 啦 。

當然有，內地的需求當然受影響了。

Bed¹ guo³, gong² ban² géi¹ péng⁴ noi⁶ déi⁶ géi¹ séng⁴ geo² bag³ men¹ bo³.

甲 ： 不 過 ， 港 版 機 平 內 地 機 成 九 百 蚊 嗎 。

不過，港版機比內地機便宜九百塊錢哪。

Geo² bag³ men¹ zé¹. Gong² ban² géi¹ wen⁶ sêng⁶⁻⁵ hêu³ yiu³ yed¹ ding⁶ gé³ xing⁴ bun².

乙 ： 九 百 蚊 啫 。 港 版 機 運 上 去 要 一 定 嘅 成 本 ，

才九百塊。港版機運上去要一定的成本，

yi⁴ cé² xiu¹ lou⁶ m⁴ ming⁴ long⁵.

而 且 銷 路 唔 明 朗 。

而且銷路不明朗。

Téng¹ gong² yeo⁵ zég³ mui⁴ guei³ gem¹ géi² sei¹ léi⁶ ga³.

甲 ： 聽 講 有 隻 玫 瑰 金 幾 犀 利 㗎 。

聽説有部玫瑰金挺厲害的。

Mou⁵ co³. Mui⁴ guei³ gem¹ iPhone ced¹ Plus yed¹ bag³ yi⁶ seb⁶ bad³ G,

乙 ： 冇 錯 。 玫 瑰 金 iPhone 7 Plus 128G ，

沒錯，玫瑰金 iPhone 7 Plus 128G，

mai⁵ ga¹ jun² seo² wui⁵ do¹ zan⁶ lug⁶ qin¹ gong² ji²,　gem² yeo⁶ dim³ zé¹?.

買家轉 手 會 多 賺 6000 港 紙，嗽 又 點 啫？

買家轉手可多賺 6000 塊港幣，那又怎麼樣？

Ngam¹ téng¹,　zeo⁶ pa³ cao² m⁴ héi²,　cao² mai⁵ xi⁴ gan³ yêd⁶ dun²,

甲： 啱 聽，就 怕 炒 唔 起，炒 賣 時 間 越 短，

說得對，只怕炒不起來，炒賣時間越短，

go³ ga³ zeo⁶ yêd⁶ wui⁵ fung¹ kuong⁴ cab⁴ sêu².

個價 就 越 會 瘋 狂 插 水。

價格就越會瘋狂跳樓。

Mou⁵ gei¹⁻² la¹,　noi⁶ déi⁶ guo² fen² zeo⁶ deng² ju⁶　iPhone　bad³ min³ sei³.

乙： 冇 計 啦，內 地 果 粉 就 等 住 iPhone 8 面 世。

沒轍了，內地果粉就期待 iPhone 8 面世。

❷ 劏你都有份

Ngo⁵ ting¹ yed⁶ ha⁶ zeo³ fan¹ sem¹ zen³, sêng⁶ zeo³ hei² Wong⁶ Gog³ yem² yun⁴ ca⁴,

甲： 我 聽 日 下 晝 返 深 圳，上 晝 喺 旺 角 飲 完 茶，

我明天下午回深圳，上午在旺角喝茶完了

sêng² hêu³ mai⁵ fan¹ zeg³ léng³ biu¹,　hêu³ bin¹ dou³ mai⁵ hou² a³?

想 去 買 番 隻 靚 錶，去 邊 度 買 好 呀？

想去買一隻好的手錶，到哪兒買好呀？

Wong⁵ Gog² tung¹ gai¹ dou¹ yeo⁵ léng³ biu¹ mai⁶,

乙： 旺 角 通 街 都 有 靚 錶 賣，

旺角哪兒哪都有好錶賣，

bed¹ guo³ néi⁵ yiu³ ju³ yi³ m⁴ hou² béi² yen⁴ tong¹ bo³.

不 過 你 要 注 意 唔 好 畀 人 劏 嘞。

不過你得注意別讓人家宰。

Ngo⁵ zeo⁶ pa³ ni¹ yêng⁶.

甲： 我 就 怕 呢 樣。

我就害怕給人宰。

Yeo⁵ m⁴ sei² gem³ géng¹ céng¹. Na⁴,　zên⁶ lêng⁶ bong¹ cen³ mun⁴ heo² qi¹ ju⁶

乙： 又 唔 使 咁 驚 青。嗱，儘 量 幫 襯 門 口 黏 住

用不着那麼擔心。喏，儘量光顧門口貼着

"yeo¹'" a³ "zéng³'" a³ biu¹ qim¹ gé³ jun⁴ mun⁴ dim³.

"優" 呀 "正" 呀 標 籤 嘅 專 門 店。

"優" 呀 "正" 呀標籤的專門店。

Ngo⁵ wui⁵ ga³ leg³.

甲： 我 會 㗎 嘞。

我會的。

Men⁶ téi⁴ hei⁶ dong¹ néi⁵ gan² dou² ngan⁵ fa¹ liu⁴ lün⁶ go² zen⁶⁻², yeo⁶ wag⁶ zé² di¹

乙： 問 題 係 當 你 揀 到 眼 花 繚 亂 嗰 陣，又 或 者 啲

問題是當你挑到眼花繚亂的時候，又或者

sales héi² sei³ gem² tem³ néi⁵、néi⁵ ging¹ yi⁵ béi¹ yen⁴ ngag¹ zo² dou¹ m⁴ ji¹.

sales 起 勢 噉 冰 你，你 經 已 畀 人 呃 咗 都 唔知。

售貨員使勁地哄你，你可能讓人騙了還蒙在鼓裏呢。

Hei⁶ bo³、 ngo⁵ wui⁵ da² xing² jing¹ sen⁴ ga³ leg³.

甲： 係 噃，我 會 打 醒 精 神 㗎 嘞。

那是，我會特別小心的了。

Zung⁶ yeo⁵、mai⁵ biu¹ yed¹ ding⁶ yiu³ mai⁵ jing⁶ kuei¹ hong⁴ fo³，

乙： 仲 有，買 錶 一 定 要 買 正 規 行 貨，

還有，買手錶一定要買正版行貨，

m⁴ hou² tam¹ péng⁴ mai⁵ sêu² fo³.

唔 好 貪 平 買 水 貨。

別貪圖便宜買水貨。

Dim² wei⁴ ji¹ mai⁵ hong⁴ fo³ né¹?

甲： 點 為 之 買 行 貨 呢？

怎麼才算是買到了行貨？

Ben² pai⁴ seo² biu¹ dou¹ yeo⁵ gung¹ ga³、 géi³ deg¹ hêng³ dim³ pou² lo² cêd¹ sei³ ji² a³.

乙： 品 牌 手 錶 都 有 公 價，記 得 向 店 舖 攞 出 世 紙 呀。

品牌手錶都有公價，記得向商店索取產地來源證明啊。

4 鬼馬詞語話你知：港紙叫法

　　生活上，港紙嘅叫法，第一項係正規嘅講法，第二項係比較市井嘅講法，第三項係普通話嘅講法。例如：

❶

> 三萬蚊＝三皮嘢＝三萬塊錢

❷

> 三千蚊＝三叉嘢＝三千塊錢

❸

> 三百蚊＝三嚿水＝三百塊錢

❹

> 卅呀蚊＝三條嘢＝三十塊錢

❺

> 三蚊＝三雞士＝三塊錢。

　　另外，對於紙質面鈔，由於改版的緣故，一千塊和五百塊的叫法已消失，但保留一百塊（一條紅衫魚）和十塊錢（一隻花蟹；舊版叫青蟹，已很少見）。

05

市井旺角

同係吃喝玩樂購物消費嘅熱點。

旺角更能包容唔同嘅興趣同文化。

人潮流轉其中，各有自己嘅小天地。

多元文化一直濃縮喺旺角呢笪彈丸之地。

1 課文 🎧(5-1)

Xi⁵ zéng² Wong⁶ Gog³ m⁴ hei⁶ Geo² Lung⁴ gé³ Tung⁴
市 井 旺 角 唔 係 九 龍 嘅 銅

Lo⁴ Wan¹, yig⁶ m⁴ hei⁶ lêng⁵ gig⁶ fa³ gé³ Jim¹ Sa¹ Zêu². Tung⁴ hei⁶ hég³
鑼 灣，亦 唔 係 兩 極 化 嘅 尖 沙 咀。同 係 吃

hod³ wan⁴ log⁶ keo³ med⁶ xiu¹ fei³ gé³ yid⁶ dim², Wong⁶ Gog³ geng³
喝 玩 樂 購 物 消 費 嘅 熱 點， 旺 角 更

neng⁴ bao¹ yung⁴ m⁴ tung⁴ gé³ hing³ cêu¹ tung⁴ men⁴ fa³. Yed¹ yed⁶ ya⁶
能 包 容 唔 同 嘅 興 趣 同 文 化。一 日 廿

séi³ go³ zung¹, dou¹ yeo⁵ m⁴ tung⁴ gé³ ngan⁴ xig³, cou³ yem¹ tung⁴ héi³
四 個 鐘，都 有 唔 同 嘅 顏 色、噪 音 同 氣

méi⁶; yen⁴ qiu⁴ leo² jun² kéi⁴ zung¹, gog³ yeo⁵ ji⁶ géi² gé³ xiu² tin¹ déi³.
味；人 潮 流 轉 其 中，各 有 自 己 嘅 小 天 地。

Lung⁴ séi⁴ wen⁶ zeb⁶, nga⁵ zug⁶ bing⁶ qun⁴. Do¹ yun⁴ men⁴ fa³ yed¹
龍 蛇 混 雜，雅 俗 並 存。多 元 文 化 一

jig⁶ nung⁴ sug¹ hei³ Wong⁶ Gog³ ni¹ dad¹ dan⁶ yun² ji³ déi³. Do¹ yun⁴
直 濃 縮 喺 旺 角 呢 笪 彈 丸 之 地。多 元

men⁴ fa³ kéi⁴ sed⁶ hei⁶ nga⁵ qing¹, zen¹ jing³ yun⁴ ji³ Hêng¹ Gong² bun²
文 化 其 實 係 雅 稱，真 正 源 自 香 港 本

tou² gé³ qi² men⁴ fa³ zeo⁶ deg¹ yed¹ go³, zeo⁶ hei⁶ MK men⁴ fa³. MK
土 嘅 次 文 化 就 得 一 個，就 係 MK 文 化。MK

zé²,   Mong Kok (Wong⁶ Gog³) ji¹ ying¹ men⁴⁽²⁾ gan² sé².   MK
者，Mong Kok（旺 角）之 英 文 簡 寫。MK

zei²,   jig⁶ Wong⁶ Gog³ zei², fan⁶ ji² gem¹ mou⁴⁻¹ yed¹ zug⁶. Wa⁶ yen⁴
仔，即 旺 角 仔，泛 指 金 毛 一 族。話 人

hou² MK,   jig⁶ hei⁶ hou² lou⁵ tou², dei¹ zug⁶ gim¹ geb¹ gu² wag⁶. Ni¹
好 MK，即 係 好 老 土、低 俗 兼 夾 蠱 惑。呢

di¹ yen⁴ do¹ lei⁴ ji⁶ cou² gen¹, gao³ yug⁶ sêu² zên² dei¹, cung⁴ xi⁶ dei¹
啲 人 多 嚟 自 草 根，教 育 水 準 低，從 事 低

zeng¹ jig⁶ fug⁶ mou⁶ yib⁶. Ying⁴ zêng⁶ lei⁴ gong², péi¹ gin¹ fad³, cou¹
增 值 服 務 業。形 象 嚟 講，披 肩 髮、粗

xig¹ med⁶, heg¹ bui³ sem¹. Yeo⁴ yu¹ Wong⁶ Gog³ hei⁶ Geo² Lung⁴ kêu¹
飾 物、黑 背 心。由 於 旺 角 係 九 龍 區

ling⁴ sen⁴ guo³ heo⁶ gé³ gao¹ tung¹ xu¹ neo², xiu² ba¹ tung¹ xiu¹ heng⁴
凌 晨 過 後 嘅 交 通 樞 紐，小 巴 通 宵 行

zeo², zou⁶ zeo⁶ zo² Wong⁶ Gog³ bed¹ yé⁴ tin¹ gé³ dug⁶ teg⁶ xi⁵ zéng²
走，造 就 咗 旺 角 不 夜 天 嘅 獨 特 市 井

men⁴ fa³.
文 化。

普通話

　　市井旺角不是九龍的銅鑼灣，也不是兩極化的尖
沙咀。同樣是吃喝玩樂購物消費的熱點，旺角更能包容不同的
興趣和文化。一天二十四個小時，都有不同的顏色、噪音和氣
味；人潮流轉其中，各有自己的小天地。龍蛇混雜，雅俗並
存。多元文化一直濃縮在旺角這塊彈丸之地。多元文化其實是
雅稱，真正源自香港本土的次文化只有一個，就是 MK 文化。
MK 者，Mong Kok（旺角）之英文簡寫。MK 仔，即旺角仔，
泛指把頭髮染成金色的一個社會群體。説人家很 MK，就是很
老土、低俗和狡猾的意思。這些人多來自草根，教育水平低，
從事低增值服務業。至於形象，披肩髮、粗飾物、黑背心。由
於旺角是九龍區凌晨過後的交通樞紐，小巴通宵行駛，造就了
旺角不夜天的獨特市井文化。

鐘 zung¹　　非自由詞，跟數詞連用

釋 小時

粵 琴晚得瞓咗三個鐘。**普** 昨晚才睡了三個小時。

笪 dad³　　量詞

釋 1. 用於地方

粵 前面有笪草地，可以坐吓休息。**普** 前面有一片草地，可以坐着休息休息。

釋 2. 用於攤開的糊狀物

粵 睇住，呢度有笪鼻涕。**普** 看着，這兒有一攤鼻涕。

兼夾 gim¹ geb³　　副詞

釋 表示兩種性質同時存在：又

粵 嗰度賣嘅蛋糕大件兼夾好食。**普** 那兒賣的蛋糕塊兒大又好吃。

蠱惑 gu² wag⁶　　形容詞

釋 狡猾，愛算計別人

粵 呢停人夠晒蠱惑，唔好行咁埋。**普** 這種人愛算計別人，少跟他來往。

呢吓 né¹ ha²　　句末助詞，用於疑問句

釋 強調疑問

粵 點解佢唔想嚟呢吓？**普** 他究竟為什麼不願意來？

好耐 hou² noi⁶　　時間詞

釋 很久

粵 我等咗好耐都唔見佢哋嚟。**普** 我等了很久也沒見他們來。

噉 gem²　　句首副詞

釋 那麼（引出判斷）

粵 噉，你哋仲想唔想去？**普** 那麼，你們還想去嗎？

明 ming⁴　　動詞

釋 明白

粵 你明未？唔明，我再講多一次。**普** 你明白了嗎？還不明白的話，我再解釋一遍。

得番 deg¹ fan¹　　動詞

釋 剩下

粵 我個袋得番五百蚊。**普** 我口袋只剩下五百塊。

起 héi² 動詞

釋 建造

粵 政府預留呢塊地起大型商場。

普 政府預留這塊地來建大型商場。

唔多覺 m⁴ do¹ gog³ 動詞

釋 沒怎麼注意

粵 佢幾時返到嚟公司,我真唔多覺。**普** 他什麼時候回到公司,我真沒注意。

hou² noi⁶ sei³ gai³
好耐世界 習用語

釋 用於感歎,表示很久很久以前;口語中常用"好耐之前",也有"咸豐年代"的説法。

粵 我哋大家上次幾時聚埋一齊?好耐世界嘍。**普** 我們大家上次什麼時候聚在一起?很久很久以前的事兒了。

發達 fad³ dad⁶ 形容詞

釋 繁榮

粵 香港上世紀七八十年代先發達起嚟。**普** 香港上世紀七八十年代才繁榮起來。

m⁴ dou³ néi⁵ m⁴ fug⁶
唔到你唔服 習用語

釋 不能不服

粵 佢演藝高超,唔到你唔服。

普 他演藝高超,你不能不服。

deg¹ go³ lün⁶ ji⁶
得個亂字 習用語

釋 形容亂糟糟的

粵 我個仔間房,得個亂字。**普** 我兒子的房間裏面,你要多亂有多亂。

3 微型會話 （5-3）

❶ 話說灣仔

甲： Hêng¹ Gong² yeo⁵ Wei⁴ Do¹ Léi⁶ Nga³ Gong², dim² gai² m⁴ téng¹ gin³ wa⁶ yeo⁵
香 港 有 維 多 利 亞 港，點 解 唔 聽 見 話 有
香港有維多利亞港，怎麼沒有聽説有

Wei⁴ Do¹ Léi⁶ Nga³ Xing⁴ né¹ ha²?
維 多 利 亞 城 呢 吓？
維多利亞城的？

乙： Yeo⁵, hou⁶ noi⁶ ji¹ qin³ yeo⁵ guo³. Ying¹ Guog⁶ yen⁴ jim¹ ling⁵ Hêng¹ Gong² heo⁶
有，好 耐 之 前 有 過。英 國 人 佔 領 香 港 後
有，很久以前有過。英國人佔領香港後

zeo⁶ gin³ leb⁶ zo² Wei⁴ Do¹ Léi⁶ Nga³ Xing⁴.
就 建 立 咗 維 多 利 亞 城。
即建立了了維多利亞城。

甲： Gem² yi⁴ ga¹ hêu¹ zo² bin¹ a³?
噉 而 家 去 咗 邊 呀？
現在在哪兒了？

乙： Mou⁵ zo² leg³. Dong¹ xi² gé⁶ Wei⁴ Xing⁴ hei⁶ yeo⁴ Sei¹ Wan⁴ dou³ Wan¹ Zei²
冇 咗 嘞。當 時 嘅 維 城 係 由 西 環 到 灣 仔
沒了。當時的維城就是從西環到灣仔

go² go³ déi⁶ dün³. Cêd¹ zo² Wan¹ Zei² zeo⁶ deng² yu¹ cêd¹ zo² xing⁴·².
嗰 個 地 段。出 咗 灣 仔 就 等 於 出 咗 城。
那個地段。出了灣仔就等於出了城。

甲： Ngo⁵ ming⁴ leg³. Gong² Dou² dung¹ min⁶ yed¹ fad³ jin², Wei⁴ Xing⁴ zeo⁶ m⁴
我 明 嘞。港 島 東 面 一 發 展，維 城 就 唔
我明白了。港島東面一發展，維城就不

cun⁴ zoi⁶ leg³, deg¹ fan¹ Wei⁴ Gong² ni¹ go³ méng².
存 在 嘞，得 番 維 港 呢 個 名。
存在了，只剩下維港這個名字。

乙： Wan¹ Zei² geo⁶ kêu¹ yi⁶ jin³ hou⁶ xin¹ héi², yi⁴ Gong² Dou² dung¹ min⁶ xin¹ fad³ jin².
灣 仔 舊 區 二 戰 後 先 起，而 港 島 東 面 先 發 展。
灣仔舊區二戰後才建，而港島東面隨之才發展。

甲： Hei⁶ bo³, ngo⁵ gin³ dou³·² Wan¹ Zei² di¹ wang⁴ gai¹ zag³ hong⁶·² lêng⁵ bin⁶ dou¹ hei⁶ tong⁴ leo⁴·².
係 嗘，我 見 到 灣 仔 啲 橫 街 窄 巷 兩 便 都 係 唐 樓。
那是，我看到灣仔窄窄的街巷兩旁都是唐樓。

058

Di¹ tong⁴ leo⁴⁻² dou¹ hei⁶ nam⁴ beg¹ zeo² hêng³ gé³，　ga¹ sêng⁶⁻² tin¹ pang⁴⁻² sêng¹ lin⁴，

乙： 啲 唐 樓 都 係 南 北 走 向 嘅，加 上 天 棚 相 連，

那些唐樓都是南北走向的，加上天台相連，

ying⁴ xing⁴ cêng⁴⁻² cêng⁴ gé³ hung¹ zung¹ zeo² long⁴，hou² yeo⁵ teg⁶ xig¹.

形 成 長 長 嘅 空 中 走 廊，好 有 特 色。

形成長長的空中走廊，是很有特色的。

Ngo⁵ tei² gin³ go² dou⁶ di¹ pou⁶ teo⁴⁻² zei² dou⁶ hei⁶ "sêng⁶ gêu¹ ha⁶ pou³" wog⁶ zé²

甲： 我 睇 見 嗰 度 啲 舖 頭 仔 都 係 "上 居 下 舖" 或 者

我看見那裏的小店舖都是 "上居下舖" 或者

"qin⁴ dim³ hou⁶ cêng²"，Hêng¹ Gong² yen⁴ zen¹ mou⁶ sed⁶.

"前 店 後 廠"，香 港 人 真 務 實。

"前店後廠"，香港人真務實。

Hêng¹ Gong² Sei¹ Wan¹⁻⁴ qing¹ mud⁶ men⁴ co¹ ging¹ yi⁵ hou² fad³ dad⁶，

乙： 香 港 西 環 清 末 民 初 經 已 好 發 達，

香港西環清末民初已經十分繁榮，

Wan¹ Zei² gé³ dung¹ min⁶ hoi¹ fad³ zeo⁶ qi⁴ zo² ca¹ m⁴ do¹ séng⁴ bag³ nin⁴.

灣 仔 嘅 東 面 開 發 就 遲 咗 差 唔 多 成 百 年。

灣仔的東面開發就差不多晚了一百年。

❷ 重慶大廈

Hêng¹ Gong² yeo⁵ hou² do¹ gu² ling⁴ jing¹ guai³ gé³ yé⁵，　m⁴ dou¹ néi⁵ m⁴ fug⁶.

甲： 香 港 有 好 多 古 靈 精 怪 嘅 嘢，唔 到 你 唔 服。

香港有不少稀奇古怪的東西，你不能不佩服他們的靈活性。

Gu² ling⁴ jing¹ guai³，dim² gong² né¹?

乙： 古 靈 精 怪，點 講 呢？

稀奇古怪，這該怎麼說？

Gong² Dou² yeo⁵ Lan⁴ Guei³ Fong¹，Geo² Lung⁴ yeo⁵ Cung⁴ Hing³ Dai⁶ Ha⁶，

甲： 港 島 有 蘭 桂 坊，九 龍 有 重 慶 大 廈。

港島有蘭桂坊，九龍有重慶大廈，

cêd¹ sai³ méng².

出 晒 名。

眾所周知。

Lan⁴ Guei³ Fong¹ zeo⁶ téng¹ gong² guo³，Cung⁴ Hing³ Dai⁶ Ha⁶ zeo⁶ m⁴ do¹ gog³.

乙： 蘭 桂 坊 就 聽 講 過，重 慶 大 廈 就 唔 多 覺。

蘭桂坊就聽說過，重慶大廈就沒怎麼注意。

Med¹ Cung⁴ Hing³ yen⁴ lei⁴ héi² ga⁴?
乜　重　慶　人　嚟　起　㗎？

重慶人跑來蓋的？

Geng² hei⁶ m⁴ hei⁶ la¹,　dong¹ xi⁴ yed¹ ban¹ wa⁴ kiu⁴ hei² Jim¹ Sa¹ Zêu² gé²
甲：梗　係　唔　係　啦，當　時　一　班　華　僑　喺　尖　沙　咀　嘅

當然不是的，當時一批華僑在尖沙咀的

wong⁴ gem¹ déi⁶ dun⁶ héi² lei⁴ géi² nim⁶ kong³ jin³ xing³ léi⁶ gé³.
　黃　金　地　段　起　嚟　紀　念　抗　戰　勝　利　嘅。

黃金地段蓋起來為紀念抗戰勝利的。

Hou² noi⁶ sei³ gai³ lo³ bo³.
乙：好　耐　世　界　囉　噃。

那是很久以前的事情了。

Yi⁴ ga¹ kêu² bin³ zo² guog³ ngoi⁶ wu¹ guei¹ dong² seo² xun² lim⁴ ga³ log⁶ gêg³ déi⁶,
甲：而　家　佢　變　咗　國　外　烏　龜　黨　首　選　廉　價　落　腳　地，

現在它成了國外背包客首選廉價落腳地，

yig⁶ hei⁶ nam⁴ nga³ yen⁴,　fei¹ zeo¹ yen⁴ lem⁴ xi⁴ cei¹ sen¹ ji¹ déi⁶.
　亦　係　南　亞　人、非　洲　人　臨　時　棲　身　之　地。

也是南亞人、非洲人臨時棲身之地。

Hêng¹ Gong² yen⁴ m⁴ ju⁶,　ju⁶ gé³ dou¹ hei⁶ m⁴ tung⁴ fu¹ xig¹,
乙：香　港　人　唔　住，住　嘅　都　係　唔　同　膚　色，

香港人並不入住，入住的都是不同膚色，

m⁴ tung⁴ men⁴ fa³ gé³ yen⁴,　yeo⁶ hei⁶ géi² teg⁶ bid⁶ gé³ wo³.
　唔　同　文　化　嘅　人，又　係　幾　特　別　嘅　喎。

不同文化的人，真是有其特色。

Néi⁵ ho² neng⁴ yi⁵ wei⁴ go² dou¹ deg¹ go³ lün⁶ ji⁶,　dan⁶ yeb⁶ ju⁶ gé³ yen⁴ wong⁵ wong⁵
甲：你　可　能　以　為　嗰　度　得　個　亂　字，但　入　住　嘅　人　往　往

你可能以為那裏面十分亂，但入住的人往往

gem² gog³ dou³˙² gé³ hei⁶ bao¹ yung⁴, ying⁶ tung⁴, sêng¹ géi¹.
　感　覺　到　嘅　係　包　容、認　同、商　機。

感覺到的是包容、認同和商機。

Hêng¹ Gong² yen⁴ hou² xig⁶ zei³,　yeo⁵ qin⁴˙² dai⁶ ga¹ wen² a¹ ma³.
乙：香　港　人　好　實　際，有　錢　大　家　搵　吖　嘛。

香港人很現實，有錢大家賺好了。

Néi⁵ yeo⁵ néi⁵ wen², ngo⁵ yeo⁵ ngo⁵ wen², dai⁶ yeo⁵ dai⁶ wen², sei³ yeo⁵ sei³ wen².
你　有　你　搵，我　有　我　搵，大　有　大　搵，細　有　細　搵。

我賺你的，我賺我的，你賺你的大錢，我賺我的小錢。

4 鬼馬詞語話你知：樓宇戶型

　　香港人信奉〝四仔〞，即屋仔（房子）、車仔（汽車）、老婆仔（妻子）、BB仔（小孩兒）。〝屋仔〞行頭，即係話〝'有瓦遮頭'大過天〞嘅解。所以話呢，樓宇名稱花款就特別多：

① 細價樓（六百萬元以下）、中價樓（一千萬元以下）、豪宅

② 一手樓、二手樓

③ 唐樓（七十年代之前建的、無電梯設施的舊式樓宇）

④ 單棟樓（獨立樓宇）

⑤ 迷你戶（〝豆腐膶〞咁大，面積介乎於 19 至 38 平方米）

⑥ 公屋。在政府〝居者有其屋〞的福利政策下，指比市價低、專門供通過入息審查的低收入家庭居住的單位。

⑦ 籠屋與劏房。前者其實就是一個床位外加鐵籠圍住的棲身之處。後者指一個住宅單位房分隔成若干微型住所。兩者的租客主要是在貧窮線上掙扎的草根階層。

⑧ 就樓宇向外的視野來說，有〝海景樓〞，即可看到大海；〝煙花樓〞，即可看到每逢年初二在維港上空施放的煙火。兩者為售樓商生造之詞，意在促銷。而〝樓景樓〞只能看見對面的樓宇，毫無自然景色可言。

⑨ 凶宅。特指曾經發生過凶殺命案的單位。港人迷信，一般十分避忌此類單位。

06

Meg⁶ Meg¹ Tung⁴ Meg⁶ Deo¹

麥嘜同麥兜

麥嘜同麥兜都係粉紅色嘅豬仔。

麥兜好"死蠢"。

佢從來冇失望嘅感覺。

佢喺處處撞板嘅城市裏頭認真噉生活。

佢嘅口號係："一二三四五六七，多勞多得。"

香港話

Hêng¹ Gong² ka¹ tung¹ zung¹ gé³ Meg⁶ Meg¹
香　港　卡　通　中　嘅　麥　嘜（McMug）

tung⁴ Meg⁶ Deo¹　　　　　cêd¹ yin⁶ yu¹ yed¹ geo² bad³ bad³ nin⁴.
同　麥　兜（McDull）出　現　於　１　９　８　８　年。

Lêng⁵ go³ dou¹ hei⁶ wag⁶ xing⁴ fen² hung⁴ xig¹ gé³ ju¹ zei², dou¹ hei⁶
兩　個　都　係　畫　成　粉　紅　色　嘅　豬　仔，都　係

Hêng¹ Gong² yen⁴ jing¹ ming⁴ yid¹ min⁶ gé³ fa³ sen¹. Meg⁶ Meg¹ né¹,
香　港　人　精　明　一　面　嘅　化　身。麥　嘜　呢，

fu³ ga¹ ji² dei⁶, ying¹ men⁴⁻² gong² deg¹ lag¹ lag¹ séng¹. Meg⁶ Deo¹
富　家　子　弟，英　文　講　得　嘞　嘞　聲。麥　兜

né¹, kung⁴ ga¹ ji² dei⁶, peng⁴ ju⁶ kêu⁵ ngong⁴ teo⁴ ngong⁶ nou² gé³
呢，窮　家　子　弟，憑　住　佢　戇　頭　戇　腦　嘅

"séi² cên²" jing¹ sen⁴, jing² yin⁴ xing⁴ wei⁴ zo² Hêng¹ Gong² cou² gen¹
"死　蠢"　精　神，竟　然　成　為　咗　香　港　草　根

gai¹ ceng⁴ gé³ yed¹ go³ men⁴ fa³ fu⁴ hou⁶⁻². Kêu⁵ gé³ ging¹ lig⁶ ping⁴ dam⁶
階　層　嘅　一　個　文　化　符　號。佢　嘅　經　歷　平　淡

mou⁴ kéi⁴, dan⁶ zen¹ sed⁴ gem² tei² yin⁶ zo² pou² tung¹ xi⁵ men⁴ gé³
無　奇，但　真　實　噉　體　現　咗　普　通　市　民　嘅

seng¹ qun⁴ zong⁶ tai³ tung⁴ heng⁴ wei⁴ fong¹ xig¹, bing⁶ lin⁴ dai³ jin² xi⁶
生　存　狀　態　同　行　為　方　式，並　連　帶　展　示

cêd¹ Hêng¹ Gong² so² teg⁶ yeo⁶ gé³ lig⁶ xi² men⁴ fa³ yen³ géi³. Meg⁶ Deo¹
出　香　港　所　特　有　嘅　歷　史　文　化　印　記。麥　兜

tan² yin⁴ gem², fu³ yeo⁵ yeo¹ meg⁶ gem² jib³ seo⁶ sed¹ bai⁶. Kêu⁵ m⁴
坦　然　噉，富　有　幽　默　噉　接　受　失　敗。佢　唔

hog⁶ qi⁵ Zeo¹ Yên⁶ Fad³ kêu⁵ déi⁶, sé⁵ wui⁶⁻² sêng⁶ gé³ "xing⁴ gung¹"
學　似　周　潤　發　佢　哋，社　會　上　嘅　"成　功"

ha⁵ ha⁵ deng² doi⁶ ju⁶ kêu⁵ déi⁶. Kêu⁵ cung⁴ loi⁴ mou⁵ sed¹ mong⁶ gé³

吓吓 等 待住佢哋。佢 從 来 冇 失 望 嘅

gem² gog³, kêu⁵ jig¹ gig⁶ gem², nou⁵ lig⁶ gem², hei² qu³ qu³ zong⁶ ban²

感 覺，佢 積 極 嘅，努 力 嘅，喺 處 處 撞 板

gé³ xing⁴ xi⁵ lêu⁵ teo⁴ ying⁶ zen¹ gem² seng¹ wud⁶. Kêu⁵ gé³ heo² hou⁶

嘅 城 市 裏 頭 認 真 嘅 生 活。佢 嘅 口 號

hei⁶: "Yed¹ yi⁶ sam¹ séi³ ng⁵ lug⁶ ced¹, do¹ lou⁴ do¹ deg¹." Ming⁴

係："一 二 三 四 五 六 七，多 勞 多 得。" 明

tin¹ wui⁵ geng³ hou², Meg⁶ Deo¹ sên³ ni¹ yêng⁶ yé⁵, Hêng¹ Gong² yen⁴

天 會 更 好，麥 兜 信 呢 樣 嘢，香 港 人

yig⁶ sên³ ni¹ yêng⁶ yé⁵.

亦 信 呢 樣 嘢。

普通話

　　香港卡通中的麥嘜和麥兜出現在 1988 年。兩個都是畫成粉紅色的小豬，都是香港人精明一面的化身。麥嘜呢，富家子弟，英語說得棒極了。麥兜呢，窮家子弟，憑他愣頭愣腦、不會變通的精神，竟然成為了香港草根階層的一個文化符號。他的經歷平淡無奇，可真實地體現了普通市民的生存狀態和行為方式，並連帶展示了香港所特有的歷史文化印記。麥兜坦然地、富有幽默地接受失敗。他不像周潤發他們，社會上的"成功"無時無刻等待着他們。他從來沒有失望的感覺，他積極地、努力地、在處處碰壁的城市裏面認真地生活。他的口號是："一二三四五六七，多勞多得。"明天會更好，麥兜信這一套，香港人也信這一套。

死 séi²　　　　　前綴

⊛ 用於強調 "不變"

① 粵 佢份人死蠢。普 他可是死腦筋。
② 粵 佢死忠，你都冇佢符。普 他就死硬派，你拿他沒辦法。

gong² deg¹ lag¹ lag¹ séng¹
講 得 嘮 嘮 聲　　　複合動詞

⊛ 形容講某種語言的流利程度

粵 佢英文講得嘮嘮聲，十足十似鬼佬。普 他英語説得棒極了，完全像個老外。

唔學似 m⁵ hog⁶ qi⁵　　　動詞

⊛ 相比之下處於劣勢

粵 我唔學似佢哋嗽，細細個就坐飛機旅行。普 我不像他們那樣，小時候就坐上飛機去旅行。

吓吓 ha⁵ ha⁵　　　副詞

⊛ 強調反覆出現的情形

粵 唔好吓吓都要人幫手。普 別老要人家幫忙。

撞板 zong⁶ ban²　　　固化動詞

⊛ 碰釘子

① 粵 撞板多過食飯。普 老碰釘子。
② 粵 你咁做唔得，實撞板。普 你這樣做可不行，準失敗。

得意 deg¹ yi³　　　形容詞

⊛ 討人喜歡

粵 佢個 BB 女好得意。普 她的小女孩兒可愛極了。

嗰停 go² ting²　　　限定詞

⊛ 那種

① 粵 佢唔係嗰停人，唔會做出嗰嘅事。普 他不是那種人，不會做出這樣的事情。
② 粵 嗰停西瓜未食過。普 那品種的西瓜沒吃過。

個樣 go³ yêng²　　　名詞

⊛ 模樣

粵 佢個樣似老竇。普 他模樣像他爸。

焗住 gug⁶ ju⁶ 　　助動詞

- 釋 不得不
- 粵 今日啲飛賣晒,焗住聽日返。
- 普 今天的車票賣光了,只好明天才回來。

so⁵ yi¹ wa⁶ né¹
所以話呢 　　話語標記

- 釋 表示總結
- 粵 所以話呢,仔大仔世界。普 我說吶,兒女大了有自己的生活。

m⁴ guai³ ji¹ deg¹
唔怪之得 　　連詞

- 釋 難怪
- 粵 突然間落大雨,唔怪之得大家都遲到。普 突然下起大雨,難怪大夥兒都遲到。

落重本 log⁶ cung⁵ bun² 　　動詞

- 釋 投資不少錢
- 粵 產品滯銷,焗住落重本賣廣告。
- 普 產品滯銷,不得不大量投資刊登廣告。

hêu³ teo¹ hêu³ cêng²
去偷去搶 　　習用語

- 釋 喻指做出違法行為
- 粵 搵錢講正道,千祈唔好去偷去搶。普 賺錢要走正道,不要走歪道。

七仔 ced¹ zei² 　　縮略詞

- 釋 替代 "7 · 11 便利店"
- 粵 屋企樓下有間七仔,好方便。
- 普 我家樓下有家便利店,十分方便。

啱聽 ngam¹ téng¹ 　　動詞

- 釋 說的有道理
- 粵 佢講嘅嘢幾啱聽。普 他說的話有道理。

❶ 麥兜正傳

甲：<ruby>你<rt>Néi⁵</rt></ruby> <ruby>知<rt>ji¹</rt></ruby> <ruby>唔<rt>m⁴</rt></ruby> <ruby>知<rt>ji¹</rt></ruby> <ruby>麥<rt>Meg⁶</rt></ruby> <ruby>兜<rt>Deo¹</rt></ruby> <ruby>幾<rt>géi²</rt></ruby> <ruby>時<rt>xi⁴</rt></ruby> <ruby>出<rt>cêd¹</rt></ruby> <ruby>世<rt>sei³</rt></ruby> <ruby>㗎<rt>ga³</rt></ruby>？

你知道麥兜什麼時候出生的嗎？

乙：<ruby>好<rt>Hou²</rt></ruby> <ruby>似<rt>qi⁵</rt></ruby> <ruby>喺<rt>hei²</rt></ruby> 1 9 8 8 <ruby>年<rt>nin⁴</rt></ruby> <ruby>啩<rt>gua³</rt></ruby>，<ruby>係<rt>hei⁶</rt></ruby> <ruby>一<rt>yed¹</rt></ruby> <ruby>隻<rt>zég³</rt></ruby> <ruby>粉<rt>fen²</rt></ruby> <ruby>紅<rt>hung⁴</rt></ruby> <ruby>色<rt>xig¹</rt></ruby> <ruby>嘅<rt>gé³</rt></ruby> <ruby>豬<rt>ju¹</rt></ruby> <ruby>仔<rt>zei²</rt></ruby>。

好像是在 1988 年吧，是一頭粉紅色的小豬。

甲：<ruby>粉<rt>Fen²</rt></ruby> <ruby>紅<rt>hung⁴</rt></ruby> <ruby>色<rt>xig¹</rt></ruby>？<ruby>好<rt>Hou²</rt></ruby> <ruby>得<rt>deg¹</rt></ruby> <ruby>意<rt>yi³</rt></ruby> <ruby>噃<rt>bo³</rt></ruby>。<ruby>梗<rt>Geng²</rt></ruby> <ruby>係<rt>hei⁶</rt></ruby> IQ <ruby>爆<rt>bao³</rt></ruby> <ruby>棚<rt>pang⁴</rt></ruby> <ruby>嗰<rt>go²</rt></ruby> <ruby>停<rt>ting²</rt></ruby> <ruby>嘞<rt>leg³</rt></ruby>。

粉紅色？挺討人喜歡的。肯定是智商一流了。

乙：<ruby>唔<rt>M⁴</rt></ruby> <ruby>係<rt>hei⁶</rt></ruby> <ruby>噃<rt>bo³</rt></ruby>。<ruby>同<rt>Tung⁴</rt></ruby> <ruby>你<rt>néi⁵</rt></ruby> <ruby>同<rt>tung⁴</rt></ruby> <ruby>我<rt>ngo⁵</rt></ruby> <ruby>一<rt>yed¹</rt></ruby> <ruby>樣<rt>yêng⁶</rt></ruby>，<ruby>個<rt>go³</rt></ruby> <ruby>樣<rt>yêng⁶⁻²</rt></ruby> <ruby>死<rt>séi²</rt></ruby> <ruby>蠢<rt>cên²</rt></ruby>，

才不是。跟你和我一樣，愣乎乎的，

<ruby>諗<rt>nem²</rt></ruby> <ruby>法<rt>fad³</rt></ruby> <ruby>死<rt>séi²</rt></ruby> <ruby>蠢<rt>cên²</rt></ruby>，<ruby>但<rt>dan⁶</rt></ruby> <ruby>係<rt>hei⁶</rt></ruby> <ruby>冇<rt>mou⁵</rt></ruby> <ruby>害<rt>hoi⁶</rt></ruby> <ruby>人<rt>yen⁴</rt></ruby> <ruby>之<rt>ji¹</rt></ruby> <ruby>心<rt>sem¹</rt></ruby>。

傻呵呵的，可沒有害人之心。

甲：<ruby>就<rt>Zeo⁶</rt></ruby> <ruby>係<rt>hei⁶</rt></ruby> <ruby>噉<rt>gem²</rt></ruby> <ruby>樣<rt>yêng⁶⁻²</rt></ruby>，<ruby>佢<rt>kêu⁵</rt></ruby> <ruby>抱<rt>pou⁵</rt></ruby> <ruby>住<rt>ju⁶</rt></ruby> <ruby>希<rt>héi¹</rt></ruby> <ruby>望<rt>mong⁶</rt></ruby> <ruby>迎<rt>ying⁴</rt></ruby> <ruby>接<rt>jib³</rt></ruby> <ruby>人<rt>yen⁴</rt></ruby> <ruby>生<rt>seng¹</rt></ruby>，

就這樣，他抱着希望迎接人生，

<ruby>往<rt>wong⁵</rt></ruby> <ruby>往<rt>wong⁵</rt></ruby> <ruby>得<rt>deg¹</rt></ruby> <ruby>到<rt>dou¹</rt></ruby> <ruby>嘅<rt>gé³</rt></ruby> <ruby>係<rt>hei¹</rt></ruby> <ruby>失<rt>sed¹</rt></ruby> <ruby>望<rt>mong⁶</rt></ruby>，<ruby>依<rt>yi¹</rt></ruby> <ruby>然<rt>yin⁴</rt></ruby> <ruby>唔<rt>m⁴</rt></ruby> <ruby>服<rt>fug⁶</rt></ruby> <ruby>輸<rt>xu¹</rt></ruby>、<ruby>唔<rt>m⁴</rt></ruby> <ruby>放<rt>fong³</rt></ruby> <ruby>棄<rt>héi³</rt></ruby>。

往往得到的是失望，依然不服輸、不放棄。

乙：<ruby>佢<rt>Kêu⁵</rt></ruby> <ruby>有<rt>yeo⁵</rt></ruby> <ruby>啲<rt>di¹</rt></ruby> <ruby>金<rt>gem¹</rt></ruby> <ruby>句<rt>gêu³</rt></ruby>，<ruby>譬<rt>péi³</rt></ruby> <ruby>如<rt>yu⁴</rt></ruby> "<ruby>大<rt>dai⁶</rt></ruby> <ruby>難<rt>nan⁴</rt></ruby> <ruby>不<rt>bed¹</rt></ruby> <ruby>死<rt>séi²</rt></ruby>，<ruby>必<rt>bid¹</rt></ruby> <ruby>有<rt>yeo⁵</rt></ruby> <ruby>鑊<rt>wog⁶</rt></ruby> <ruby>粥<rt>zug¹ᵇ</rt></ruby>"、

他有些名言，譬如 "大難不死，必有鍋粥"、

"<ruby>天<rt>tin¹</rt></ruby> <ruby>有<rt>yeo⁵</rt></ruby> <ruby>不<rt>bed¹</rt></ruby> <ruby>測<rt>cag¹</rt></ruby> <ruby>之<rt>ji¹</rt></ruby> <ruby>風<rt>fung¹</rt></ruby> <ruby>雲<rt>wen⁴</rt></ruby>，<ruby>人<rt>yen⁴</rt></ruby> <ruby>有<rt>yeo⁵</rt></ruby> <ruby>霎<rt>sab⁶</rt></ruby> <ruby>時<rt>xi⁴</rt></ruby> <ruby>之<rt>ji¹</rt></ruby> <ruby>蛋<rt>dan⁶</rt></ruby> <ruby>撻<rt>tad¹ᵇ</rt></ruby>"。

"天有不測之風雲，人有霎時之蛋撻"。

甲：<ruby>係<rt>Hei⁶</rt></ruby> <ruby>呀<rt>a³</rt></ruby>，<ruby>你<rt>néi⁵</rt></ruby> <ruby>聽<rt>téng¹</rt></ruby> <ruby>到<rt>dou³⁻²</rt></ruby> <ruby>笑<rt>xiu³</rt></ruby> <ruby>唔<rt>m⁴</rt></ruby> <ruby>出<rt>cêd¹</rt></ruby>，<ruby>但<rt>dan⁶</rt></ruby> <ruby>會<rt>wui⁵</rt></ruby> <ruby>有<rt>yeo⁵</rt></ruby> <ruby>感<rt>gem²</rt></ruby> <ruby>觸<rt>zug¹</rt></ruby>。

對，你聽到了笑不出來，但會有感觸。

Yen¹ wei⁶ ni¹ di¹ hei⁶ yin⁴ sed⁶. hei⁶ hou² do¹ Hêng¹ Gong² yen⁴ ging¹ lig¹ guo³ yi⁴ gug⁶

乙：因 為 呢啲 係 現 實，係 好 多 香 港 人 經 歷 過 而 焗

因為這些是現實，是許多香港人經歷過而不

ju⁶ yiu³ jib¹ seo⁶ gé³ yin⁶ sed⁶、dan¹ hei⁶ dai⁶ ga¹ jiu³ yêng⁶²⁾ zeb¹ zêg⁶ gem² seng¹ wud⁶.

住 要 接 受 嘅 現 實，但 係 大 家 照 樣 執 着 嘅 生 活。

得不接受的現實，但是大家照樣執着地生活。

So² yi³ wa⁶ né¹、 ju¹ zei² Meg⁶ Deo¹ zeo⁶ xing⁴ wei⁴ dai⁵ yen⁴ sei³ lou⁶ ji³

甲：所 以 話 呢，豬 仔 麥 兜 就 成 為 大 人 細 路 至

所以説，小豬麥兜就成為大人小孩兒最

zung¹ yi³ gé³ ka¹ tung¹ yen⁴ med⁶⁻².

中 意 嘅 卡 通 人 物。

喜愛的卡通人物。

M⁴ guai⁶ ji¹ deg¹ tung¹ gai¹ dou¹ yeo⁵ qi¹ ju⁶ Meg⁶ Deo¹ ying⁴ zêng⁶ gé³ men⁴ gêu⁶ a³、

乙：唔 怪 之 得 通 街 都 有 黐住 麥 兜 形 象 嘅 文 具 呀、

難怪到處都有黏着麥兜形象的文具呀、

sam¹ fu³ a³、 sei³ lou² go¹ xu¹ a³ mai⁶ la¹.

衫 褲 呀、 細 佬 哥 書 呀 賣 啦.

衣服褲子呀、小人書呀賣了。

② "港漫" 係乜

"Gong² man⁶" hei⁶ med¹?

甲："港 漫" 係 乜？

"港漫"是什麼？

Téng¹ gong² hei⁶ Hêng¹ Gong² bun² tou² yun⁴ can² man⁶ wa⁶⁻² gé³ gan² qing¹.

乙：聽 講 係 香 港 本 土 原 產 漫 畫 嘅 簡 稱。

聽説是香港本土原產漫畫的簡稱。

Ngo⁵ hei² ced¹ zei² dou⁶ gin³ guo³.

我 喺 七 仔 度 見 過。

我在七十一便利店看見過。

Med¹ yé⁵ hei⁶ "bun² tou² yun⁴ can²"、 gem³ lo¹ so¹ gé²?

甲：乜 嘢 係 "本 土 原 產"，咁 囉 嗦 嘅？

什麼是 "本土原產"？怪囉嗦的。

Ngo⁵ gan¹ zung¹ dou¹ tei² guo³ kêu⁵ déi⁶ gé³ gai² xig¹、

乙：我 間 中 都 睇 過 佢 哋 嘅 解 釋，

我偶爾也看過他們的解釋，

wa⁶ hei⁶ hog⁶ zug¹ Méi⁵ Guog³ ying¹ hung⁴ man⁶ wa⁶⁻² ga³.

甲： 話 係 學 足 美 國 英 雄 漫 畫 㗎。

説是以美國英雄漫畫為藍本。

Gem² ji¹ hei⁶ dim² a³?

甲： 噉 即 係 點 呀？

那指的是什麼？

Léi⁵ nim⁶ sêng⁶ "géi¹ yug⁶ deng² yu¹ lig⁶ lêng⁶"、 noi⁶ yung⁴ sêng⁶ "da² da² sad³ sad³",

乙： 理 念 上 "肌 肉 等 於 力 量"，內 容 上 "打 打 殺 殺"，

理念上 "肌肉等於力量"，內容上 "暴力是一切"，

zei³ zog³ sêng⁶ log⁶ cung⁵ bun², jing³ dou⁶ léng³ yed¹ léng³.

製 作 上 落 重 本，整 到 靚 一 靚。

製作上下重本兒，精美極了。

Dou¹ géi² keb¹ yen⁵ di¹ hog⁶ seng¹ go¹ go³ bo³. Ni¹ di¹ giu³ xi⁶ gog³ qi³ gig¹,

甲： 都 幾 吸 引 啲 學 生 哥 個 㗎。呢 啲 叫 視 角 刺 激，

這倒能吸引年輕學生的。這就叫做視角刺激，

wag⁶ zé² sem¹ léi⁵ sung¹ qi⁴ a¹ ma³.

或 者 心 理 鬆 弛 吖 嘛。

或者心理鬆弛。

Géi³ yin⁴ yeo⁵ yed¹ pei¹ "gong² man⁶ séi² zung¹" hei³ dou⁶,

乙： 既 然 有 一 批 "港 漫 死 忠" 喺 度，

既然有一批 "港漫死黨" 在這兒，

gem² zeo⁶ yeo⁵ seng¹ qun⁴ hung¹ gan¹ la¹.

噉 就 有 生 存 空 間 啦。

那就有了生存空間。

"Gong² man⁶" sug⁶ yu¹ "zug⁶" ngei⁶ sêd⁶, yeo⁶ mou⁵ giu³ néi⁵ hêu³ teo¹ hêu³ cêng²,

甲： "港 漫" 屬 於 "俗" 藝 術，又 冇 叫 你 去 偷 去 搶，

"港漫" 屬於 "俗" 藝術，並沒有唆使任何違法行為，

Hêng² Gong² yen⁴ gong² bao¹ yung⁴.

香 港 人 講 包 容。

香港人講包容。

Ngam¹ téng¹, qi² zung¹ hei² gong² ngou³ tung⁴ dung¹ nam⁴ nga³,

乙： 啱 聽，始 終 喺 港 澳 同 東 南 亞，

説得對，畢竟在港澳和東南亞，

sem¹ ji³ yun⁵ ji³ méi¹ ga¹ dou¹ zung⁶ hei³ yeo⁵ xi⁵ cêng⁴ gé³.

甚 至 遠 至 美 加 都 仲 係 有 市 場 嘅。

甚至遠至美加還是有市場的。

4 鬼馬詞語話你知：説 "煲"

　　"煲"作為動詞，原意為 "把糧食放在水裏長時間熬"。香港話裏有多層延伸意，使用頻率較高。除了被廣泛接受的 "煲電話粥"之外，還有：

❶ 煲蠟

特指中秋節期間小孩兒點燃蠟燭，然後往裏潑點兒水使火焰升高的遊戲。

❷ 煲碟

指長時間觀看影碟。例：邊度都唔去，留喺屋企煲碟。

❸ 煲煙

指一根接着一根抽煙。例：佢兩個喺外面一便煲煙一便傾偈。

❹ 煲新聞

指長時間報導評論某則新聞。例：呢單新聞，報紙係噉煲。

❺ 煲老藕

喻指懷着騙財騙色企圖的男性與富有的、上了年紀的女性結婚。

❻ 煲冇米粥

指憑空議論，毫無實質內容。例：要做就做，煲冇米粥有乜意思？

❼ 煲水新聞

指媒體上的虛假消息。例：報紙話係噉話，煲水新聞啫。

07

Dig⁶　Xi⁶　Néi⁴　Log⁶　Yun⁴

迪士尼樂園

喺嗰度睇巡遊，直情冇得彈。
你仲可以參加漂流之旅喇。
近距離同卡通人物真人接觸。
坐上飛碟體驗深不可測嘅時空旅程，
嚇你餐死。

香港話

Hêng¹ Gong² Dig⁶ Xi⁶ Néi⁴ Log⁶ Yun⁴ yed¹ gung⁶ yeo⁵ séi³
香 港 迪 士 尼 樂 園 一 共 有 四

go³ ju² tei⁴ kêu¹ wig⁶: Méi⁵ Guog³ xiu² zen³ dai² gai¹, tam³ him² sei³
個 主 題 區 域：美 國 小 鎮 大 街、探 險 世

gai³, wan⁶ sêng² sei³ gai³, ming⁴ yed⁶ sei³ gai³. Mui⁵ go³ kêu¹ wig⁶
界、幻 想 世 界、明 日 世 界。每 個 區 域

dou¹ béi² yeo⁴ hag³ dai² lei⁴ kéi³ miu⁶ gé³ tei² yim⁶. Dai⁶ gai¹ fu² yeo⁵ ya⁶
都 畀 遊 客 帶 嚟 奇 妙 嘅 體 驗。大 街 富 有 廿

sei³ géi² co¹ din² ying⁴ gé³ Méi⁵ Guog³ xiu² zen³ wai² geo⁶ xig¹ coi². Hei²
世 紀 初 典 型 嘅 美 國 小 鎮 懷 舊 色 彩。喺

go² dou⁶ tei² cên⁴ yeo⁴, jig⁶ qing⁴ mou⁵ deg¹ tan⁴. Tam³ him² sei³ gai³
嗰 度 睇 巡 遊，直 情 冇 得 彈。探 險 世 界

ying⁴ zou⁶ cêd¹ yun⁴ qi² sem¹ lem⁴ gé³ cêng⁴ ging². Néi⁵ zung⁶ ho² yi⁵
營 造 出 原 始 森 林 嘅 場 景。你 仲 可 以

cam¹ ga¹ piu¹ leo⁴ ji¹ lêu⁵ tim¹. Wan³ sêng² sei³ gai³ qid³ gei³ xing⁴ yed¹
參 加 漂 流 之 旅 添。幻 想 世 界 設 計 成 一

go³ tung⁴ wa⁴⁻² bun¹ gé³ mung⁶ wan⁶ fa¹ yun⁴⁻², deng² néi⁵ ken⁵ kêu⁵ léi⁴
個 童 話 般 嘅 夢 幻 花 園，等 你 近 距 離

tung⁴ yi⁵ qin⁴ hei² din⁶ xi⁶ tei² dou³⁻² gé³ ka¹ tung⁴ yen⁴ med⁶⁻² zen¹ yen⁴
同 以 前 喺 電 視 睇 到 嘅 卡 通 人 物 真 人

jib³ zug¹. Gem² gog³ sêng⁶ hou² kéi⁴ miu⁶, hou² qi⁵ fan² lou⁵ wan⁴ tung⁴
接 觸。感 覺 上 好 奇 妙，好 似 返 老 還 童

gem². Ming⁴ yed⁶ sei³ gai³ hei⁶ yed¹ pin³ cung¹ mun⁵ fo¹ wan⁶ kéi⁴ tam⁴
嘅。明 日 世 界 係 一 片 充 滿 科 幻 奇 談

gé³ tin¹ déi⁶. Co⁵ sêng⁶⁻² hêu¹ yi⁵ gé³ féi¹ dib⁶⁻² tei² yim⁶ sem¹ bed¹ ho²
嘅 天 地。坐 上 虛 擬 嘅 飛 碟 體 驗 深 不 可

ceg¹ gé³ xi⁴ hung¹ lêu⁵ qing⁴, hag³ néi⁵ can¹ séi². Man⁵ heg¹ zog³ wei⁴
測 嘅 時 空 旅 程，嚇 你 餐 死。晚 黑 作 為

yu⁴ hing³ gé³ yed¹ cêng⁴ xing¹ meng⁶ kéi⁴ yun⁴ yin¹ fa¹ biu² yin² ling⁶
餘 興 嘅 一 場 星 夢 奇 緣 煙 花 表 演 令

yen⁴ leo⁴ lin⁴ mong⁶ fan². Dai⁶ ga¹ kéi⁴ sed⁶ m⁴ hei⁶ tei² yin¹ fa¹,　yi¹
人 流 連 忘 返。大 家 其 實 唔 係 睇 煙 花，而

hei⁶ hei² yin¹ fa¹ ji¹ zung¹, hei² ju² téi⁴ ngog⁶ kug¹ ji¹ zung¹. Hêng¹
係 喺 煙 花 之 中，喺 主 題 樂 曲 之 中。香

Gong² Dig⁶ Xi⁴ Néi⁴ dim² gai² gem³ xing⁴ gung¹, yen¹ wei⁶ so² yeo⁵
港 迪 士 尼 點 解 咁 成 功，因 為 所 有

yen⁴ dou¹ wui⁵ log⁶ zoi⁶ kéi⁴ zung¹.
人 都 會 樂 在 其 中。

普通話

　　香港迪士尼樂園一共有四個主題區域：美國小鎮大街、探險世界、幻想世界、明日世界。每個區域都給遊客帶來奇妙的體驗。大街富有二十世紀初典型的美國小鎮懷舊色彩。在那兒看遊行，棒極了。探險世界營造出原始森林的場景，你還可以參加漂流之旅。幻想世界設計成一個童話般的夢幻花園，讓你近距離跟以前在電視看到卡通人物真人接觸。感覺上很奇妙，好像返老還童那樣。明日世界是一片充滿科幻奇談的天地。坐上虛擬的飛碟體驗深不可測的時空旅程，真嚇人。晚上作為餘興的一場星夢奇緣煙花表演令人流連忘返。其實大家不是看煙花，而是沉浸在煙花之中、在主題樂曲之中。香港迪士尼為什麼那麼成功，因為所有人都會樂在其中。

直情 jig⁶ qing⁴　　副詞

釋 1. 肯定

粵 佢直情唔啱。普 他肯定不對。

釋 2. 乾脆

粵 第啲人嘅意見，佢直情唔聽。

普 別人的意見他乾脆不聽。

冇得彈 mou⁵ deg¹ tan⁴　動詞

釋 無可挑剔

粵 佢哋嘅服務效率冇得彈。普 他們的服務效率無可挑剔。

zung⁶ … tim¹
仲⋯⋯添　　對應結構

釋 表示添加

粵 一碗飯食唔飽，我仲想要一碗添。普 一碗飯吃不飽，我還想再來一碗。

等 deng⁵　　助動詞

釋 讓

① 粵 等我嚟。普 讓我來。

② 粵 等佢哋試試我嘅手藝。普 讓他們嚐嚐我的手藝。

餐死 can¹ séi²　　虛化補語

釋 用在動詞後面，表示強調

① 粵 老闆知道實鬧你餐死。

普 老闆知道了準狠狠剋你一頓。

② 粵 睇見佢個樣，大家笑餐死。

普 看見他那模樣，大家開懷大笑。

咁 gem³　　指示代詞

釋 那麼；這麼

① 粵 條褲咁窄，我着唔落。普 褲子這麼窄，我穿不下。

② 粵 個天咁熱，仲着西裝？

普 天氣那麼熱，還穿西服？

未曾 méi⁵ ceng⁴　　副詞

釋 還沒有

粵 我知佢嘅名，但未曾見過面。

普 我知道他的名字，但還沒有見過面。

嘈住 cou⁴ ju⁶　　動詞

釋 嚷嚷（要）

粵 佢成日嘈住過澳門玩。普 他整天嚷嚷要去澳門玩兒。

sem¹ dou¹ léi⁴ mai⁴

心都離埋

習用語

釋 表示很擔心或很難過

粵 聽到嗰嘅消息，心都離埋。

普 聽到這樣的消息，心裏很不安。

過② guo³

動詞詞綴

釋 表示重新

① **粵** 我頭先排錯隊，焗住排過。

　 普 我剛才排錯了隊，只好重新再排。

② **粵** 你買重咗嘞，快啲去買過啦。

　 普 你買重複了，趕緊重新再買。

過③ guo³

動詞詞綴

釋 表示距離

① **粵** 唔該你坐過少少，等個細佬哥坐吓。**普** 勞駕您挪一下，讓這小孩兒坐坐。

② **粵** 唔該你企過少少，我冇埞企。

　 普 勞駕您挪一下，我沒有地方站。

耐唔耐 noi⁶ m⁴ noi⁶⁻²

副詞

釋 久不久

粵 佢耐唔耐都有打電話過嚟嘅。

普 他久不久也會打個電話過來。

得着 deg¹ zêg⁶

名詞

釋 好處

粵 大家傾吓呢次實驗嘅得着咧？

普 大家談談這次實驗的收穫好嗎？

---

deg¹ go³ tei² ji⁶

得個睇字

動詞結構

釋 光看（含不滿）

粵 呢次參觀得個睇字，冇人講解。

普 這次參觀光看，沒人講解。

冇厘 mou⁵ léi⁴

動詞詞綴

釋 表示程度低

① **粵** 琴晚冇點瞓，今早冇厘精神。

　 普 昨晚沒怎麼睡，今早精神不振。

② **粵** 近排冇厘胃口，乜都唔想食。

　 普 這一陣子根本沒胃口，什麼也不想吃。

3 微型會話 🎧7-3

❶ 海洋公園

Kem¹ yed⁶ hêu¹ Hoi² Yêng⁴ Gung¹ Yun⁴⁻² wan² séng⁴ dim² a³?

甲：琴 日 去 海 洋 公 園 玩 成 點 呀？

昨天上海洋公園玩兒得怎樣？

Di¹ sei³ lou² go¹ wan² deg¹ zen¹ hei⁶ hoi¹ sem¹, dou¹ m⁴ heng² zeo².

乙：啲 細 佬 哥 玩 得 真 係 開 心，都 唔 肯 走。

小孩兒玩兒得高興極了，都不願意離開。

Geng² hei² la¹, hei⁶ sei² lou² go¹ dou¹ zung¹ yi³ hêu⁵ la¹.

甲：梗 係 啦，係 細 佬 哥 都 中 意 去 啦。

當然嘍，小孩兒都會喜歡。

Go³ ga¹ zé¹ zeo⁶ zung¹ yi³ tei² sêu² zug⁶ gun², tei² dou³⁻² jing⁶ hei⁶ hei² xu¹ bun² sêng⁴

乙：個 家 姐 就 中 意 睇 水 族 館，睇 到 淨 係 喺 書 本 上

姐姐很喜歡看水族館，看到光在書本上

gin³ guo³ di¹ yu⁴⁻² sang¹ sang¹ mang⁵ mang⁵ gem² hei² ji⁶ géi² sen¹ bin¹ yeo⁴ guo³.

見 過 啲 魚 生 生 猛 猛 嗽 喺 自 己 身 邊 游 過。

看過的魚活生生地從自己身邊游過。

Yeo⁵ hou² do² yu⁶⁻² kêu⁵ hei² xu¹ bun² sêng⁶ méi⁶ ceng⁴ gin³ guo³ tim¹ bo³.

甲：有 好 多 魚 佢 喺 書 本 上 未 曾 見 過 嗽 嘛。

有不少魚她在書本上還沒見過的呢。

Go³ sei³ lou² né¹, cou⁴ ju⁶ yiu³ co⁵ guo³ san¹ cé¹. Tei² kêu⁵ zé² dei⁶

乙：個 細 佬 呢，嘈 住 要 坐 過 山 車。睇 佢 姐 弟

弟弟呢，直嚷着要坐過山車。看他們姐弟

lêng⁵ go³ fu² cung¹ log⁶ lei⁴, zeo⁶ lei⁴ did³ log⁶ dai⁶ hoi¹ gem², sem¹ dou¹ léi⁴ mai⁴.

兩 個 俯 衝 落 嚟，就 嚟 跌 落 大 海 嗽，心 都 離 埋。

倆俯衝下來，好像要丟進大海一樣，心都快跳出來。

Ngo⁵ yi⁴ ga¹ dou¹ m⁴ gem² co⁵ guo³ san¹ cé¹ leg³, hag³ ji⁶ géi² yed¹ can¹ séi² zé¹.

甲：我 而 家 都 唔 敢 坐 過 山 車 嘞，嚇 自 己 一 餐 死 啫。

我現在不敢再坐過山車了，生怕把自己嚇個半死。

Sei³ lou⁶ zei² m⁴ tung⁴, m⁴ ji¹ séi² a¹ ma³.

乙：細 路 仔 唔 同，唔 知 死 吖 嘛。

小孩兒不同，沒有危險的意識。

Sei³ lou² log³ zo² lei⁴ zung⁶ sêng² pai⁴ guo³ dêu⁶⁻² co⁵ dei⁶ yi⁶ lên¹.

細佬 落 咗 嚟 仲　想 排 過　隊 坐 第 二 輪。

弟弟下來了還重新排隊再坐一次。

Noi⁶ m⁴ noi⁶⁻² tung⁴ di¹ sei³ lou⁶ zei² cêd¹ lei⁴ din¹ ha⁵ dou¹ hou² gé².

甲：耐 唔 耐　同 啲 細 路 仔 出 嚟 癲 吓 都　好 嘅。

每隔一段時間帶小孩兒出來瘋一回是不錯的。

Hei⁶ eg¹，　dêu³ sei³ lou⁶ dêu³ dai⁶ yen⁴ dou¹ yeo⁵ deg¹ zêg⁶.

乙：係 呃，對 細 路 對 大 人 都 有　得 着。

是的，對小孩兒對家長都有好處。

❷ R66 旋轉餐廳

Hei⁶ gou¹ qu³ tei² Hêng¹ Gong² gé³ léng³ ging², kéi⁴ sed⁶ yeo⁵ go² hou² déi⁶ fong¹.

甲：喺 高 處 睇 香　港 嘅 靚 景，其 實 有 個 好 地　方。

從高處看香港的美景，其實有個好地方。

Tai³ Ping⁴ San¹ déng² la¹，　hei⁶ yen⁴ dou¹ ji¹.

乙：太 平　山　頂 啦，係 人 都 知。

太平山頂唄，大家都知道。

Sêng⁶⁻² Tai³ Ping⁴ San¹ deg¹ go² tei² ji⁶，　mou⁵ léi⁴ dung⁶ gem².

甲：上　太 平　山　得 個 睇 字，冇 厘 動　感。

上太平山，光看，毫無動感。

Ngo⁵ wa⁶ Wan¹ Zei² gé³ xun⁴ jun² can¹ téng¹ a³.

我 話 灣 仔 嘅 旋　轉 餐　廳 呀。

我説的是灣仔的旋轉餐廳。

Hei⁶ mei⁶ Wan¹ Zei² Heb⁶ Wo⁴ Zung¹ Sem¹ go² gan¹ a³? Téng¹ guo³ méi⁶ hêu² guo³.

乙：係 咪 灣 仔 合 和 中　心 嗰 間 呀？聽 過 未 去 過。

就是灣仔合和中心，是吧？聽説過但沒去過。

Hei⁶ leg³. Kêu⁴ yeo⁶ giu³ zou⁶ R lug⁶ seb⁶ lug⁶ can¹ téng¹. Xi⁶ guan¹ séng⁴ go³

甲：係 嘞。佢 又 叫 做　R lug⁶　餐　廳。事 關　成 個

對了，它又叫做 R66 餐廳。因為整個

can¹ téng¹ hei⁶ go³ dai⁶ yun⁴ pun¹⁻², mui⁵ lug⁶ seb⁶ lug⁶ fen¹ zung¹ jun² go³ hün¹.

餐 廳 係 個 大 圓 盤，每　66　分 鐘 轉 個 圈。

餐廳是個大圓盤，每 66 分鐘轉個圈。

Zéng³ deo² wo³. Hei⁶ dim² jun² fad³ a³?

乙： 正 斗 喎。係 點 轉 法 呀 ？

棒極了。是怎麼個轉法？

Sên⁶ xi⁴ zem¹ jun². Hêng³ sei¹ tei², hei⁶ Gong² Ngou² Ma⁵ Teo⁴. Hêng³ beg¹ tei²,

甲： 順 時 針 轉。向 西睇，係 港 澳 碼 頭。向 北 睇，

順時針轉。朝西看，是港澳碼頭。朝北看，

hei⁶ Geo² Lung⁴ nam⁴, mong⁶ dou³⁻² Xi¹ Ji² San¹ ga¹.

係 九 龍 南，望 到 獅 子 山 㗎。

是九龍南，可以看見獅子山。

Dung¹ min⁶, Sao¹ Géi¹ Wan¹. Nam⁴ min⁶ tei² m⁴ dou³⁻² gé³ wo³.

乙： 東 面，筲 箕 灣。南 面 睇 唔 到 嘅 喎。

東面，筲箕灣。南面看不了什麼嘛。

Dung¹ min⁶ mong⁶ m⁴ dou³⁻² Sao¹ Géi¹ Wan¹. Nam⁴ min⁶ ho² yi⁵ mong⁶ dou³⁻² dêu³

甲： 東 面 望 唔 到 筲 箕 灣。南 面 可 以 望 到 對

東面看不到筲箕灣，南面可以看到對

min⁶ san¹ gé³ hang¹ san¹ ging³. Guo⁶ di¹ yun⁵ qu³, zeo⁶ hei⁶ Tai³ Ping⁴ San¹ déng².

面 山 嘅 行 山 徑。過 啲 遠 處，就 係 太 平 山 頂。

面山的行山徑。再過去一點兒，遠處就是太平山頂。

O⁶, yun⁴ loi⁴ néi⁵ gong² gé³ dung⁶ gem² zeo⁶ hei⁶ gem² gé³.

乙： 哦，原 來 你 講 嘅 動 感 就 係 噉 嘅。

哦，原來你説的動感就是這樣。

Man⁵ heg¹ lei⁴ tei² yé⁶ ging² heng⁶ ding⁶ yed¹ leo⁴.

晚 黑 嚟 睇 夜 景 肯 定 一 流。

晚上來看夜景可是一流。

4 鬼馬詞語話你知：同形異義詞

　　無論學香港話，還是學普通話，語音差別是一種顯性差別。真正的難點在於詞語差別：這是一種隱性差別。初學者往往為"同形"所蒙蔽而在使用中忽略其"異義"，以致溝通不順。我們下面以"氣"為例，加以說明。

❶ 口氣

> 粵 指"口臭"：佢口氣大。普 說話的氣勢：他的口氣真不小。

❷ 好氣

> 粵 指"耐性"：我忙到死，冇咁好氣理佢哋。普 好態度：聽見他這麼說，我真沒好氣兒。

❸ 通氣 ①

> 粵 指"透氣"：除咗鞋，等隻腳通吓氣。普 透氣：到外面走走，透透氣。

❹ 通氣 ②

> 粵 指"體貼人"：人哋兩個有事，通氣啲，走啦。普 互通聲氣：部門上下不通氣，工作不好開展。

❺ 熱氣

> 粵 指"上火"：食咁多煎炸野，好熱氣㗎。普 熱的水蒸氣：鍋裏冒着熱氣。

Sa¹ Tan¹ Yeo⁴ Sêu²

沙灘游水

深水灣啦，啲人中意去嗰度燒烤。

淺水灣，香港最具代表性嘅沙灘。

赤柱，正灘沙粒較粗，哽腳。

石澳，灘闊而平，嗰度有好多度假屋。

大浪灣，衝浪人士首選。

香港話

Qiu⁴ leo⁴ hing³ jin⁶ sen¹ gam² féi⁴. Féi⁴ m⁴ nem² ju⁶ gam²
潮　流　興　健身　減肥。肥　唔　諗　住　減

leg³, téng¹ kéi⁴ ji⁶ yin⁴ la¹, gin⁶ sen¹ hei⁶ yiu³ ju³ yi³ gé².　Yeo⁵ tiu⁴
嘞，聽　其自然啦，健身　係要　注意嘅。　有　條

gin⁶⁻² gé³,　yeo⁵ ha⁵ sêu² gem² m⁴ co³ ga¹. Hêng¹ Gong² gé³ sa¹ tan¹ yed¹
件　嘅，游　吓水　噉唔　錯喀。香　港　嘅沙灘一

bun¹ sêu² qing¹ sa¹ yeo³,　sêu² wen¹ xig¹ zung¹, mui⁵ nin⁴ séi³ yud⁶ dou³
般　水　清沙　幼，水　溫　適中，每　年　四月　到

seb⁶ yed¹ yud⁶ dou¹ ngam¹ yeo⁴ sêu². Gong² Dou² nam⁴ ngon⁶ yeo⁵ hou²
十一　月　都　啱　游　水。港　島　南岸　有　好

géi³ go³ léng³ tan¹ lin⁴ ju⁶. Sem¹ Sêu² Wan¹ la¹,　ken⁵ ken⁵⁻² déi⁶⁻² xi⁵
幾個　靚　灘　連住。深　水　灣啦，近　近　哋　市

kêu¹,　di¹ yen⁴ zung¹ yi³ hêu³ go² dou⁶ xiu¹ hao¹. Za¹ cé¹ jun³ sam¹
區，啲人　中　意去　嗰度　燒烤。揸車　轉　三

lêng⁵ go³ wan¹ zeo⁶ dou³ Qin² Sêu² Wan¹ – Hêng¹ Gong² zêu³ gêu⁶ doi⁶
兩　個彎　就　到　淺水　灣——香　港　最具代

biu² xing³ gé³ sa¹ tan¹. Yed¹ leo⁴. Géi³ deg¹ dou³ Qin² Sêu² Wan¹ Zeo²
表　性嘅沙灘。一　流。記　得　到　淺水　灣酒

Dim³ ying² fan¹ géi² zêng¹ sêng³⁻² bo³. Zoi³ guo³ hêu³ zeo⁶ hei⁶ Cég³
店　影　番　幾　張　相　嗮。再　過去　就　係赤

Qu⁵. Jing³ tan¹ sa¹ lib¹ gao³ cou¹, ngeng² gêg³. Yu⁴ guo² néi⁵ ju³ hei²
柱。正灘沙粒　較粗，哽　腳。如果　你　住喺

Gong² Dou² dung¹, gai³ xiu⁶ néi⁵ hêu³ Ség⁶ Ngou³, tan¹ fud³ yi⁴ ping⁴,
港　島　東，介紹　你　去　石　澳，灘　闊　而平，

go² dou⁶ yeo⁵ hou² do¹ dou⁶ ga³ ngug¹. Hang⁴ guo³ xiu² xiu² zeo⁶ hei⁶
嗰度　有　好　多　度假　屋。行　過　少少　就　係

Dai⁶ Long⁶ Wan¹, cung¹ long⁶ yen⁴ xi⁶ seo² xun². Geo² Lung⁴ mou⁵ med¹

大　浪　灣，衝　浪　人　士　首　選。九　龍　冇　乜

jig⁶ deg¹ têu¹ gai³ gé³ déi⁶ fong¹, fan² yi⁴ léi⁴ dou⁶ Mui⁴ Wo¹ gé³ Ngen⁴

值　得　推　介　嘅　地　方，反　而　離　島　梅　窩　嘅　銀

Kuong³ Wan¹, yed¹ ga¹ yen⁴ hei² go² dou⁶ guo³ zeo¹ mud⁶, yun⁵ léi⁴ fan⁴

　礦　　灣，一　家　人　喺　嗰　度　過　週　末，遠　離　煩

hiu¹, yeo¹ yeo⁴ ji⁶ zoi⁶. Hêu³ sa¹ tan¹ yeo⁴ sêu², ngon¹ qun⁴ dei⁶ yed¹,

囂，悠　遊　自　在。去　沙　灘　游　水，安　全　第　一，

yi⁴ cé² yiu³ fong⁴ fan⁶ di¹ sa¹ tan¹ lou⁵ xu² bo³.

而　且　要　防　範　啲　沙　灘　老　鼠　嚟。

普通話

　　　　　　潮流興健身減肥。減肥就不考慮了，聽其自然好了，健身倒是得注意的。有條件的話，游游泳是挺不錯的。香港的沙灘一般水清沙細，水溫適中，每年四月到十一月都適合游泳。港島南岸連着有好幾個漂亮的沙灘。深水灣，靠近市區，人們喜歡到那兒燒烤。開車轉兩三個彎到香港最具代表性的沙灘——淺水灣。很不錯的。別忘了在淺水灣酒店拍幾張照片。往前走就是赤柱。正灘沙粒比較粗，硌腳。如果你住在港島東，介紹你去石澳，沙灘寬而平，那裏有不少度假屋。走不遠就是大浪灣，衝浪人士首選。九龍沒有什麼值得推介的地方，反而離島梅窩的銀礦灣，一家人在那裏過週末，遠離喧囂，悠遊自在。到沙灘游泳，安全第一，而且得防範那些沙灘小偷。

2 生詞 🎧8-2

幼 yeo³　　　　　　　形容詞

釋 細（跟"粗"相對）

① **粵** 沙灘啲沙好幼，喺上面行好舒服。**普** 沙灘的沙細得很，在上面走很舒服。

② **粵** 條繩太幼，有冇條粗啲嘅㗎？**普** 這繩子太細，有沒有粗一點兒的？

近近哋 ken⁵ ken⁵⁻² déi⁶⁻²　副詞

釋 不遠；相當近

粵 嗰度近近哋，行個零字就到。
普 那裏不遠，走不了十分鐘就到。

揸車 za¹ cé¹　　　　　　動詞

釋 駕駛；開車

① **粵** 佢啱啱學識揸車。**普** 他剛學會開車。

② **粵** 我經常揸車返工。**普** 我通常開車上班。

影相 ying² sêng³⁻²　　　動詞

釋 照相

粵 唔該同我哋影張相。**普** 勞駕替我們照個相。

番 fan¹　　　　　　　語氣助詞

釋 表示強調

粵 呢度風景夠晒靚，影番兩張相咧？**普** 這兒風景挺美，照幾張相吧。

哽腳 ngeng² gêg³　　　　動詞

釋 硌腳

粵 隻鞋入咗粒沙，哽腳。**普** 這鞋子裏進了一顆沙子，硌腳。

zung¹ yi³ 　...　 do¹ di¹
中意……多啲　謂詞結構

釋 更喜歡

粵 我中意飲咖啡多啲。**普** 我更喜歡喝咖啡。

xiu² di¹ 　...　 dou¹ m⁴ deg¹
少啲……都唔得
　　　　　　　　　　謂詞結構

釋 缺……不行

粵 做呢行，少啲經驗都唔得。
普 幹這行，少點兒經驗都不行。

腳骨力 gêg³ gued¹ lig⁶ 名詞

[釋] **腳勁兒**

[粵] 佢行慣山，腳骨力唔錯。[普] 他習慣上山走走，腳勁兒還很足。

先過 xin¹ guo³ 動詞

[釋] **比某人早（做某事）**

[粵] 排隊我先過佢哋幾個。[普] 我比他們幾個先排上隊。

威水史 wei¹ sêu² xi² 名詞

[釋] **在某行業裏有顯著的業績，叫"威水"**

[粵] 佢喺嗰行撈咗成卅年，都有段威水史㗎。[普] 他在那行打滾了三十年有多，業績顯著。

逼到冚一冚 big¹ dou³ hem⁶ yed¹ hem⁶ 謂詞結構

[釋] **擠得水洩不通；也常說"逼到爆／死"或"人山人海"**

[粵] 嗰個地鐵站口上落班時分直情逼到冚一冚。[普] 那個地鐵站口上下班時分簡直擠得水洩不通。

差唔多……咁滯 ca¹ m⁴ do¹ … gem³ zei⁶ 修飾語結構

[釋] **某種情況快要發生**

[粵] 我們嗰日差唔多遲到咁滯。

[普] 我們那天差點兒遲到了。

試過 xi³ guo³ 助動詞

[釋] **曾經**

[粵] 我試過一餐食五碗飯。[普] 我曾經一頓吃五碗米飯。

遊船河 yeo⁴ xun⁴ ho⁴⁻² 動詞

[釋] **乘船兜風作樂；也可說"遊車河"**

① [粵] 禮拜日我哋由香港仔出發遊船河。[普] 星期天我們從香港仔出發乘船兜風。

② [粵] 琴晚我哋坐佢架新車上太平山遊車河。[普] 昨晚我們坐上他的新車上太平山兜風去了。

❶ 行山

甲：
Ngo⁵ zung¹ yi³ hang⁴ san¹, yeo⁶ zung¹ yi³ yeo⁴ sêu². Ji¹ bed¹ guo³,
我 中意 行 山，又 中意 游 水。之不 過，

dou¹ hei⁶ zung¹ yi³ hang⁴ san¹ do¹ di¹.
都 係 中 意 行 山 多 啲。

我喜歡爬山，也喜歡游泳。不過，
還是比較喜歡爬山。

乙：
Mei⁶ hei⁶ "héi¹ san¹ mog⁶ héi¹ sêu²" a¹ ma³.
咪 係 "欺 山 莫 欺 水" 吖 嘛。

那不是 "欺山莫欺水" 嗎？

甲：
Yig⁶ dou¹ m⁴ hou² "héi¹ san¹" bo³, san¹ hung⁴ bao⁶ fad³ séi² yen⁴
亦 都 唔好 "欺 山" 噃，山 洪 暴 發 死 人

néi⁵ téng¹ gin³ guo³ ga¹ la¹, so² yi⁵, hang⁴ san¹ dou¹ yiu³ hei⁶ ngon¹ qun⁴ dei⁶ yed¹.
你 聽 見 過 㗎啦，所以，行 山 都 要 係 安 全 第 一。

也不能 "欺山"，山洪暴發，出人命，
你聽説過吧，所以，爬山也得安全第一。

乙：
Zung⁶ yeo⁵ Bed¹ Xin¹ Léng⁵ san¹ fo² né¹.
仲 有 八 仙 嶺 山 火 呢。

還有八仙嶺山火的事故呢。

甲：
Hang⁴ san¹ sêu¹ yin⁴ mou⁵ pa⁴ san¹ gem³ sen¹ fu²,
行 山 雖 然 冇 爬 山 咁 辛 苦，

dan⁶ hei⁶ xiu² di¹ gêg³ gued¹ lig⁶ dou¹ m⁴ deg¹ ga³.
但 係 少 啲 腳 骨 力 都 唔 得 㗎。

爬山雖然沒有登山那麼需要氣力，
但腳力一點兒不能少。

乙：
Qun⁴ gong² téng¹ gong² yeo⁵ sam¹ bag³ ng⁵ seb⁶ géi² zo⁶ san¹ bo³.
全 港 聽 講 有 三 百 五 十 幾 座 山 噃。

全港聽説有三百五十多座山。

Gong² gong² néi⁵ hang⁴ san¹ gé³ wei¹ sêu² xi² lei⁴ téng¹ ha⁵.
講 講 你 行 山 嘅 威 水 史 嚟 聽 吓。

説説你爬山的光榮歷史來聽聽。

甲：
Ngei² gé³ yeo⁵ Wa⁶ Méi⁴ san¹, séi³ bag³ gung¹ cég³. Gou¹ gé³ yeo⁵ Dai⁶ Mou⁶⁻² San¹,
矮 嘅 有 畫 眉 山，400 公 尺。高 嘅 有 大 帽 山，

矮的有畫眉山，400公尺。高的有大帽山，

ca¹ m⁴ do¹ séng⁴ qin¹ gung¹ cég³ gem³ zei⁶. Dou¹ hang⁴ guo³.

差 唔 多 成 千 公 尺 咁 滯。都 行 過。

差不多有一千公尺。全都去過。

Dai⁶ Mou⁶⁻² San¹，jig¹ hei⁶ Dai⁶ Mou⁶ San¹ mei⁶ a³?

乙： 大 帽 山，即 係 大 霧 山 咪 呀？

大帽山，就是大霧山，是吧？

Ngo⁵ déi¹ xi³ guo³ yé⁶ man⁵ heg¹ hoi¹ cé¹ sêng⁶⁻² hêu³ tei² xug³.

我 哋 試 過 夜 晚 黑 開 車 上 去 睇 雪。

我們曾經在深夜駕車上去觀雪。

Ngo⁵ ji³ zung¹ yi³ Ji² Lo⁴ Lan⁴ San¹，m⁴ gou¹，san¹ yiu¹ yeo⁵ ping⁴ toi⁴，

甲： 我 至 中 意 紫 羅 蘭 山，唔 高，山 腰 有 平 台，

我最喜歡紫羅蘭山，不高。山腰有平台，

hou² xig¹ heb⁶ zeb⁶ tei² wug⁶ dung⁶.

好 適 合 集 體 活 動。

很適合集體活動。

Ngo⁵ né¹，zung¹ yi³ Xi¹ Ji² San¹. Tei² ji³ bo³，méi³ sêng⁶⁻² guo³ hêu³.

乙： 我 呢，中 意 獅 子 山。睇 至 嚟，未 上 過 去。

我呢，喜歡獅子山。光看，還沒有上過。

❷ 離島遊

Néi⁵ gan² ding⁶ méi⁶ a³? Hêu³ Dai⁶ Yu⁴ San¹、Nam⁴ Nga¹ Dou² ding⁶ hei⁶ Cêng⁴ Zeo¹ a³?

甲： 你 揀 定 未 呀？去 大 嶼 山、南 丫 島 定 係 長 洲 呀？

你選定了沒有？去大嶼山、南丫島還是長洲？

Dou¹ méi⁶ hêu³ guo³. Zeo¹ hêu³ yen⁴ ji³ xiu² gé³ déi⁶ fong¹ la¹，

乙： 都 未 去 過。就 去 人 至 少 嘅 地 方 啦，

全沒去過。就去人最少的地方吧。

ngo⁵ ji³ pa³ do¹ yen⁴ ga³ leg³?

我 至 怕 多 人 㗎 嘞。

我最怕人多。

Gem² zeo⁶ hêu³ Cêng⁴ Zeo¹ ba⁶⁻² la¹. Cêng⁴ Zeo¹ hei⁶ Hêng¹ Gong² dung¹ nam⁴ min⁶，

甲： 噉 就 去 長 洲 罷 啦。長 洲 喺 香 港 東 南 面，

那就上長洲去得了。長洲在香港東南面，

zog³ wei⁴ yu⁴ gong²，Cêng⁴ Zeo¹ xin¹ guo³ Hêng¹ Gong² fad³ dad⁶ ga³.

作 為 漁 港，長 洲 先 過 香 港 發 達 㗎。

作為漁港，長洲比香港發展得早。

08

沙灘游水

Ni¹ go³ xi⁴ jid³ hêu³、 ho² yi⁵ tei² di¹ med¹?

乙： 呢 個 時 節 去，可以睇啲 乜 ？

這個時節去，能看什麼？

Yi⁴ ga¹ dou¹ ng⁵ yud⁶ dei² log³、 Tai³ Ping⁴ Qing¹ Jiu⁴ yun⁴ zo² log³.

甲： 而 家 都 五 月 底 咯，太 平　清 醮 完 咗 咯。

現在已經五月底了，太平清醮已經完了。

M⁴ hei⁶ a¹、 di¹ yen⁴ tei² piu¹ xig¹ cêu⁴ yeo⁴、 big¹ dou³ hem⁶ yed¹ hem⁶.

唔 係 呀， 啲 人 睇 飄 色 巡 遊，逼 到 冚 一 冚。

不然的話，大家看飄色巡遊，會擠得水洩不通。

A¹、 hei⁶ bo³、 cêng² bao¹ san¹ bo³.

乙： 呀，係 嘑，搶 包 山 嘑。

對，對了，搶包山。

Ni¹ di⁵ hei⁶ men⁴ zug⁶. Zung⁶ yeo⁵ yed¹ dou⁶ lig⁶ xi² gu² jig¹ jig⁶ deg¹ tei²、

甲： 呢 啲 係 民 俗。仲 有 一 度 歷 史 古 跡 值 得 睇，

這些是民俗。還有一處歷史古跡值得看，

zeo³ hei⁶ "Zêng Bou² Zei² Dung⁶".

就 係 "張 保 仔 洞"。

就是 "張保仔洞"。

Géi³ héi² lei⁴ leg³、Zêng Bou² Zei² hei⁶ dai⁶ hoi² dou⁶. Gem² "Zêng Bou² Zei² Dung⁶"、

乙： 記 起 嚟 嘞，張 保 仔 係 大 海 盜。嗽 "張 保 仔 洞"，

記起來了，張保仔是大海盜，那麼 "張保仔洞"，

jig⁶ qing⁴ hei⁶ gem¹ ngen⁴ mun² déi¹ la¹.

直 情 係 金 銀 滿 地 啦。

當然是金銀滿地了。

Na⁴、 Hêng¹ Gong² lêu⁵ yeo⁴ gug⁶⁻² zeo⁶ jing² zo² yed¹ tiu⁴ "Zêng Bou² Zei² Hou⁶"

甲： 喏，香　港 旅 遊 局　就 整 咗 一 條 "張 保 仔 號"

喏，香港旅遊局就複製了一條 "張保仔號"

gé³ fong² gu² mug⁶ fan⁴ xun⁴、 béi² dai⁶ ga¹ yeo⁴ xun⁴ ho⁴⁻² ga³.

嘅 仿 古 木 帆 船，畀 大 家 遊 船 河 㗎。

的仿古木帆船，供大家去遊船河。

Hou² yé⁵. Ni¹ tiu⁴ xun⁴ sed⁶ yiu³ co⁵ ha⁵.

乙： 好 嘢。呢 條 船 實 要 坐 吓。

好呀。這條船一定要坐坐。

4 鬼馬詞語話你知：賊仔與老鼠

　　香港話稱偷東西的人為〝賊仔〞和〝老鼠〞。但是，〝老鼠〞一詞只能跟作案的公共場所搭配用，如：沙灘老鼠（在海灘作案的小偷兒），機場老鼠，機艙老鼠，球場老鼠，旅店老鼠，辦公室老鼠等等。

　　在香港常見的盜竊行為有：

❶ 高買

即商店行竊，負刑事責任。例：高買留案底㗎，千祈唔好以身試法呀。

❷ 打荷包

即扒走錢包。例：弊，畀人打咗荷包。

❸ 打斧頭

即代人辦事，如購物，從中佔便宜。例：佢好老實，叫佢買嘢唔打斧頭。

❹ 穿櫃桶底

即公司僱員擅自挪用或侵吞公款。例：公司畀人穿櫃桶底，唔見咗成百萬。

❺ 撻（嘢）

指順手牽羊盜竊物品。例：喂，袋好你部手機，咪畀人博懵撻咗去。

09

Heg¹ Bong¹ Ying² Pin³⁻²

黑幫影片

電影係香港嘅名片。

"黑幫片" 絕對唔輸蝕畀美國嘅荷里活。

義氣係王道。

"賭" 又開啟咗造神時代。

但黑幫係人,唔係神。

香港話

Din⁶ ying² hei⁶ Hêng¹ Gong² gé³ ming⁴ pin³⁻². Kéi⁴ zung¹
電影係香港嘅名片。其中

"heg¹ bong¹ pin³⁻²" jud⁶ dêu³ m⁴ xu¹ xig⁶ béi² Méi⁵ Guog³ gé³ Ho⁴ Léi⁵
"黑幫片"絕對唔輸蝕畀美國嘅荷里

Wud⁶. Hêng¹ Gong² heg¹ bong¹ pin³⁻² gé³ ju² diu⁶ hei⁶, yi⁵ yed¹ go³ tung⁴
活。香港黑幫片嘅主調係，以一個同

ju² leo⁴ sé⁵ wui⁶⁻² sêng¹ dêu³ leb⁶ gé³ bin¹ yun⁴ hung¹ gan¹ lei⁴ biu² dad⁶
主流社會相對立嘅邊緣空間嚟表達

bou⁶ lig⁶. Péi³ yu⁴, Zeo¹ Yên¹ Fad¹ yeo⁴ yu¹ hei⁶ *Ying¹ Hung⁴ Bun²*
暴力。譬如，周潤發由於喺《英雄本

Xig¹ zung¹ gé³ cêd¹ xig¹ biu² yin², sei² dou³ kêu⁵ xing⁴ wei⁴ dong¹ xi⁴
色》中嘅出色表演，使到佢成為當時

heg¹ bong¹ pin³⁻² zung¹ ban⁶ yin² dai⁶ lou² gé³ bed¹ yi⁶ yen⁴ xun². Jib³
黑幫片中扮演大佬嘅不二人選。接

ju⁶ log⁶ lei⁴ gé³ *Gam¹ Yug⁶ Fung¹ Wen⁴* doi⁶ biu² zo² heg¹ bong¹ pin³⁻²
住落嚟嘅《監獄風雲》代表咗黑幫片

gé³ gu² din² xi⁴ doi⁶. Ju² yen⁴ gung¹ sêu¹ yin⁴ ging¹ lig⁶ hem¹ ho¹, dan⁶
嘅古典時代。主人公雖然經歷坎坷，但

yed¹ nog⁶ qin¹ gem¹, hou⁴ qing⁴ goi³ tin¹, yung⁶ cêng¹ jin³ lei⁴ gai³ kud³
一諾千金，豪情蓋天，用槍戰嚟解決

yen⁴ seo⁴. Yed¹ go³ Gem¹ Yung⁴ xig¹ gé³ gong¹ wu⁴ sei³ gai³ man⁶
恩仇。一個金庸式嘅江湖世界慢

man⁶⁻²⁽¹⁾ gem³ jin² xi⁶ hei² gun¹ zung³ ngan⁵ qin⁴: yi⁶ héi³ hei⁶ wong⁴
慢噉展示喺觀眾眼前：義氣係王

dou⁶. Cêu⁴ qi² ji¹ ngoi⁶, Hêng¹ Gong² din⁶ ying² yen⁴ yeo⁶ cung⁴ yin⁶
道。除此之外，香港電影人又從現

sed⁶ zung¹ wen² dou³⁻² ling⁶ yed¹ go³ yu⁴ log⁶ yun⁴ sou³: dou². Doi⁶ biu²
實 中 搵 到 另 一 個 娛 樂 元 素：賭。代 表

zog³ hou² do¹, *Dou² Sen⁴*, *Dou² Heb⁶*, *Dou² Ba³*, hoi¹ kei²
作 好 多，《賭 神》、《賭 俠》、《賭 霸》，開 啟

zo² heg¹ bong¹ pin³⁻² gé³ zou⁶ sen⁴ xi⁴ doi⁶. Hei¹ ni¹ go³ yi³ yi⁶ sêng³
咗 黑 幫 片 嘅 造 神 時 代。喺 呢 個 意 義 上

gong², *Gu² Wag⁶ Zei²* hei¹ lid⁶ hei⁶ ted² po³ ji¹ zog³: heg¹ bong¹ hei⁶
講，《蠱 惑 仔》系 列 係 突 破 之 作：黑 幫 係

yen⁴, m⁴ hei⁶ sen⁴, dan⁶ ngeng⁶⁻² hei⁶ tiu³ m⁴ cêd¹ go³ yen¹ ying¹ hung⁴
人，唔 係 神，但 硬 係 跳 唔 出 個 人 英 雄

ju² yi⁶ gé³ kuang¹ ga³⁻².
主 義 嘅 框 架。

普通話

電影是香港的名片。當中"黑幫片"絕對不亞於美國的好萊塢。香港黑幫片的主調是，以一個與主流社會相對立的邊緣空間來表達暴力。譬如，周潤發由於在《英雄本色》中的出色表演，使得他成為當時黑幫片中扮演大哥的不二人選。接着下來的《監獄風雲》代表了黑幫片的古典時代。主人公雖然經歷坎坷，但卻一諾千金，豪情蓋天，用槍戰來解決恩仇。一個金庸式的江湖世界慢慢地展示在觀眾眼前：義氣是王道。除此之外，香港電影人又從現實中找到另一個娛樂元素：賭。代表作很多，《賭神》、《賭俠》、《賭霸》，開啟了黑幫片的造神時代。在這個意義上説，《蠱惑仔》系列是突破之作：黑幫是人，不是神，但就是跳不出個人英雄主義的框架。

名片 ming⁴ pin³⁻²   名詞

- ⓡ 喻指身份象徵
- 粵 呢個產品就係我公司嘅名片。
- 普 這個產品就是我公司的實力象徵。

輸蝕畀 xu¹ xid⁶ béi²   動詞

- ⓡ （水平）低於
- 粵 我哋嘅技術團隊一啲都唔輸蝕畀佢哋。普 我們的技術團隊一點兒也不低於他們。

王道 wong⁴ dou⁶   名詞

- ⓡ 喻指最高的標準
- 粵 粵菜嚟講，鑊氣係王道。普 粵菜來說，火候是王道。

硬係 ngang⁶⁻² hei⁶   副詞

- ⓡ 一直
- ① 粵 琴晚我硬係瞓唔着。普 昨晚我怎麼睡也睡不着。
- ② 粵 我講過佢多次，佢硬係唔聽。普 我說了她多次，她就是不聽。

吉位 ged¹ wei⁶⁻²   名詞

- ⓡ 空座兒；"吉"代替"空"
- ① 粵 巴士後面仲有兩個吉位。普 公共汽車後面還有兩個空座兒。
- ② 粵 吉手去探訪好似唔係幾好噃。普 空着手去探訪恐怕不太好（意指應該帶點兒小禮物）。

冇計 mou⁵ gei³⁻²   話語標記

- ⓡ 沒轍；無計可施
- 粵 人都走咗咯，冇計嘞。普 人都離開了，沒辦法了。

大 dai⁶   形容詞

- ⓡ 指"長大"
- 粵 我喺灣仔大嘅。普 我在灣仔長大的。

送飯 sung³ fan⁶   動詞

- ⓡ 喻指邊吃飯邊做某事
- 粵 我細個係卡通片送飯大嘅。
- 普 我小時候是邊吃飯邊看動漫片長大的（因為入了迷，離不開）。

谷 gug¹
動詞

(釋) 盡一切辦法提升

(粵) 細佬哥嘅學習成績冇法谷，要慢慢引導。**(普)** 小孩兒的學習成績沒法人為拔高，得慢慢引導。

咁蹺 gem³ kiu²
形副詞

(釋) 恰好；正遇上某種機會上

(粵) 嗰日咁蹺喺巴士度撞到佢。
(普) 那天恰好在公共汽車上碰見他。

急急腳噉 geb¹ geb¹ gêg¹ gem²
副詞

(釋) 匆匆忙忙

(粵) 佢聽完電話就急急腳噉出咗去。
(普) 他聽完電話就匆匆忙忙走了出去。

撲飛 pog³ féi¹
動詞

(釋) 通過種種辦法弄票；"飛"代替"票"

(粵) 下禮拜音樂會，個女叫我同佢撲兩張飛。**(普)** 下星期音樂會，女兒叫我替她弄兩張票。

騷 sou¹
動詞

(釋) 出現在公開場合；源自英文 show

(粵) 社會名人就係要耐唔耐騷吓，呢啲叫"公關"。**(普)** 社會名人就是要久不久公開露露面，這叫"公關"。

黐線 qi¹ xin³
話語標記

(釋) 神經病（罵人話）

(粵) 咁嘅嘢都講得出！黐線！
(普) 這樣的話也説得出來！神經病！

生鬼 sang¹ guei²
形容詞

(釋) 形容詼諧，滑稽

(粵) 佢講嘢好鬼生鬼。**(普)** 他説話風趣得很（"好鬼"用來強調）。

3 微型會話 🎧 9-3

❶ 電影危機

甲： Kem⁴ man⁵ tung⁴ peng⁴ yeo⁵ tei² zo² cêd¹ héi³, fad³ xin⁶ hou² do¹ ged¹ wei⁶⁻².
琴 晚 同 朋 友 睇 咗 齣 戲，發 現 好 多 吉 位。
昨晚跟朋友看了場電影，發現空座不少。

乙： Yi⁴ ga¹ tei³ héi³ gé³ yen⁴ m⁴ do¹ lo³.
而家 睇 戲 嘅 人 唔多 嘍。
現在看電影的人不多了。

甲： Hai⁴, sei³ gai³ hei⁶ gem² ga³ leg³, hou² do¹ yé⁵ xing³ gig⁶ yi⁴ sêu¹, mou⁵ gei³⁻² gé³.
喏，世 界 係 嗽 㗎 嘞，好 多 嘢 盛 極 而 衰，冇 計 嘅。
噢，世界就是這樣，很多東西盛極而衰，沒轍的了。

乙： Hêng² Gong² din⁶ ying² jing⁴ hei⁶ ging¹ lig⁶ gan¹ nan⁴ gé³ xi⁴ kéi⁴.
香 港 電 影 正 係 經 歷 艱 難 嘅 時 期。
香港電影正是經歷艱難的時期。

甲： Na⁴, ng⁵ lug⁶ seb⁶ nin⁴ doi⁶ mou⁵ heb⁶ pin³⁻² yeo⁵ Wong⁴ Féi¹ Hung⁴ Jun²,
喥，五 六 十 年 代 武 俠 片 有《黃 飛 鴻 傳》、
喏，五六十年代武俠片有《黃飛鴻傳》

yud⁶ kég⁶ héi³ kug¹ pin³⁻² Dei³ Nêu⁵⁻² Fa¹, hei³ dung¹ nam⁴ nga³ hou² yeo⁵ xi⁵ cêng⁴.
粵 劇 戲 曲 片《帝 女 花》，喺 東 南 亞 好 有 市 場。
粵劇戲曲片《帝女花》，在東南亞很有市場。

乙： Ngo⁵ ced¹ seb⁶ nin⁴ doi⁶ cêd¹ sei³, hei⁶ tei² gung¹ fu¹ pin³⁻² dai⁶ ga³. Go² zen⁶⁻² xi⁴,
我 七 十 年 代 出 世，係 睇 功 夫 片 大 㗎。嗰 陣 時，
我七十年代出生，看功夫片長大的。那時候，

Hêng¹ Gong² din⁶ ying² zeo⁶ hei⁶ kao³ Léi⁵ Xiu² Lung² ying² hêng² sei¹ fong¹ ying⁴ gai³.
香 港 電 影 就 係 靠 李 小 龍 影 響 西 方 影 界。
香港電影就是靠李小龍影響西方影界。

甲： Ngo⁵ sei³ guo³ néi⁵ géi² sêu³, ji³ zung¹ yi³ tei² heg¹ sé⁵ wui⁶⁻² pin³⁻²
我 細 過 你 幾 歲，至 中 意 睇 黑 社 會 片
我比你小幾歲，最喜歡看黑社會影片

Ying¹ Hung⁴ Bun² Xig¹, hei⁶ lo² kêu¹ lei⁴ sung³ fan⁶ ga³.
《英 雄 本 色》，係 攞 佢 嚟 送 飯 㗎。
《英雄本色》，拿它就飯吃。

Geo² seb⁶ nin⁴ doi⁶ Hêng¹ Gong² din⁶ ying² wa⁶ zeo⁶ wa⁶ m⁴ dim⁶, gêu¹ yin⁴ tung⁴

乙： 九 十 年 代 香 港 電 影 話 就 話 唔 掂，居 然 同

九十年代香港電影説是走下坡，可是跟

guei² lou² heb⁶ zog³ pag³ zei³ dou³⁻² *Fa¹ Yêng⁴ Nin⁴ Wa⁴* gem² gé³ gai¹ zog³.

鬼 佬 合 作 拍 製 到《花 樣 年 華》嘅 嘅 佳 作。

老外合作倒拍製了《花樣年華》這樣的佳作。

Yi⁴ ga¹ né¹, ji⁶ géi² wan² séi² ji⁶ géi², mou⁵ xing¹ keb¹ dai⁶ xi¹,

甲： 而 家 呢，自 己 玩 死 自 己，冇 星 級 大 師，

現在呢，自己折磨自己，沒星級大師，

mou⁵ yen⁴ peng¹ sen¹ yen⁴, mou⁵ gug¹ dou³⁻² piu³ fong⁴ gé³ sen¹ wa⁶ tei⁴.

冇 人 捧 新 人，冇 谷 到 票 房 嘅 新 話 題。

沒人捧新人，沒有能使票房上升的新話題。

Ng⁵ nin⁴, zêu³ do¹ deng² seb⁶ nin⁴, Hêng¹ Gong² din⁶ ying² zung⁶ yeo⁵ mou⁵ deg¹ wan²,

乙： 五 年，最 多 等 十 年，香 港 電 影 仲 有 冇 得 玩，

五年，最多等十年，香港電影還玩兒得下去嗎？

zen¹ hei⁶ m⁴ ji¹.

真 係 唔 知。

是一個大疑問。

❷ 紅館開騷

Ha¹, gem² kiu² gé², hei² dou⁶ zong⁶ dou³⁻² néi⁵ gé². Geb¹ geb¹ gêg³ gem² hêu² bin¹ a³?

甲： 哈，咁 蹺 嘅，喺 度 撞 到 你 嘅。急 急 腳 嘅 去 邊 呀？

哈，真巧，在這兒碰到你。匆匆忙忙的上哪兒去？

Hêu² pog³ féi¹ a³, gem¹ nin⁴ xing³ dan³ jid³ Cen⁴ Wei⁶ Lem⁴ Hung⁴ Gun¹ hoi¹ sou¹.

乙： 去 撲 飛 呀，今 年 聖 誕 節 陳 慧 琳 紅 館 開 騷。

去弄票呀，今年聖誕節陳慧琳在紅館開個唱。

Kêu⁵ hou² qi⁵ hou² noi⁶ mou⁵ hei² Hung⁴ Gun² deng¹ cêng⁴ lo³ bo³.

甲： 佢 好 似 好 耐 冇 喺 紅 館 登 場 囉 噃。

她好像很久沒在紅館登場了。

Ced⁵ nin⁴. Néi⁵ ji¹ la¹, di¹ go¹ xing¹ noi⁶ m⁴ noi⁶⁻² dou¹ yiu³ hei² Hung⁴ Gun² sou¹ ha⁵ xin¹

乙： 七 年。你 知 啦，啲 歌 星 耐 唔 耐 都 要 喺 紅 館 騷 吓 先

七年。歌星隔一段時間總得在紅館亮一下相才能

09
黑
幫
影
片

099

bou² qi⁴ ju⁶　keep　ju⁶　go³ ji¹ ming⁴ dou⁶ ga³ ma³.

保 持 住（keep 住）個 知 名 度 㗎 嘛。

保持知名度，你懂的。

Yin² cêng³ wui⁶⁻² ngo⁵ yen⁵ teo³ m⁴ dai⁶,

甲： 演 唱 會 我 癮 頭 唔 大，

演唱會我癮頭兒不大，

bed¹ guo³ Wong⁴ Ji² Wa⁴ gé³ dung⁶ dug¹ xiu³ zeo⁶ yed¹ ding⁶ hêu³ pung² cêng⁴.

不 過 黃 子 華 嘅 棟 篤 笑 就 一 定 去 捧 場。

不過黃子華的棟篤笑就準去捧場。

Geo⁶ nin⁴⁻² kêu⁵ gé³ dung⁶ dug¹ xiu³ ngo⁵ dou¹ yeo⁵ hêu³,

乙： 舊 年 佢 嘅 棟 篤 笑 我 都 有 去，

去年他的棟篤笑我去了，

hoi¹ seb⁶ yed¹ cêng⁴ ngo⁵ deg¹ pog³ dou¹⁻² yed¹ cêng⁴ gé³ féi¹.

開 十 一 場 我 得 撲 到 一 場 嘅 飛。

演出十一場我只弄到一場的票。

Kêu⁵ go² qi³ gé³ dung⁶ dug¹ xiu³ gé³ méng² hei⁶　"m⁴ qi¹ xin³　m⁴ jing³ sêng⁴",

甲： 佢 嗰 次 嘅 棟 篤 笑 嘅 名 係 "唔 黐 線 　 唔 正 常",

他那次的棟篤笑的名字是 "不犯神經病　不正常"，

gong² deg¹ hou² dou³ m⁴ dou³ néi⁵ m⁴ fug⁶.

講 得 好 到 唔 到 你 唔 服。

講得棒極了，你不能不佩服。

Kêu⁵ heo⁶ bun³ güd⁶ gong² geo² zei² zen¹ hei⁶ hou² sang¹ guei².

乙：**佢 後 半 橛 講 狗 仔 真 係 好 生 鬼。**

他後半段講小狗的故事相當風趣。

M⁴ sang¹ guei², yen⁴ déi⁶ yeo⁶ dim² wui⁵ giu⁴ kêu⁵ nam⁴ sen⁴ né¹.

甲：**唔 生 鬼，人 哋 又 點 會 叫 佢 男 神 呢。**

不搞笑，人家怎麼會叫他男神呢。

Ngo⁵ yeo⁵ xi⁶ zeo⁵ xin¹ leg¹，deg¹ han⁴ zoi³ king¹ guo³.

乙：**我 有 事 走 先 嘞，得 閒 再 傾 過。**

我有事兒先走了，有空兒再聊。

④ 鬼馬詞語話你知：態度輕浮

香港話形容某人態度輕浮，用詞方面幾經變化。

三四十年代出現了〝沙塵〞及其強調形式〝沙塵白霍〞。

五十年代出現〝牙擦〞及其強調形式〝牙擦擦〞；指人即為〝牙擦友〞。

六十年代出現〝招積〞，語勢加強而具有挑釁性。

七十年代，香港經濟起飛，不少人開始發跡，對任何看不順的人和事傲氣十足，嗤之以鼻。人們稱之為〝大鼻〞，延伸為〝獅子咁大個鼻〞。而獅子指的就是香港滙豐銀行門前的獅子，凸顯經濟實力。

八十年代，社會心態開始變得虛浮並帶有越來越多的侵犯性。這就為之〝寸（串）〞，或〝寸到飛起〞，不可一世。

九十年代直到現在，〝寸〞的強調式〝寸嘴〞，特指説話不饒人。

Hêng¹ Gong² Din⁶ Cé¹

香港電車

最經濟實惠嘅遊覽香港就係坐電車。

畀兩蚊雞，坐成個鐘頭車。

佢經已有百幾年歷史。

好多人三代都係坐佢返工放工、返學放學㗎。

香港話

Kéi4 sed6 né1, zêu3 ging1 zei3 sed6 wei6 gem2 yeo4 lam5
其 實 呢，最 經 濟 實 惠 嘅 遊 覽

Hêng1 Gong2 zeo6 hei6 co5 din6 cé1. Zei3 deg1 guo2 ga3. Béi2 lêng5
香 港 就 係 坐 電 車。制 得 過 㗎。畀 兩

men1 gei1, co5 séng4 go3 zung1 teo4 cé1, yeo4 dung1 min6 gé3 Sao1
蚊 雞，坐 成 個 鐘 頭 車，由 東 面 嘅 筲

Géi1 Wan1 jig6 log6 dou3 sei3 min6 gé3 Gin1 Néi4 Déi6 Xing4 bo3. Yu4
箕 灣 直 落 到 西 面 嘅 堅 尼 地 城 嗰。如

guo2 mai5 fan1 bun2 *Ding1 Ding1 Hêng1 Gong2 Din6 Cé1 Déi6 Tou4*,
果 買 番 本《叮 叮 香 港 電 車 地 圖》，

zung4 zéng3. Xi6 guan1 yin4 tou4 hêu3 dou3 bin1 yeo5 sai3 xud3 ming4,
仲 正。事 關 沿 途 去 到 邊 有 晒 說 明，

m4 sei2 teo4 ngog6 ngog6 m4 ji1 tei2 med1. Din6 cé1 man6 hei6 man6 di1,
唔 使 頭 岳 岳 唔 知 睇 乜。電 車 慢 係 慢 啲，

dan6 hei6 man6 deg1 lei4 hou2 guei2 fong1 bin6, mui5 geg6 yi6 bag3 léng4
但 係 慢 得 嚟 好 鬼 方 便，每 隔 二 百 零

mei5 zeo6 yeo5 go3 zam6. Néi5 dong6 sed1 lou6, m4 sei2 géng1, qing1
米 就 有 個 站。你 蕩 失 路，唔 使 驚，清

cêu3 gé3 "ding1 ding1" séng1 tei4 séng2 néi5 yi5 fan1 dou3 yen4 gan1. Din6
脆 嘅 "叮 叮" 聲 提 醒 你 已 返 到 人 間。電

cé1 lou6 bun2 sen1 zeo6 hei6 fen1 bin6 fong1 hêng1 tung4 wei6 ji3 gé3 cam1
車 路 本 身 就 係 分 辨 方 向 同 位 置 嘅 參

hao2 zo6 biu1 ma3. Dim2 gai2 giu3 "ding1 ding1"? Zeo6 hou2 qi5 héi3 cé1
考 坐 標 嘛。點 解 叫 "叮 叮"? 就 好 似 汽 車

la3 ba1 "bud1 bud1" séng1 gem2 gai2. "Ding1 ding1 cé1" zeo6 xing4
喇 叭 "砵 砵" 聲 嘅 解。"叮 叮 車" 就 成

wei⁴ din⁶ cé¹ gé³ doi⁶ qing¹. Kêu⁵ dig¹ dig¹ kog³ kog³ hei⁶ Hêng¹ Gong²
為 電 車 嘅 代 稱。佢 的 的 確 確 係 香 港

yen⁴ gé³ zeb¹ tei² wui⁴ yig¹. Kêu⁵ ging¹ yi⁵ yeo⁵ bag³ géi² nin¹ lig⁶ xi²,
人 嘅 集 體 回 憶。佢 經 已 有 百 幾 年 歷 史,

hou² do¹ yen⁴ sam¹ doi⁶ dou¹ hei⁶ co⁵ kêu⁵ fan¹ gung¹ fong³ gung¹, fan¹
好 多 人 三 代 都 係 坐 佢 返 工 放 工、返

hog⁶ fong³ hog⁶ ga³. Néi⁵ wa⁶ big¹ dou⁶ sa¹ din¹ yu⁴⁻² gun³ teo⁴⁻² hou²
學 放 學 㗎。你 話 逼 到 沙 甸 魚 罐 頭 好

la¹, dan⁶ hei⁶ kêu⁵ gung¹ bed¹ ho² mud⁶.
啦, 但 係 佢 功 不 可 沒。

普通話

其實呢,遊覽香港乘電車是最經濟實惠的,值得
很。給兩塊錢坐上個把小時。從東面的筲箕灣可一直坐到西面
的堅尼地城。如果買一本《叮叮香港電車地圖》,那更好。沿
途到哪兒全有說明,用不着左顧右盼,不知道該看什麼。不
錯,電車慢是慢了點兒,但這有它的方便之處。每隔兩百多米
就有一個站。你迷了路,不用擔心,清脆的"叮叮"聲提醒你
已回到人間。因為電車路本身就是分辨方向和位置的參考坐
標。為什麼叫"叮叮"?這好像汽車喇叭"砵砵"聲一個道理。
"叮叮車"就成為電車的代稱。它確確實實是香港人的集體回
憶。它已經有一百多年歷史。很多人三代都是乘電車上班下
班、上學放學的。你盡可以說它擠得像沙丁魚罐頭一樣,但它
功不可沒。

制得過 zei³ deg¹ guo³　　動詞

釋 合算

① 粵 噉嘅合作條件制得過，可以接受。普 這樣的合作條件挺合算的，可以接受。
② 粵 買二手車，風險大，制唔過。普 買二手汽車，風險大，不合算。

蚊雞 men¹ gei¹　　非自由詞

釋 "蚊"，口語中指"塊（錢）"；"蚊雞"是加強形式，只能用於十塊錢或十塊錢以下的整數。

粵 而家啲報紙要成七蚊雞一份。
普 現在的報紙要七塊錢一份哪。

直落 jig⁶ log⁶　　動詞

釋 直奔（某地）

粵 搭呢路巴士直落柴灣。普 乘這號公共汽車直接到柴灣。

叮叮 ding¹ ding¹　　名詞

釋 喻指香港的電車

粵 得兩三個站，搭叮叮（車）至實惠。普 只有兩三個站的距離，乘電車最合算。

晒 sai³　　助詞

釋 全部

① 粵 買區內二手樓，呢度有晒説明。普 買區內二手樓，這兒全有説明。
② 粵 個會嘅日程安排，喺晒度。普 會議的日程安排，全在這兒。

事關 xi⁶ guan¹　　連詞

釋 因為

粵 總經理冇嚟，事關佢有約在先。
普 總經理沒來，因為他有約在先。

頭岳岳 teo⁴ ngog⁶ ngog⁶　　狀態詞

釋 左右顧盼的樣子

粵 睇佢頭岳岳噉嘅款就知佢唔熟路。普 看他向周圍看來看去就知道他對這兒不熟。

好鬼 hou² guei²　　副詞

釋 十分

粵 沖完涼，好鬼舒服。普 洗完澡，十分舒服。

sa¹ din¹ yu⁴⁻² gun³ teo⁴⁻²
沙甸魚 罐頭
名詞

- 釋 喻指特別擠的密封空間；即口語中常説的"逼到爆／死"

- 粵 放工時段，架架車都逼到沙甸魚罐頭嘅。普 下班時段，每輛車都擠得不得了。

---

wa⁶ med¹ yé⁵ hou² la¹
話乜嘢好啦
習用格式

- 釋 表示讓步；也常説"點都好啦"

- ① 粵 話乜嘢好啦，我就要噉做。
  普 不管別人怎麼説，我堅持這樣做。
- ② 粵 食乜嘢好啦，唔好放辣就得。
  普 不管吃什麼，不要放辣就行。

過啲 guo³ di¹
動詞

- 釋 過去不遠

- 粵 超市過啲就有個車站。普 離超市不遠就有個車站。

啫 zé¹
語氣助詞

- 釋 強調數量少；罷了

- 粵 佢畀咗我五百蚊啫。普 他才給了我五百塊。

冚唪呤 hem⁶bang⁶lang⁶ 副詞

- 釋 所有

- ① 粵 啲文件冚唪呤核對過嘞。
  普 所有文件都核對過了。
- ② 粵 食唔晒嘅蛋糕冚唪呤打包拎走。普 吃不完的蛋糕全部打包拿走。

預 yu⁶
動詞

- 釋 預先（計算）

- 粵 由紅磡到羅湖，三個字一班車，十個字到，時間上好好預。
- 普 從紅磡到羅湖，十五分鐘一班火車，五十分鐘到，時間上大可以預先計算好。

---

hang⁴ dou³ gêg³ yun⁵
行到腳軟
動詞結構

- 釋 走路很累，雙腿發軟

- 粵 嗰條斜路，行到我腳軟。普 路真陡，走得我雙腿發軟。

3 微型會話 🎧10-3

① 遊電車河

甲： Din⁶ cé¹ ying⁶⁻² zen¹ dei² co⁵. Néi⁵ mou⁵ xi⁶, dab³ din⁶ cé¹ wui⁴ méi⁶ ha⁵
電車認 真抵坐。你冇事，搭電車回味吓
坐電車挺值的。你沒事兒，坐上電車回味一下

Hêng¹ Gong² lig⁶ xi² dou¹ hou² gag³.
香 港歷史都 好嘅。
香港歷史挺不錯的。

乙： Hêng¹ Gong² hoi¹ feo⁶ dou¹ m⁴ geo³ lêng⁵ bag³ nin⁴, yeo⁵ med¹ yé⁵ tei² teo⁴ xin¹?
香 港開埠都唔夠兩百年，有乜嘢睇頭先？
香港開埠不到兩百年，有什麼看頭兒呢？

甲： Néi⁵ dab³ din⁶ cé¹ yeo⁵ sei¹ hêng³ dung¹ hang⁴ seb⁶ go³ zam⁶ dou⁶⁻² a¹,   zeo⁶ ji¹ leg³.
你搭電車由西向東 行十個站度吖，就知嘞。
你乘電車從西往東走那麼個十站就可以領會了。

乙： Gong² Dou² zêu³ sei¹ zeo⁶ hei⁶ Sei¹ Wan⁴, guo³ di¹ zeo⁶ hei⁶ Sei¹ Ying⁴ Pun⁴.
港 島最西就係西環，過啲就係西營 盤。
港島最西就是西環，再往前一點兒就是西營盤。

甲： Mou⁵ co⁶. Sei¹ Ying⁴ Pun⁴ hoi¹ fad³ deg¹ zêu³ zou². Go³ dou⁶ yi⁴ ga¹ néi⁵ zung⁶
冇錯。西營 盤開發得最早。嗰度而家你仲
沒錯。西營盤開發得最早。那裏現在你還

ho² yi³ tei² dou³⁻² qing¹ mud⁶ men⁴ co¹ gé³ gin³ zug¹, yeo⁵ sai³ ké⁴ leo⁴⁻² ga³.
可以睇到 清 末民初嘅建築，有 晒騎樓 㗎。
可以看到清末民初的建築，全配上騎樓。

乙： Ngo⁵ ji¹, dab³ din⁶ cé¹ sam¹ séi³ go³ zam⁶ zeo⁶ dou³ Sêng⁶ Wan⁴. Go³ dou⁶
我知，搭電車三四個站就到上 環。嗰度
是的，乘電車三四個站就到上環。那裏

zeb⁶ zung¹ zo² hou² do¹ bag³ nin⁴ lou⁵ dim³, jun¹ mun⁴ mai⁶ gu² dung² tung⁴ hoi² méi⁶⁻².
集 中咗好多百年老店，專門 賣古 董 同海味。
集中了許多百年老店，專門出售古董和海味。

甲： Gu² dung² hei⁶ mai⁶ béi² guei² lou² gé³,   hoi² méi⁶⁻² hei⁶ mai⁶ béi² yeo⁴ qin⁴⁻² yen⁴ ga¹ gé³.
古 董 係賣畀鬼佬嘅，海味 係賣畀有 錢 人家嘅。
古董是賣給老外的，海味是賣給富有人家的。

Ni¹ di¹ pou³ teo⁴⁻² gin³ jing³ zo² Hêng¹ Gong² zou² nin⁴ fad³ jin² gé³ lig⁶ xi².
呢啲舖 頭 見 證咗香 港早年 發展嘅歷史。
這些商店見證了香港早年發展的歷史。

Din⁶ cé¹ ging¹ guo³ Sêng⁶ Wan⁴ gai¹ xi⁵ jun³ yeb⁶ jig⁶ lou⁶ zeo⁶ ma⁵ sêng⁶

乙： 電 車 經 過 上 環 街市 轉入 直路 就 馬 上

電車經過上環街市轉入直路就馬上

dou³ Zung¹ Wan³ – Hêng¹ Gong² gé³ sem¹ zong⁶.

到 中 環 ── 香 港 嘅 心 臟。

到中環 ── 香港的心臟。

Ngen⁴ hong⁴ kêu¹ a¹ ma³、 Wui⁶ Fung¹、Zung¹ Ngen⁴˙²、Fa¹ Kéi⁴、 Za¹ Da²、

甲： 銀 行 區 吖嘛，滙 豐、中 銀、花 旗、渣 打、

就是銀行區，滙豐、中銀、渣打、花旗、

Heng⁴ Seng¹ hem⁶ bang⁶ lang⁶ hei² sai³ dou⁶.

恒 生 冚 唪 唥 喺 晒 度。

恒生全在那裏。

Hei⁶ bo³、 din⁶ cé¹ seb⁶ go³ zam⁶ zé¹、 zeo⁶ ho² yi⁵ ling⁵ lêg⁶ dou³˙² Hêng¹ Gong² yeo⁴

乙： 係 嘅，電 車 十 個 站 啫，就 可 以 領 略 到 香 港 由

沒錯，電車十個站罷了，就可以領略到香港從

xiu⁴ yu⁴ qun¹ jun² bin³ xing⁴ guog³ zei³ gem¹ yung⁴ zung¹ sem¹ gé³ lig⁶ xi² leg¹.

小 漁 村 轉 變 成 國 際 金 融 中 心 嘅 歷 史 嘞。

小漁村轉變成國際金融中心的歷史了。

❷ 香港地鐵

Hêng¹ Gong² déi⁶ tid³ mou⁵ deg¹ tan⁴. Ban¹ qi³ med⁶、 xi⁴ gan³ sêng⁶ hou² yu⁶ hou² do¹.

甲： 香 港 地 鐵 冇 得 彈。班 次 密，時 間 上 好 預 好 多。

香港地鐵好得沒話説。班次密，讓你預先計算好你的時間。

Ngo⁵ wa⁶ Hêng¹ Gong² déi⁶ tid³ yeo⁵ sam¹ yêng⁶ hou². Dei⁶ yed¹、

乙： 我 話 香 港 地 鐵 有 三 樣 好。第 一，

我説香港地鐵有三個優點。第一，

Hêng¹ Gong² hou² Geo² Lung⁴ hou²、 déi⁶ tid³ yin⁴ xin³ mai⁵ yé⁵ fong¹ bin⁶.

香 港 好 九 龍 好，地 鐵 沿 線 買 嘢 方 便。

無論香港還是九龍，地鐵沿線買東西方便。

Hei⁶ bo³、Hêng¹ Gong² Zung¹ Wan⁴ dou³ Tung⁴ Lo⁴ Wan¹、

甲： 係 嘅，香 港 中 環 到 銅 鑼 灣，

對，香港中環到銅鑼灣，

Geo² Lung⁴ zeo⁶ Jim¹ Sa¹ Zêu⁴ dou³ Wong⁶ Gog³.

九 龍 就 尖 沙 咀 到 旺 角。

九龍就是尖沙咀到旺角。

Déi⁶ yi⁶ né¹, jun³ cé¹ fong¹ bin⁶, hang⁴ guo³ dêu¹ min⁶ yud⁶ toi⁴ zeo⁶ deg¹.

乙： 第 二 呢，轉 車 方 便，行 過 對 面 月 台 就 得。

第二呢，換乘方便，走到對面站台就行。

M⁴ sei² hang⁴ sêng⁶⁻² hang⁴ log⁶, deo¹ deo¹ jun³ jun², hang⁴ dou³ gêg³ yun⁵.

唔 使 行 上 行 落，兜 兜 轉 轉，行 到 腳 軟。

用不着上上下下，轉來轉去，腿都跑累了。

Déi⁶ sam¹ hei⁶ mei⁶ lin⁴ jib³ géi¹ cêng⁴ fai³ xin³ tung⁴ Lo⁴ Wu⁴?

甲： 第 三 係 咪 連 接 機 場 快 線 同 羅 湖？

第三是不是連接機場快線和羅湖？

Ngam¹ leg³.

乙： 啱 嘞。

對了。

Bed¹ guo³, gong² fan¹ jun³ teo⁴, xi⁴ gan³ wen⁵ hêu² gé³ wa⁶,

甲： 不 過，講 番 轉 頭，時 間 允 許 嘅 話，

不過，話説回來，時間允許的話，

ngo⁵ zung⁶ hei⁶ zung¹ yi³ dab³ ba¹ xi⁶⁻² do¹ di¹.

我 仲 係 中 意 搭 巴 士 多 啲。

我還是比較喜歡坐巴士。

Dim² gai² gé²?

乙： 點 解 嘅？

為什麼哪？

Déi⁶ tid³ yeo⁵ zung² ngad³ yig¹ gem². Hêng¹ Gong² zou⁶ med¹ dou¹ hou² qi⁵ cêng²

甲： 地 鐵 有 種 壓 抑 感。香 港 做 乜 都 好 似 搶

地鐵有種壓抑感。香港幹什麼都好像搶

ju⁶ lei⁴ gem².

住 嚟 嘅。

着來似的。

Gem² yeo⁶ hei⁶. Ba¹ xi⁶⁻² yeo⁵ xi⁴ dou¹ géi² big¹ ha⁵, dan⁶ hei⁶ tou⁴ zung¹

乙： 噉 又 係。巴 士 有 時 都 幾 逼 吓，但 喺 途 中

那倒是。巴士有時也挺擠的，但是在途中

mong⁶ cêd¹ cêng¹ ngoi⁶ yeo⁵ dung⁶ gem², zeo⁶ yeo⁵ zung² xu¹ wun⁴ gé³ gem² gog¹.

望 出 窗 外 有 動 感，就 有 種 舒 緩 嘅 感 覺。

往窗外看看，有動感，也就有種舒緩的感覺。

4 鬼馬詞語話你知：單音節擬聲詞

❶ "叮"

形容微波爐停止運作的聲音：喺微波爐叮番熱啲湯。

❷ "嘟"

形容刷卡時的聲音：你嘟卡先入得去。

❸ "砵"

形容汽車按喇叭的聲音：前面架車做乜鬼？砵佢啦！

❹ "呤"

形容鬧鐘、電鈴大聲作響的聲音：一早就畀個鬧鐘呤醒我。

❺ "揼"

形容重物墮入水裏的聲音，只能用於 "靚到揼一聲"，比喻非常漂亮。

粵語傳意項目

試試擺脫注音，跟着 MP3 一塊練交際。

01

打電話

還要知道怎麼接
電話喲

喂，唔該鄭生吖。
喂，勞駕找鄭先生。

喂，唔該鄭生，我同佢有約嘅。
喂，勞駕找鄭先生，我跟他有約的。

唔好意思，我哋呢度冇人姓鄭個噃。
對不起，我們這兒沒人姓鄭的。

唔好意思，我哋呢度有兩個姓鄭嘅。
對不起，我們這兒有兩位姓鄭的。

唔好意思，佢行開咗，轉頭再打啦。
對不起，他不在位子上，回頭再打吧。

02

打招呼

只會講"你好"，
就太 low 了

早晨，飲完茶嗱？
早上好，喝了早茶了吧？

好耐冇見噃，幾時得閒飲茶呀？
好久沒見，什麼時候有空兒喝喝茶呀？

早晨，咁啱喺度撞到你嘅？
早上好，在這兒碰見你真巧！

帶個女去返學呀？
領着小女兒去上學呀？

我而家趕時間，晏啲打電話畀你。
我現在趕時間，待會兒給你電話。

03

中式快餐

記得點套餐，檸
茶少冰走甜更健
康

喂，唔該班腩豆腐飯加底。
勞駕石斑豆腐飯，飯要多點兒。
喂，唔該乾炒牛河，一杯檸樂。
勞駕醬油炒牛肉河粉，一杯可樂加檸檬。
我呢，炸兩，魚生粥走青。
我呢，油條捲腸粉，魚片兒粥，免蔥花兒。
我呢，叉蛋飯，快馬。
我呢，叉燒肉配雞蛋飯，請快點兒上。
盛惠百卅蚊，唔該先畀錢吖。
一共一百三十塊，請先付款。

04

美容產品

不如多給我點兒
試用品

試吓呢隻新配方咧。
試試這種新配方，好嗎？
我畀你喺手度試吓先。
我讓你先在手上試一試。
早晚用，喺面度拍完爽膚水之後用。
早晚使用，臉上沾上爽膚水以後使用。
用咁多分量就夠。
用這麼些分量就夠。
隻產品啱啱推出，買兩支有優惠價。
這產品剛剛推出，買兩支有優惠價。

05

交通

看看人家怎麼坐
車不會堵

香港嘅交通都算方便，但係人多呢。
香港的交通都算方便，但是人多着哪。
港島北岸嘅交通比起南岸好好多。
港島北岸的交通比南岸好很多。
我朝朝返工都係逼完地鐵逼巴士。
我每天早上上班都是擠完地鐵擠巴士。
唔該有落，前面路口吖。
勞駕有下的，前面路口好了。
前面塞死，兜遠啲，制唔制？
前面擁堵，走遠一點兒，可以嗎？

06

應承

周星星都說
了，“應承得
你，一定做到”

你應承過我個嘴。
你答應我的。

我唔會咁快應承你，等我諗過先。
我不會那麼快答應你，讓我先考慮考慮。

我個位同佢對調？冇得傾。
我的位子跟他對調？不可能。

借錢畀佢，講笑搵第樣喇。
借錢給他，別開玩笑了。

佢唔制你都冇符嗝。
她不答應你也沒轍。

07

謝意

“唔該”和“多
謝”有不同

我同你買咗本書返嚟嘞。－唔該你嘴。
我給你買了那本書回來了。－謝謝你了。

呢件事交畀我做啦。－多謝你先。
這事兒交給我辦吧。－先謝謝你了。

辦唔辦得成都多謝你先。
辦成辦不成先謝謝你。

我唔知點感謝至好。－唔使咁客氣。
我不知道怎樣感謝你。－別客氣。

麻煩晒你嘴。－乜說話吖，應該嘅。
真麻煩你了。－哪裏哪裏，應該的。

08

中意

如果我想跟人
表白……

你中唔中意過澳門玩？－幾啦。
你喜歡去澳門玩兒嗎？－還可以吧。

你中意乜，唔中意乜，話畀我聽吖。
你喜歡什麼，不喜歡什麼，告訴我吧。

我中意綠色條裙多啲。
我比較喜歡那綠色的裙子。

你中意食飯定食麵？－兩樣都得。
你喜歡吃飯還是吃麵？－兩樣都行。

我一啲都唔中意 OT。
我一點兒也不喜歡加班工作。

09

乜嘢

學人"串串哋"

唔食嘢，點做嘢。
不吃東西，怎麼幹活兒。

乜嘢嚟㗎，核突到死。
什麼來的，噁心死了。

乜嘢咁交關呀，千零蚊咋嘛。
有什麼了不起的，千把塊錢而已。

你唔好扮嘢。
你別裝蒜。

你淨係識搵嘢嚟講。
你光會胡攪蠻纏。

10

忙啲乜

忙着學粵語

你近排忙唔忙呀？
最近忙嗎？

打呢份工幾時都咁忙㗎啦。
幹這工作，哪有空閒的時候呀。

你忙緊乜嘢？
你在忙什麼？

忙到冇時間食飯。
忙得連吃飯的時間也沒有。

忙到冇時間陪太太，慘。
忙得沒時間陪太太，唉。

11

咪做水魚

砍價辨真大支招

黑店成日諗計呃人錢，醒定啲嘞。
無良商店整天想辦法騙你錢，當心點兒。

你想買數碼相機咩？氹你買水貨。
你想買數碼相機嗎？遊說你買水貨。

你想買手機咩？整部翻新嘅畀你。
你想買手機嗎？賣你一部翻新的。

你想買海味咩？搞亂斤同両搶錢。
你想買海味嗎？混淆斤和両強搶。

對於噉嘅行為，保留證據去報警。
對於這樣的行為，保留證據去報警。

12

唔好意思

當你犯錯的時候……

> 唔好意思，打錯電話。
> 不好意思，打錯電話了。
>
> 唔好意思，記錯咗時間。
> 不好意思，記錯了時間。
>
> 唔好意思，我以後會小心㗎嘞。
> 不好意思，我以後會更小心。
>
> 唔好意思，我臨時有事，唔嚟得。
> 不好意思，我臨時有事，來不了。
>
> 唔好意思，同我暢開呢一百蚊吖。
> 不好意思，幫我破開這一百塊錢吧。

13

表達意見

拿支嘜在手上

> 你點睇佢個人？
> 他為人怎麼樣？
>
> 你點睇呢個建議？
> 你看這個建議怎麼樣？
>
> 佢噉講法唔錯得晒。
> 她這樣講並非全不合理。
>
> 我諗大家應該考慮吓佢哋嘅意見。
> 我覺得大家應該考慮一下他們的意見。
>
> 唔好嘥嘥聲就否定人哋嘅意見。
> 別急着否定別人的意見。

14

有冇搞錯

當你不滿的時候……

> 有冇搞錯，咁早嚟排隊？
> 那麼早就排上隊，用不着吧。
>
> 有冇搞錯，你前面仲有三個人排隊㗎。
> 別胡來，你前面還有仨人排隊呢。
>
> 有冇搞錯，就攞雞碎咁多錢出嚟？
> 就拿那丁點錢出來，太不像話了。
>
> 有冇搞錯，噉嘅水平就話去做翻譯？
> 就那破水平就要去當翻譯，不怕寒磣？
>
> 有冇搞錯，噉嘅說話都講得出口！
> 去你的，這樣的話也能説出來！

15

開導

當你不爽的時候……

> 係嗽㗎喇，諗開啲啦。
> 哪兒哪兒都一樣，你還是想開點兒吧。
>
> 係嗽㗎喇，仔大仔世界。
> 哪兒哪兒都一樣，兒女大了就要獨立。
>
> 係嗽㗎喇，冇免費午餐㗎。
> 哪兒哪兒都一樣，沒有免費午餐的。
>
> 係嗽㗎喇，職場上要抵得諗。
> 哪兒哪兒都一樣，職場上要不怕吃虧。
>
> 係嗽㗎喇，在商言商吖嘛。
> 哪兒哪兒都一樣，這就叫在商言商。

16

返工放工

其實我想放假

> 早晨，返工呀？
> 早上好，上班去嗎？
>
> 你返幾點㗎？
> 你幾點上班？
>
> 你放幾點？
> 你幾點下班？
>
> 你哋收幾點？
> 你們幾點停止營業？
>
> 我哋食晏都有人喺度嘅。
> 我們午飯期間會有人在的。

17

可能

人生就像一盒
巧克力

> 你要嘅，可以拎走。
> 你要的，可以拿走。
>
> 個會押後舉行，極之可能。
> 會議延後舉行，十分可能。
>
> 借晒啲錄音帶畀你，你又想呀你。
> 把所有的錄音帶借給你，不可能。
>
> 一日行勻晒咁多地方，邊度得啫？
> 一天把那麼些地方都跑遍了，哪兒行呀？
>
> 佢聽日嚟唔嚟得到，都話唔埋。
> 他明天來得了來不了，實在不好説。

18

申辯

當你被誤解的
時候……

唔關我事，佢自己攞嚟衰啫。
沒我的事兒，他自找的。

你冇預早通知我，唔怪得我冇嚟。
你沒預早通知我，不能怪我沒到。

你噉講好冇道理個噃，諗真啲至講。
你這説話沒有道理，考慮清楚再説。

你唔好急住先，聽我講吓。
你先別急，讓我解釋。

佢原本想叫埋你，你電話又唔通。
他原本想把你也叫上，但是你電話打不通。

19

唔在乎

I don't care.

食乜嘢，你話事，我冇所謂。
吃什麼，你説了算，我無所謂。

你想點就點，由得你。
我愛怎麼樣就怎麼樣，隨便你。

邊個想去就去，我唔理。
誰愛去誰去，我管不着。

邊個中意買就買，我唔買。
誰愛買誰買，我不買。

我個人冇咁多講究，過得去就得。
我這人沒那麼些講究，過得去就行。

20

適應香港

港漂一族啊

你嚟咗香港幾耐呀？
你來了香港多久？

年幾兩年嘞。
一年多，不到兩年。

住得慣唔慣呀？
住習慣嗎？

初時唔慣，而家慢慢慣咗嘞。
開始不習慣，現在慢慢適應了。

香港人乜都要快，要比人快。
香港人什麼都要快，都要比別人快。

11

Ceo⁴ Béi⁶ Fen¹ Lei⁵ Féi¹ Yi⁶ Xi⁶

籌備婚禮非易事

阿 Ann 終於決定同阿 Mike 拉埋天窗。

因應住預算同已揀好嘅吉日。

先喺酒店訂咗十五圍枱。

又買咗去日本沖繩嘅婚紗攝影套餐。

香港話

A³ Ann zung¹ yu¹ küd³ ding⁶ tung⁴ pag³ to¹ zo² sam¹
阿 Ann 終 於 決 定 同 拍 拖咗 三

nin⁴ gé³ a³ Mike lai⁵ mai⁴ tin¹ cêng¹。Kêu⁵ déi⁴ lêng⁵ go³ dou¹ sêng²
年 嘅阿 Mike 拉 埋 天 窗。 佢 哋 兩 個 都 想

gao² go³ yun⁴ méi⁵、nan⁴ mong⁴ gé³ fen¹ lei⁵。 A³ Ann yen¹ ying³
搞 個 完 美、難 忘 嘅 婚 禮。阿 Ann 因 應

ju⁶ yu⁶ xun¹ tung¹ yi⁵ gan¹ hou⁶ gé³ ged¹ yed⁶,xin¹ hei¹ zeo² dim³ déng⁶
住 預 算 同 已 揀 好 嘅 吉 日,先 喺 酒 店 訂

zo² seb⁶ ng⁵ wei⁴ toi²,yin⁴ hou⁶ yeo⁶ mai⁵ zo² hêu³ Yed⁶ Bun² Cung¹
咗 十 五 圍 枱,然 後 又 買 咗 去 日 本 沖

Xing⁴ gé³ fen¹ sa¹ xib³ ying² tou³ can¹,yun⁴ xin¹ nem² ju⁶ gao² dim⁶ zo²
繩 嘅 婚 紗 攝 影 套 餐,原 先 諗 住 搞 掂 咗

fen¹ lei⁵ zêu³ gen² yiu³ gé³ hong⁶ mug⁶ ji¹ heo⁶,kéi⁴ ta¹ gé³ sei³ jid³ man⁶
婚 禮 最 緊 要 嘅 項 目 之 後,其 他 嘅 細 節 慢

man⁶⁻²⁽¹⁾ ngon¹ pai⁴ méi⁵ qi⁴。Dim² ji¹ xi⁶ yu⁵ yun⁶ wei⁴,fan¹ nou⁵ jib³
慢 安 排 未 遲。點 知 事 與 願 違,煩 惱 接

zung¹ yi⁴ loi⁴。Zêu³ sed¹ yu⁶ xun¹ gé³ hei⁶,sêng¹ fong¹ ga¹ zêng² so²
踵 而 來。最 失 預 算 嘅 係,雙 方 家 長 所

céng² gé³ cen¹ peng⁴ qig¹ yeo⁵,yen⁴ sou³ yun⁵ qiu¹ yu⁶ kéi⁴,zeo² jig⁶
請 嘅 親 朋 戚 友,人 數 遠 超 預 期,酒 席

yiu³ ga¹ ma⁵ dou³ ya⁶ ng⁵ wei⁴。Hei² hoi¹ ji¹ dai¹ zeng¹ gé³ ngad³ lig⁶
要 加 碼 到 廿 五 圍。喺 開 支 大 增 嘅 壓 力

ha⁶, A³ Ann yed⁶ yed⁶ tung⁴ A³ Mike ceo⁴,jing² dou³ kêu⁵ séng⁴
下,阿 Ann 日 日 同 阿 Mike 嘈,整 到 佢 成

go³ yen⁴ log⁶ sai³ ying⁴,sed¹ min⁴,teo⁴ tung³,mou⁵ wei⁶ heo²,qing⁴
個 人 落 晒 形,失 眠、頭 痛、冇 胃 口,情

sêu⁵ did³ dou³ gug¹ dei². Hou² coi² kêu⁵ méi⁶ fen¹ fu¹ hou² xig¹ do,

緒 跌 落 谷 底。好 彩 佢 未 婚 夫 好 識 do，

sem¹ ping⁴ héi³ wo⁴ gem² tung⁴ kêu⁵ sêng¹ lêng⁶, tig¹ cêu⁴ zo² bed¹ bid¹

心 平 氣 和 噉 同 佢 商 量，剔 除 咗 不 必

yiu³ gé³ hoi¹ xiu¹, hei sem¹ léi⁵ tung⁴ seng¹ léi⁵ sêng⁶ xu¹ wun⁴ a³

要 嘅 開 銷，喺 心 理 同 生 理 上 舒 緩 阿

Ann cêng⁴ kéi⁴ jig¹ lêu⁵ gé³ ngad³ lig⁶, fen¹ lei⁵ zêd¹ ji¹ sên⁶ léi⁶

Ann 長 期 積 累 嘅 壓 力，婚 禮 卒 之 順 利

gêu² heng⁴.

舉 行。

普通話

　　　　阿 Ann 終於決定跟談了三年戀愛的阿 Mike 結婚。他們倆都希望辦一個完美、難忘的婚禮。阿 Ann 因應預算和選定的吉期，先在酒店訂了十五桌酒席，然後又買了去日本沖繩的婚紗攝影套餐。原先以為落實了婚禮最要緊的專案之後，其他的細節可以從容安排。想不到事與願違，煩惱接踵而來。最失預算的是，雙方家長所請的親朋戚友，人數遠遠超預期，酒席要增加到二十五桌。在開支大增的壓力下，阿 Ann 天天跟阿 Mike 吵，使她消瘦了不少，失眠、頭疼、沒胃口，情緒下跌到最低點。幸虧他未婚夫十分體貼，心平氣和地跟她商量減免了不必要的開支，在心理和生理上舒緩阿 Ann 長期積累的壓力，結果婚禮順利舉行。

2 生詞 🎧11-2

阿 a^3 前綴

[釋] **用在單音姓氏前面，以增強親切感。注意變調。**

[粵] 阿梁同阿譚都係我嘅同事。

[普] 梁先生和譚先生都是我的同事。

加碼到 ga^1 ma^5 dou^3 動詞

[釋] **增加到某個數量**

[粵] 一千蚊唔夠，加碼到千五啦。

[普] 一千塊錢不夠，增加到一千五吧。

lai^1 mai^4 tin^1 cêng^1

拉埋天窗 固化動詞

[釋] **喻指結婚**

[粵] 佢哋兩個拍拖冇幾耐就拉埋天窗。

[普] 他們倆沒談多久就結了婚。

嘈 ceo^4 動詞

[釋] **吵架**

① [粵] 你同佢嘈冇用嘅。[普] 你跟他吵沒用。

② [粵] 佢哋兩公婆成日嘈。[普] 他們兩口子成天吵架。

圍枱 wei^4 toi$^{4-2}$ 名詞

[釋] **酒席，用於數詞後面**

[粵] 訂咗幾多圍枱？一三圍枱。

[普] 訂了多少席？一三席。

整到 jing^2 dou^4 動詞

[釋] **使得；引出補語成分**

[粵] 落雨冇帶遮，整到成身濕晒。

[普] 下雨沒帶傘，弄得全身濕透。

緊要 gen^2 yiu^3 形容詞

[釋] **要緊。注意：語序不同。**

① [粵] 唔緊要。[普] 不要緊。

② [粵] 我有件好緊要嘅事同你講。
[普] 我有一件十分要緊的事兒跟你說。

did^3 log^6 gug^1 dei^2

跌落谷底 動詞結構

[釋] **下滑到很低的程度**

[粵] 一聽到冇佢份，情緒跌咗落谷底。[普] 一聽到沒他的份兒，心情十分低落。

好彩 hou² coi²　句首副詞

釋 幸虧

① 粵 好彩個天冇落雨。普 幸虧沒下雨。

② 粵 好彩搶救及時，佢先執番條命仔。普 幸虧搶救及時，他才保住了性命。

識 do xig¹ du¹　動詞

釋 會依據情況行事，體貼人

① 粵 佢好識 do 㗎。普 她很會體貼人。

② 粵 佢都講到出口嘞，你識 do 啦。普 他已當面提出來了，你就順他的意吧。

卒之 zêd¹ ji¹　副詞

釋 終於

粵 我哋卒之搵到佢間屋。普 我們終於找到他的房子。

黑仔 heg¹ zei²　形容詞

釋 喻指倒霉

粵 我今日真黑仔，又遲到，又唔記得帶文件返公司。普 我今天倒霉透了，又遲到，又忘帶文件回公司。

大佬 dai⁶ lou²　感歎詞

釋 表示不滿，不耐煩。男女共用。

① 粵 大佬呀！咁嘅數你都計錯！普 喂，這麼簡單的數你也計算錯！

② 粵 大佬呀！你快啲得唔得！普 喂，你快點兒，行不行！

捰脷 la² léi⁶　形容詞

釋 由於代價不菲而感到心疼

粵 擺圍酒要成三萬銀，捰脷！普 辦一桌酒席得三萬塊錢，真心疼！

幾係嘢 géi² hei⁶ yé⁵　習用語

釋 喻指花錢不少；也指吃力

粵 拉隊去歐洲玩十日，幾係嘢㗎。普 一幫人去歐洲玩兒十天，花費不少哪。

籌備婚禮非易事

11

3 微型會話 🎧 11-3

❶ 紅色炸彈

Gem¹ go³ yud⁶ zen¹ heg¹ zei², yed¹ lin⁴ seo¹ dou³⁻² sam¹ go³ hung⁴ xig¹ za³ dan⁶⁻².

甲： 今 個 月 真 黑 仔，一 連 收 到 三 個 紅 色 炸 彈。

這個月真倒楣，一連收到三個婚宴邀請。

Néi⁵ méng⁶ sêu² hou² lo¹, ngo⁵ yed¹ go³ dou¹ mou⁵.

乙： 你 命 水 好 囉，我 一 個 都 冇。

你真幸運，我一個也沒有。

Wei³, dai³ lou², sam¹ go³ bo³. Lêng⁵ ca¹ yé⁵ gem² zeo⁶ mou⁵ zo².

甲： 喂，大 佬，三 個 噃。兩 又 嘢 噉 就 冇 咗。

喂，老兄，三個呀。兩千塊錢説沒就沒有了呀。

Sei² m⁴ sei² gem³ la² léi⁶ a³?

乙： 使 唔 使 咁 揦 脷 呀？

要那麼多錢嗎？

M⁴ hei⁶ néi⁵ gu². Gem¹ xi⁴ m⁴ tung⁴ wong⁵ yed⁶ leg³, gung¹ ga³ yen⁴ qing⁴ xing¹ lé¹ leg³.

甲： 唔 係 你 估。今 時 唔 同 往 日 嘞，公 價 人 情 升 呢 嘞。

當然了。現在跟過去無法相提並論了，公價人情升級了。

Yed¹ bun¹ zeo² leo⁴ dou¹ po³ ng⁵ la¹.

一 般 酒 樓 都 破 五 啦。

一般酒樓已經破五了。

Mou⁵ gei³⁻² la¹, yi⁴ ga¹ gé⁵ fen¹ lei⁵ xiu¹ fei³ hem⁶ bang⁶ lang⁶ gei³ mai⁴

乙： 冇 計 啦，而 家 嘅 婚 禮 消 費 冚 唪 唥 計 埋

沒法了，現在的婚禮消費統統計算進去

fen¹ fen¹ zung¹ yiu³ séng⁴ sa¹ a⁶ man⁶ ga³.

分 分 鐘 要 成 卅 呀 萬 㗎。

很可能要三十萬塊錢哩。

Gem² yeo⁶ hei⁶, yi⁴ ga¹ gé³ sen¹ yen⁴ geo² xing⁴ geo² gung¹ gen² leo⁴⁻² ga³.

甲： 噉 又 係，而 家 嘅 新 人 九 成 九 供 緊 樓 㗎。

那也是，現在的新人九成九正在供樓呢。

Han¹ deg¹ zeo⁶ han¹ ji¹ yu⁴, dou¹ héi¹ mong⁶ neng⁴ geo³ wui⁴ seo¹ sé¹ xiu².

乙： 慳 得 就 慳 之 餘，都 希 望 能 夠 回 收 些 小。

能省就省之餘，都希望能夠回收點什麼。

Jig¹ hei⁶ dim² a³?

甲：即 係 點 呀？

這話怎麼説？

Na⁴, fen¹ yin³ zeo² jig⁶ yed¹ bun¹ seb⁶ ng⁵ lug⁶ man⁶ go³ bo³. Yen⁴ qing⁴ né¹,

乙：嚄，婚 宴 酒 席 一 般 十 五 六 萬 個 囌。人 情 呢，

喏，婚宴酒席一般十五六萬塊錢。人情呢，

ced¹ xing⁴ guei¹ sen¹ yen⁴ ji⁶ géi². Néi⁵ xig¹ gei³ sou³ ga³ la¹.

七 成 歸 新 人 自 己。你 識 計 數 㗎 啦。

七成歸新人自己。你算算看。

❷ 奉子成婚

Ni¹ go³ xing³ dan³ jid³ tung⁴ A³ May hêu³ bin¹ dou⁶ wan² a³?

甲：呢 個 聖 誕 節 同 阿 May 去 邊 度 玩 呀？

這個聖誕節和阿 May 上哪兒玩兒呀？

Bin¹ dou⁶ dou¹ m⁴ hêu³, leo⁴ hei² ngug¹ kéi² gei³ sou³.

乙：邊 度 都 唔 去，留 喺 屋 企 計 數。

哪兒也不去，留在家裏算賬。

Sou² ngen⁴ ji²? A³ May tung⁴ néi⁵ sou² mai⁴ yed¹ fen⁶?

甲：數 銀 紙？阿 May 同 你 數 埋 一 份？

數鈔票？阿 May 跟你一塊數？

Geng² hei⁶ m⁴ hei⁶ la¹. Na⁴, A³ May yeo⁵ zo².

乙：梗 係 唔 係 啦。嚄，阿 May 有 咗。

當然不是嚕。聽着，阿 May 懷上了。

Wa³, gung¹ héi² sai³. Ha⁶ yed¹ bou⁶, fung⁶ ji² xing⁴ fen¹ la¹.

甲：嘩，恭 喜 晒。下 一 步，奉 子 成 婚 啦。

哇，恭喜恭喜。下一步，該奉子成婚了吧。

Bun² loi⁴ ngo⁵ déi⁶ dou¹ nem² ju⁶ cêd¹ nin⁴⁻² ng⁵ yud⁶ gid³ fen¹ gé³,

乙：本 來 我 哋 都 諗 住 出 年 五 月 結 婚 嘅，

本來我們盤算着明年五月結婚的，

yi⁴ ga¹ yeo⁵ zo² bi¹⁻⁴ bi¹, gem² zeo⁶ sên⁶ sêu² têu¹ zeo¹ leg¹.

而 家 有 咗 B B，噉 就 順 水 推 舟 嘞。

現在有了小孩兒，那就順水推舟好了。

Yeo⁶ gid³ fen¹ yeo⁶ sang¹ zei², dou¹ géi² hei⁶ yé⁵ ga³.

甲： 又 結 婚 又 生 仔，都 幾 係 嘢 㗎。

又結婚又生小孩兒，得不少錢哪。

Geng² hei⁶ la¹.

乙： 梗 係 啦。

當然嘍。

Yi⁴ ga¹ gid³ fen¹、dim² dou¹ yiu³ yu⁶ béi⁶ yed¹ bed¹ ga³.

甲： 而 家 結 婚，點 都 要 預 備 一 筆 㗎。

現在結婚，説什麼也得準備一筆錢哪。

Bed¹ guo³ gem² zeo⁶ liu⁵ zo² A³ May go³ sem¹ yun⁶ la¹.

乙： 不 過 噉 就 了 咗阿 May 個 心 願 啦。

不過這就滿足了阿 May 的心願了。

4 鬼馬詞語話你知：婚戀用語

❶ 有情飲水飽，冇情食飯飢

這是上世紀五六十年代粵語長片中"愛情至上"的金句，直譯為"有了愛情，喝水（不用吃飯）也可以飽肚子，沒了愛情，吃了飯還是餓肚子"。為了愛情，闊少爺於是可以娶貧家女——幸福大結局。

❷ 揼煲

情人間提出分手。"揼"指"摔（拋棄）"，而"煲"暗喻"共同生活"。常用的近義詞有："甩拖"（相對於"拍拖"）和"散咗"。另外，情人間分了手仍會保持某種親密的關係，那就是"揼煲唔揼蓋"。

❸ 箍煲

試圖挽救瀕於破裂的感情關係。

❹ 成個老襯，從此受困

按結婚進行曲的第一節旋律重新填詞，明示"你這個笨蛋，從此失去自由"。

❺ 曬恩愛

夫妻之間恩恩愛愛的形象。

12

Hêng¹ Gong² Xi¹ Nai⁵⁻¹ Yiu³ Xing¹ Lé¹

香港師奶要升呢

人到中年，
小學未畢業，
衣着唔入時。
強項係講價。

三十年後今日嘅師奶就唔同囉。
中產、高學歷、無慾無求，
但求有時間照顧仔女。

香港話

Xi¹ nai⁵⁻¹ hei⁶ med¹ dung¹ dung¹? Sang² gong² ngou³ gé³
師 奶 係 乜 東 東？省 港 澳 嘅

ga¹ ting⁴ ju² fu⁵. Zeo⁶ lo² Hêng¹ Gong² xi¹ nai⁵⁻¹ lei⁴ gong², ho² fen¹
家 庭 主婦。就 攞 香 港師 奶 嚟 講，可 分

lêng⁵ go³ m⁴ tung⁴ gé³ ceng⁴ qi³. Sêng¹ dêu³ sem¹ yeb⁶ men⁴ sem¹ gé³,
兩 個唔 同 嘅 層 次。相 對 深 入 民 心 嘅，

zeo⁶ hei⁶ "Ngeo⁴ Teo⁴ Gog³ Sên⁶ Sou²". Kêu⁵ hei⁶ kao³ sêng⁶ sei³ géi²
就 係 "牛 頭 角 順 嫂"。佢 係 靠 上 世 紀

bad³ seb⁶ nin⁴ doi⁶ yed¹ cêd¹ din⁶ xi³ kég⁶ yi⁴ sêng⁶⁻² wei⁶⁻². Qun⁴ tung²
八 十 年代 一 齣 電 視 劇 而 上 位。傳 統

gé³ ying⁴ zêng⁶ hei⁶: yen⁴ dou³ zung¹ nin⁴, xiu² hog⁶ méi⁶ bed¹ yib⁶,
嘅 形 象 係：人 到 中 年，小 學 未 畢 業，

yi¹ zêg⁶ m⁴ yeb⁶ xi⁴. Sêu¹ zeg¹ sem¹ déi⁶⁻² xin⁶ lêng⁴, dan⁶ hei⁶ ba¹
衣 着 唔 入 時。雖 則 心 地 善 良，但 係 巴

za¹, mou⁴ ji¹. Kêng⁴ hong⁶ hei⁶ gong² ga³. Zêng⁶ fu¹ yim⁴ kêu⁵ sêu²
渣、無 知。強 項 係 講 價。丈 夫 嫌 佢 水

tung⁴ sen¹ coi⁴, zei² nêu⁵⁻² yim⁴ kêu⁵ lo¹ so¹ cêng⁴ héi³. Jig⁶ dou³ yi⁴
桶 身 材，仔 女 嫌 佢 囉 嗦 長 氣。直 到 而

ga¹, ni¹ go³ ying⁴ zêng⁶ bed¹ xi⁴ zung⁶ wui⁵ hei² dai⁶ zung⁶ qun⁴ mui⁴
家，呢 個 形 象 不 時 仲 會 喺 大 眾 傳 媒

cêd¹ yin⁶. Sam¹ seb⁶ nin⁴ heo⁶ gem¹ yed⁶ gé³ xi¹ nai⁴⁻¹ zeo⁶ m⁴ tung⁴ lo³.
出 現。三 十 年 後 今 日 嘅師 奶 就 唔 同 囉。

Zung¹ can², gou¹ hog⁶ lig⁶, mou⁴ yug⁶ mou⁴ keo⁴, dan⁶ keo⁴ yeo⁵ xi⁴
中 產、高 學 歷、無 慾 無 求，但 求 有 時

gan¹ jiu³ gu³ zei² nêu⁵⁻². Ni¹ zung² xi¹ nai⁵⁻¹ yeo⁴ yi⁵ zei² nêu⁵⁻² zêng¹ wui⁵
間 照 顧 仔 女。呢 種 師 奶 尤 以 仔 女 將 會

wag⁶ jing³ zoi⁶ zeo⁶ dug⁶ xiu² hog⁶ ge³ ma¹ mi¹⁻⁴ wei⁴ ju². Kêu⁵ déi⁶ ji⁶
或　正　在　就　讀　小　學　嘅　媽　咪　為　主。佢　哋　自

ying⁶ gé³ yem⁶ mou⁶ zeo⁶ hei⁶ m⁴ hou² béi² zei² nêu⁵⁻² xu¹ hei⁶ héi² pao²
認　嘅　任　務　就　係　唔　好　畀　仔　女　輸　喺　起　跑

xin⁶ sêng⁶. Gem², zeo⁶ yiu³ xing¹ lé¹、cung⁴ sen¹ hog⁶ zab⁶ yu⁴ ho⁴ gun²
線　上。噉，就　要　升　呢，重　新　學　習　如　何　管

gao³、yu⁴ ho² yen⁵ dou⁶、yu⁴ ho⁴ wei⁴ wu⁶ cen¹ ji² guan¹ hei⁶ leg³.
教，如　何　引　導，如　何　維　護　親　子　關　係　嘞。

普通話

　　師奶是什麼？省港澳家庭主婦。就拿香港師奶來講，可分兩個不同的層次。相對深入民心的，就是"牛頭角順嫂"。她是靠上世紀八十年代一齣電視劇而上位的。傳統的形象是：人到中年，小學未畢業，穿着不入時。雖然心地善良，可是潑辣、無知。強項是討價還價。丈夫嫌她水桶身材，兒女嫌她愛叨嘮。直到現在，這個形象還不時出現在大眾媒體中。三十年後的今天，師奶就不同了。中產、高學歷、無慾無求，但求有時間照顧兒女。這種師奶尤以兒女將會或正在就讀小學的媽咪為主。她們自認的任務就是不讓兒女輸在起跑線上。那麼，就要自我提高，重新學習如何管教，如何引導，如何維護親子關係了。

乜東東 med¹ dung¹ dung¹ 名詞

- 釋 謔稱，泛指東西
- 粵 你睇緊嘅係乜東東？ 普 你在看什麼玩意兒？

上位 sêng⁶⁻² wei⁶⁻² 動詞

- 釋 躥紅，具知名度
- 粵 她係靠呢首歌上位。 普 她是憑着這首歌躥紅的。

蝦 ha¹ 動詞

- 釋 欺負
- 粵 唔准蝦你細妹。 普 不許欺負你妹妹。

巴渣 ba¹ za¹ 形容詞

- 釋 尖刻潑辣，説話不饒人
- 粵 嗰幾個女人旁若無人，巴渣到死。
- 普 那幾個女的旁若無人，説話十分尖刻。

講價 gong² ga³ 動詞

- 釋 砍價；商家甩賣則用"劈價"
- 粵 我真服咗佢，噉講價都有。
- 普 我真佩服他，砍價真狠。

水桶身材 sêu² tung² sen¹ coi⁴ 複合名詞

- 釋 謔指女性毫無線條美、粗矮身材
- 粵 佢嘅嘅身材，直情係水桶身材。
- 普 她這樣的身材，毫無線條可言，活像一隻水桶。

仔女 zei² nêu⁵⁻² 集體名詞

- 釋 家庭裏的兒女
- 粵 佢啲仔女大嘞，出晒身嘞。
- 普 她的兒女都長大了，工作了。

長氣 cêng⁴ héi³ 形容詞

- 釋 形容人沒完沒了地叨嘮
- 粵 佢長氣到死，一件事講四五次。
- 普 她真會叨嘮，一件事情能説上四五遍。

升呢 xing¹ lé¹ 動詞

- 釋 提升（水平、等級，等）；"呢"源自英文 level
- 粵 你哋唔及時升呢就 out 啦。
- 普 你們不及時自我提升就落後了。

Keep 住 Keep ju⁶ 動詞

釋 保持某種狀態

粵 你 keep 住噉嘅速度,半粒鐘會到。**普** 你保持這樣的速度,半小時就到。

睇衰 tei² sêu¹ 動詞

釋 看扁

粵 人哋有人哋嘅長處,唔好成日睇衰人哋。**普** 別人有別人的長處,別整天把人家看扁了。

夾硬 gab³ ngeng⁶⁻² 副詞

釋 做事不考慮後果

① **粵** 千祈唔好夾硬嚟。**普** 你千萬不要胡來。
② **粵** 佢夾硬逼咗上巴士。**普** 他楞擠上了公共汽車。

… med¹ … med⁶
……乜……物
謂詞性並列格式

釋 表示泛指,含厭惡義

粵 佢個女揀飲擇食,成日嫌乜嫌物。**普** 他女兒偏食,整天嫌這不好,嫌那不好的。

都有之 dou¹ yeo⁵ ji¹ 謂詞性結構

釋 某種負面情況可能出現;含警告義

① **粵** 成日遲到,老闆炒你都有之。**普** 老是遲到,老闆沒準會把你辭退。
② **粵** 借錢唔還,人哋告你都有之。**普** 借錢不還,人家沒準會告你。

冇符 mou⁵ fu⁴ 動詞

釋 感到無可奈何,沒有辦法應對

① **粵** 佢哋毀約,你都冇符。**普** 他們毀約,你也沒轍。
② **粵** 對住呢班唔聽教嘅學生,我真係冇晒符。**普** 對着這班調皮學生,我真的一點兒辦法也沒有。

3 微型會話 🎧 12-3

❶ "怪獸家長"（之一）

甲：Wei³, zou² sen⁴. Geb¹ geb¹ gêg¹ gem² hêu¹ bin¹ dou⁶ a³?
喂，早晨。急急腳 噉 去 邊 度 呀？
喂，早安。匆匆忙忙往哪兒去？

乙：O⁶, hêu¹ dêu³ min⁶ go² gan¹ bou³ zab⁶ sé⁵, tung⁴ go³ zei² bou³ méng² zeo¹ mud⁶
哦，去 對 面 嗰 間 補 習 社，同 個 仔 報 名 週 末
哦，上對面那家補習社，跟我兒子報名週末

bou² zab⁶ ying¹ men⁴⁻².
補 習 英 文。
補習英語。

甲：Néi⁵ tung⁴ ngo⁵ gong² guo³, néi⁵ go³ zei² ying¹ men⁴⁻² m⁴ co¹ go³ bo³,
你 同 我 講 過，你 個 仔 英 文 唔 錯 個 噃，
你跟我説過，你兒子英語挺不錯的，

qi³ qi³ ceg¹ yim⁶ ca¹ m⁴ do¹ dou¹ lo² dou³⁻² yed¹ bag³ fen¹ go³ bo³.
次 次 測 驗 差 唔 多 都 攞 到 一 百 分 個 噃。
每次測驗差不多都拿到一百分的。

乙：Hei⁶ zeo⁶ hei⁶, dan⁶ hei⁶ ngo⁵ m⁴ sêng² kêu⁵ xu¹ hei² héi² pao² xin³ dou⁶,
係 就 係，但 係 我 唔 想 佢 輸 喺 起 跑 線 度，
對，沒錯。但是我不想他輸在起跑線上，

sêng² kêu⁵ keep ju⁶ qi³ qi³ dou¹ yiu³ lo² kêu⁵ yed¹ bag³ fen¹.
想 佢 keep 住 次 次 都 要 攞 佢 一 百 分。
要他每次測驗都繼續拿他個一百分。

甲：Zeo¹ mud⁶ wo³, dou¹ m⁴ béi² go³ zei² teo² ha⁵, wan² ha⁵,
週 末 喎，都 唔 畀 個 仔 抖 吓，玩 吓，
週末嘛，幹嗎不讓你兒子休息休息，玩兒玩兒，

zou⁶ ha⁵ kêu⁵ ji⁵ géi² zung¹ yi³ zou⁶ gé³ yé⁵ mé¹?
做 吓 佢 自 己 中 意 做 嘅 嘢 咩？
做一些他喜歡做的事情呢？

乙：Hai⁴, néi⁵ yeo⁵ so² bed¹ ji¹ ga¹ leg³. Kêu⁵ déi⁶ ban¹ geo² xing⁴ géi² gé³ tung⁴ hog⁶ zei²
嗨，你 有 所 不 知 㗎 嘞。佢 哋 班 九 成 幾 嘅 同 學 仔
唉，你不太了解情況。他們班九成多的同學

dou¹ yeo⁵ bou³ zab⁶, kêu⁵ m⁴ hêu³, wui⁵ béi² yen⁴ tei² sêu¹ ga³.
都 有 補 習，佢 唔 去，會 畀 人 睇 衰 㗎。
都報名補習，他不去，會讓人看不起的。

136

甲：Néi⁵ m⁴ neng⁴ gou³ m⁴ gu⁶ ji¹ géi² go³ zei² gé³ xing³ gag³ tung⁴ hing³ cêu³,
你 唔 能 夠 唔 顧 自己 個 仔 嘅 性 格 同 興 趣，
你可不能不顧自己兒子的性格和興趣，

gab³ ngeng⁶⁻² giu³ kêu⁴ hog⁶ med¹ hog⁶ med⁶ gé³ wo³.
夾 硬 叫 佢 學 乜 學 物 嘅 喎。
楞要他學這學那的呀。

乙：Mou⁵ gei³⁻² gag³. Néi⁵ m⁴ béi² kêu⁴ bou² zab⁶, kêu⁴ dei⁶ xi⁴ lo² m⁴ dou³⁻²
冇 計 嘅。你 唔 畀 佢 補 習，佢 第 時 攞 唔 到
沒法子。你不讓他補習，他哪天拿不到

yed¹ bag³ fen¹, lai¹ néi⁵ dou¹ yeo³ ji¹.
一 百 分，賴 你 都 有 之。
一百分，準埋怨你。

甲：Wei³, gem² giu³ mé¹ gao³ yug⁶ a³?
喂，噉 叫 咩 教 育 呀？
喂，這是什麼教育呀？

乙："Guai³ seo³ ga¹ zêng²" dou¹ hei² zou⁶ ding⁶ ga³ leg³.
"怪 獸 家 長" 都 係 做 定 㗎 嘞。
"怪獸家長" 真沒法不做。

❷ "怪獸家長"（之二）

甲：Ngo⁵ go³ nêu⁵⁻² hei² zung¹ hog⁶ gao³ xu¹, kem⁴ man⁵ fan¹ dou³ ngug¹ kéi⁵⁻²
我 個 女 喺 中 學 教書，琴 晚 返 到 屋 企
我女兒在中學教書，昨晚回到家裏

wa⁶ béi² hog³ seng¹ ga¹ zêng² hei² hog⁶ hao⁶ nao⁶.
話 畀 學 生 家 長 喺 學 校 鬧。
說讓學生家長在學校裏罵。

乙：Ha²? Gem² dou¹ yeo¹ gé²? Gin⁶ xi⁶ dim² gai² wui⁵ gem² ga³?
吓？噉 都 有 嘅？件 事 點 解 會 噉 㗎？
喲，竟然有這樣的事情？事情怎樣發生的？

甲：Ngo⁵ go³ nêu⁵⁻² wa⁶, go³ hog³ seng¹ séng⁴ go³ lei⁵ bai³ dou¹ m⁴ gao¹ gung¹ fo³,
我 個 女 話，個 學 生 成 個 禮 拜 都 唔 交 功 課，
我女兒說，那學生整個星期都沒交作業，

mei⁶ fad⁶ kêu⁵ leo⁴ tong⁴ bou² zou⁶ gung¹ fo³ lo¹.
咪 罰 佢 留 堂 補 做 功 課 囉。
那還不罰他課後留校補寫作業呀。

Dei² fad⁶ eg¹, go² go³ hog⁵ seng¹ ga¹ zêng² cou⁴ di¹ med¹ yé⁵ a³?

乙：抵 罰 呃。嗰 個 學 生 家 長 嘈 啲 乜 嘢 呀 ？

該罰嘛。那學生家長埋怨些什麼哪？

Kêu⁵ dou¹ gong² m⁴ cêd¹ di¹ med¹、yed¹ méi⁶˙² wa⁶ jud⁶ m⁴ yung⁴ yen²

甲：佢 都 講 唔 出 啲 乜，一 味 話 絕 唔 容 忍

她也説不出什麼來，一個勁兒説絕不容忍

lou⁵ xi¹ ha¹ sei³ lou⁶.

老 師 蝦 細 路。

老師欺負小孩兒。

Na⁴、yi⁴ ga¹ hog⁶ hao⁶ yed¹ go³ m⁴ hou² gé³ king¹ hêng³ hei⁶ hog⁶ seng¹ yei⁵、

乙：嗱，而 家 學 校 一 個 唔 好 嘅 傾 向 係 學 生 曳，

噍，現在學校一個不好的傾向是學生調皮，

ga¹ zêng² ngog³、lou⁵ xi¹ mou⁵ sai³ fu⁴.

家 長 惡，老 師 冇 晒 符。

家長不講理，老師難以應付。

Bei⁶ zeo⁶ bei⁶ hei² yeo⁵ di¹ ga¹ zêng² yed¹ fong¹ min⁶ fong³ yem⁶ ji⁶ géi² zei² nêu⁵˙²

甲：弊 就 弊 喺 有 啲 家 長 一 方 面 放 任 自 己 仔 女

遺憾的是有些家長一方面放任自己子女

m⁴ hog⁶ hou²、ling⁶ yed¹ fong¹ min⁶ cêu⁴ yi³ tiu¹ tig¹ lou⁵ xi¹、hog⁶ hao⁶.

唔 學 好，另 一 方 面 隨 意 挑 剔 老 師、學 校。

不好好學，另一方面隨意挑剔老師、學校。

Jig⁶ qing⁴ hei⁶ m⁴ fu⁶ zeg³ yem⁶、yig⁶ xun³ hei⁶ guai³ seo³ ga¹ zêng² gé³ yed¹ zung².

乙：直 情 係 唔 負 責 任，亦 算 係 怪 獸 家 長 嘅 一 種。

當然是不負責任，也算是怪獸家長的一種。

Lou⁵ xi¹ gao³ xu¹ goi² gün² ngad³ lig⁶ m⁴ xiu²、yu⁶ dou³˙² gem³ gé³ guai³ seo³

甲：老 師 教 書 改 卷 壓 力 唔 少，遇 到 噉 嘅 怪 獸

老師教書改卷壓力不小，遇上這樣的怪獸

ga¹ zêng² ngad³ lig⁶ yeo⁴ kéi⁴ dai⁶、ho⁴ yi⁵ bou² jing³ gao³ hog⁶ zed¹ lêng⁶ né¹?

家 長 壓 力 尤 其 大，何 以 保 證 教 學 質 量 呢 ？

家長壓力尤其大，怎樣才能保證教學質量呢？

Wei⁴ yeo⁵ hoi¹ do¹ di¹ ga¹ zêng² wui⁶˙²、ga¹ kêng⁴ wu⁶ sêng¹ keo¹ tung¹ ga³ za³.

乙：唯 有 開 多 啲 家 長 會，加 強 互 相 溝 通 㗎 咋。

只能開點兒家長會，希望加強互相溝通。

4 鬼馬詞語話你知：新潮英語借詞

香港的英語借詞構成方式五花八門，非常豐富。

1 茶煲

一部分凸顯漢化，既有漢化音譯的形式：如："茶煲"
（trouble），指麻煩極了，借代指女人。例：煩少我一陣得
唔得，你個人真係茶煲。

2 杯茶

又有漢化意譯的形式：如："（某人）杯茶"（cup of tea），
指興趣所在。例：移民美國唔係我杯茶。

3 *like*

另一部分，直接借過來用，如"like"，充當動詞，用法完
全漢化，如：我唔li-ke呀（即喜歡；like切分成兩個明顯
的音節）或當名詞用。例：調查結果，一百人有六十三個
like（即贊成）。

Qi² Lêng² Bed¹ Tung⁴ Béi² Lêng²

此両不同彼両

香港同內地嘅"両"有些小差別。

內地 1 斤 10 両，1 両就係 50 克。

香港 1 斤 16 両，1 両就係 37.8 克。

海味嘅"両"同金飾嘅"両"又有啲唔同。

金飾 1 両得 37.4 克。

香港話

Sem¹ Zen³ gé³ gu¹ ma¹ log⁶ lei⁴ Hêng¹ Gong² zên² béi³ mai⁵ di¹
深 圳 嘅 姑 媽 落 嚟 香 港 準 備 買 啲

hoi³ méi⁶⁻² tung⁴ gem¹ xig¹ fan¹ hêu³ sung³ béi³ méi¹ loi¹ sen¹ pou⁵。Zao³ sou³
海味 同 金 飾 返 去 送 畀 未 來 新 抱。找 數

go² zen⁶⁻² gog³ deg¹ hoi³ méi⁶⁻² gé³ "lêng²" tung⁴ gem¹ xig¹ gé³ "lêng²"
嗰 陣 覺 得 海 味 嘅 "兩" 同 金 飾 嘅 "兩"

yeo⁵ di¹ m⁴ tung⁴, ca⁴ jing³ ji¹ ha³, fad³ yin³ Hêng¹ Gong² tung⁴ noi⁶ déi⁶
有 啲 唔 同,查 證 之 下,發 現 香 港 同 內 地

gé³ "lêng²" dig¹ yi¹ cé² kog³ yeo⁴ sé¹ xiu² ca¹ bid⁶。Noi⁶ déi⁶ yed¹ gen¹ seb⁶
嘅 "兩" 的 而且 確 有 些 小 差 別。內 地 1 斤 10

lêng² (ng⁵ bag³ hag¹), yed¹ lêng² zeo⁶ hei⁶ ng⁵ seb⁶ hag¹. Hêng¹ Gong² yed¹
兩 (500克),1 兩 就 係 5 0 克。香 港 1

gen¹ seb⁶ lug⁶ lêng² (lug⁶ bag³ ling⁴ séi³ dim² bad³ hag¹), yed¹ lêng² jig¹
斤 1 6 兩 (604.8克), 1 兩 即

sam¹ seb⁶ ced¹ dim² bad³ hag¹. Dan⁶ hei⁶ ni¹ go³ sou³ ji⁶ jing⁶ hei⁶ xig¹ yung⁶
37.8克。 但 係 呢 個 數 字 淨 係 適 用

yu¹ hoi³ méi⁶⁻². Gem¹ xig¹ zeo⁶ m⁴ tung⁴ leg³, deg¹ sam¹ seb⁶ ced¹ dim² séi³
於 海味。金 飾 就 唔 同 嘞,得 37.4

hag¹. Ni¹ di¹ fad³ ding⁶ sou³ ji⁶, m⁴ tung⁴ pou³ teo⁴⁻² zeb¹ heng⁴ héi² sêng⁶⁻²
克。呢 啲 法 定 數 字,唔 同 舖 頭 執 行 起 上

lei⁴ wui⁵ yeo⁵ m⁴ tung⁴, dan⁶ hei⁶ mou⁵ deg¹ ngao³. Cêu⁴ zo² lêng², zung⁶
嚟 會 有 唔 同,但 係 冇 得 拗。除 咗 兩,仲

yeo⁵ cég³. Hêng¹ Gong² séng⁴ yed⁶ gong² qin¹ cég³ hou⁴ zag⁶⁻², geo³ ging² jid³
有 呎。香 港 成 日 講 千 呎 豪 宅,究 竟 折

xun³ xing⁴ ping⁴ fong¹ mei¹, yeo⁵ yeo⁵ géi² do¹ né¹? Yun⁴ loi⁴, yed¹ ping⁴
算 成 平 方 米,又 有 幾 多 呢?原 來,1 平

fong¹ cég³ yêg³ mog⁶⁻² deng² yu¹ ling⁴ dim² ling⁴ geo² yi⁶ geo² ping⁴ fong¹ mei¹.
方 呎 約 莫 等 於　　0.0929　　平 方 米。

Qin¹ cég³ hou⁴ zag⁶⁻² kéi⁴ sed⁶ zeo⁶ hei⁶ geo² seb⁶ yi² dim² geo² ping⁴ fong¹
千 呎 豪 宅 其 實 就 係　　92.9　　平 方

mei¹. Hang⁴ hang⁴ ha⁵ gai¹,　gin³ dou³⁻² di¹ tei⁴ ji² gem³ léng³, mai⁵ di¹ lei⁴
米。行　行 吓 街，見 到　啲 提 子 咁　靚，買 啲 嚟

xig⁶ a¹,　bed¹ guo³ géi³ ju⁶, Hêng² Gong² yen⁴ hing¹ yung⁶ bong⁶, yed¹ bong⁶
食 吖，不 過 記 住，香　港 人 興 用 磅，1 磅

m⁴ geo³ yed¹ gen¹,　deg¹ ling⁴ dim² séi¹ ng⁵ séi³ gung¹ gen¹ ga³ za³.
唔 夠 1 斤，得　　0.454　　公 斤 㗎 咋。

普通話

　　　深圳的姑媽到香港去準備買點兒海味和飾金回去送給未來的媳婦。付款的時候覺得海味的"両"和飾金的"両"有點兒不同。查證之下，發現香港和內地的"両"確實是有點兒差別。內地1斤10両（500克），1両就是50克。香港1斤16両（604.8克），1両即37.8克。可是這個數字只適用於海味。飾金就不同，只有37.4克。這些法定數字，不同的店舖執行起來還會不同。但是，這可不容爭議。除了両，還有呎。香港整天講千呎豪宅，折算成平方米，究竟是多少？原來，1平方呎大概等於0.0929平方米。千呎豪宅其實就是92.9平方米。逛街的時候，眼看葡萄那麼誘人，買點兒嚐嚐吧。不過記住，香港人流行用磅，1磅不到1斤。只有0.454公斤罷了。

新抱 sen¹ pou⁵　名詞

㊟ 兒媳

㊐ 佢好中意佢未來新抱。㊉ 她很
喜歡她未來的兒媳。

找數 zao² sou³　動詞

㊟ 結賬付款

㊐ 呢餐輪到我找數，大家唔好爭。
㊉ 這頓輪到我結賬，請大家不要
搶着來。

落 log⁶　動詞

㊟ 下（地名）；注意香港人方向感
的表達方式

① ㊐ 你聽日上北京，幾時返番落
香港？㊉ 你明天上北京，什麼
時候回香港？（南北向）
② ㊐ 由銅鑼灣落灣仔，行路都得
啦。㊉ 從銅鑼灣到灣仔，走路
也可以。（東西向）

dig¹ yi⁴ cé² kog³
的而且確　副詞

㊟ 的的確確

㊐ 呢啲而且確係佢寫嘅字。
㊉ 這的的確確是他寫的字。

冇得拗 mou⁵ deg¹ ngao³　動詞

㊟ 不容爭辯

㊐ 呢啲係行內規矩，冇得拗。
㊉ 這是行內規矩，不容爭辯。

(hang⁴ hang⁴)　ha⁵
（行 行）吓　助詞

㊟ 用在單音節的重疊動詞之後，
表示臨時發生的情況

① ㊐ 瞓瞓吓，突然電話響。㊉ 正
在睡的時候，突然電話鈴響。
② ㊐ 做做吓，突然覺得噉做唔多
妥。㊉ 正幹着，突然發覺這樣
做不對路。

提子 tei⁴ ji²　名詞

㊟ 葡萄（果實）

㊐ 新疆提子爽兼夾甜。㊉ 新疆葡
萄又脆彈又甜。

嗰陣 go² zen⁶⁻²　名詞

㊟（那）時候

① ㊐ 嗰陣你都未夠廿歲。㊉ 那時
候你還沒二十歲。
② ㊐ 我喺呢度返工嗰陣佢啱畢
業。㊉ 我在這兒上班的時候他
剛畢業。

醒定 xing² ding⁶ 形容詞

釋 集中精神留意周遭情況

粵 過關嗰陣醒定啲,睇實行李。

普 過海關的時候,留意點兒,看好行李。

慳得就慳 han¹ deg¹ zeo⁶ han¹ 謂詞結構

釋 能省就省(開支)

粵 單點貴,不如嚟個大拼盤,平好多。慳得就慳吖嘛。**普** 單叫貴,不如來個大拼盤,便宜很多。能省就省唄。

領嘢 léng⁵ yé⁵ 動詞

釋 上當受騙

粵 俗語話:便宜莫貪。唔係,分分鐘領嘢。**普** 俗話説:便宜莫貪。否則,隨時招損失。

三(九)唔識七 sam¹ (geo²) m⁴ xig¹ ced¹ 形容詞

釋 素不相識

粵 我同佢三(九)唔識七。**普** 我跟他素不相識。

監 gam¹ 動詞

釋 強迫(做)

粵 細佬哥唔想學,咪監佢學。

普 小孩兒不想學,別強迫他學。

味 méi⁶⁻² 量詞

釋 用於菜餚

粵 嗰晚喺佢屋企,佢整咗好幾味餸我哋食。**普** 那天晚上在她家裏,她弄了好幾個菜給我們吃。

(冇嘢講)搵嚟講 (mou⁵ yé⁵ gong²) wen² lei⁴ gong² 謂詞結構

釋 多餘(含厭煩義)

① **粵** 嗱,呢啲叫做冇嘢講搵嚟講。**普** 諾,這就叫沒話找話説。

② **粵** 你都係搵嚟講啫,邊個信呀?**普** 你這隨便説説而已,沒人信。

3 微型會話 🎧13-3

❶ 此團友不同彼團友

Ngo⁵ Zei³ Nam⁴ cen¹ qig¹ yed¹ ga¹ yen⁴ sêng² bou³ tün⁴ log⁶ lei¹ Hêng¹ Gong² wan² ha⁵,

甲：我 濟 南 親 戚 一 家 人 想 報 團 落 嚟 香 港 玩 吓，

我濟南親戚一家人想參團到香港來玩兒玩兒，

dan⁶ hei⁶ gog³ deg¹ xi⁵ cêng⁴ hou³ lün⁶, m⁴ ji¹ bou³ med¹ tün⁴ hou².

但 係 覺 得 市 場 好 亂，唔 知 報 乜 團 好。

但是感覺到市場挺亂，不知道報什麼團好。

Giu³ kêu⁵ déi⁶ xing² ding⁶ di¹, qin¹ kéi¹ m⁴ hou² tam¹ péng⁴ bou³ di¹ dei¹ ga³ tün⁴.

乙：叫 佢 哋 醒 定 啲，千 祈 唔 好 貪 平 報 啲 低 價 團。

吩咐他們注意，別貪便宜報那些低價團。

Kêu⁵ déi⁶ log⁶ lei⁴ yed¹ qi³ m⁴ yung⁴ yi⁶, séi¹ ng⁵ go³ yen⁴ wo³,

甲：佢 哋 落 嚟 一 次 唔 容 易，四 五 個 人 喎，

他們來一趟不容易，四五個人哪，

geng² hei⁶ sêng² han¹ deg¹ zeo⁶ han¹ ga³ la¹.

梗 係 想 慳 得 就 慳 㗎啦。

當然想能省點兒就省點兒。

Men⁶ tei⁴ hei⁶, go² di¹ gem² gé³ dei¹ ga³ tün⁴ sed⁶ zei³ sêng⁶ hei⁶

乙：問 題 係，嗰啲 噉 嘅 低 價 團 實 際 上 係

問題是，那些這樣的低價團實際上是

kêng⁴ big¹ keo¹ med⁶ tün⁴, qin¹ kéi¹ m⁴ hou² léng⁵ yé⁵ a³.

強 逼 購 物 團，千 祈 唔 好 領 嘢呀。

強迫購物團，可千萬別上當。

Néi⁵ mei⁵ hag³ yen⁴ bo³.

甲：你 咪 嚇 人 嗻。

你別嚇唬人。

Mou⁵ hag³ néi⁵ eg¹, tei⁴ séng² néi⁵ yiu³ bou³ zeo⁶ bou³ jing³ kuei¹ gé³ tün⁴ ji¹ ma³.

乙：冇 嚇 你 呃，提 醒 你 要 報 就 報 正 規 嘅 團 之 嘛。

沒有嚇唬你的意思，只是提醒你要報就報正規的團而已。

Do¹ zé⁶ tei⁴ séng², bed¹ guo³ néi⁵ gong² "kêng⁴ big¹ keo¹ med⁶", qi⁵ fu⁴

甲：多 謝 提 醒，不 過 你 講 "強 逼 購 物"，似 乎

謝謝提醒，不過你說"強迫購物"，似乎有點兒

kua¹ zêng¹ di¹ wo³. Ngo⁵ zeo⁶ m⁴ mai⁵, néi⁵ dim² kêng⁴ big¹ ngo⁵ xin¹?

誇 張 啲 喎。我 就 唔 買，你 點 強 逼 我 先？

誇張了吧？我就不買，你怎麼強迫我呀？

甲乙 dialogue:

乙： Wa³ m⁴ hei⁶ gem² gong² gé³. Néi⁵ m⁴ mai⁵, ji⁶ yin⁴ yeo⁵ "ying² ji² tün⁴ yeo⁵"
話 唔 係 噉 講 嘅。你 唔 買，自 然 有 "影 子 團 友"
話不是這樣説的。你不買，會有"影子團友"

yung⁶ gog³ zung² seo² dün⁶ gam¹ néi⁵ mai⁵, kêu⁴ déi⁶ ji² zoi⁶ tong¹ hag³ ji¹ ma³.
用 各 種 手 段 監 你 買，佢 哋旨 在 劏 客之 嘛。
用各種手段逼你買，他們就是要宰客。

甲： Gem³ do¹ tün⁴ yeo⁵, néi⁵ ji¹ bin¹ go³ hei⁶ "ying² ji² tün⁴ yeo⁵" xin¹?
咁 多 團 友，你 知 邊 個 係 "影 子 團 友" 先？
那麼些團友，你怎麼知道誰是"影子團友"？

乙： Na⁴, néi⁵ zeo⁶ yiu³ ju³ yi³ leg³, sam¹ geo² m⁴ xig¹ ced¹ gé³ yen⁴ hang⁴ mai⁴ lei⁴ bao³ cou¹
嗱，你 就 要 注意 嘞，三 九 唔 識 七 嘅 人 行 埋 嚟 爆 粗
喏，你得注意了，毫不相識的人走過來爆粗

wei¹ hib³, yin⁴ heo⁶ m⁴ béi² zeo², gao² dou³ néi⁵ mou⁵ sai³ ngon¹ qun⁴ gem², zeo⁶ hei⁶ leg³.
威 脅，然 後 唔畀 走，搞 到 你 冇 晒 安 全 感，就 係 嘞。
威脅，然後不讓走，使你完全沒有安全感，就是了。

❷ 百搭文化

甲： Yeo⁶ bun¹ cêd¹ lei⁴ tou² lên⁶ leg³, "Hêng¹ Gong² hei⁶ m⁴ hei⁶ men⁴ fa³ sa¹ mog⁶",
又 搬 出 嚟 討 論 嘞："香 港 係 唔 係 文 化 沙漠"，
又搬出來討論了："香港是不是文化沙漠"，

yed¹ di¹ yi³ xi¹ dou¹ mou⁵.
一 啲 意 思 都 冇。
一點兒意思也沒有。

乙： Gem² yeo⁶ m⁴ hei⁶ gé², ngo⁵ qi² zung¹ zan³ xing⁴ wa⁶ Hêng¹ Gong² men⁴ fa³ sug⁶
噉 又 唔 係 嘅，我 始 終 贊 成 話 香 港 文 化 屬
那也不是，我一貫贊成説香港文化屬

yu¹ "bun³ tong⁴ fan¹ men⁴ fa³".
於 "半 唐 番 文 化"。
於"半中不西文化"。

甲： "Bun³ tong⁴ fan¹", dou³ bed¹ yu⁴ gong² "bag³ dab¹", hou² qi⁵ xig⁶ ha¹ gao² yem² ho² log⁶ gem².
"半 唐 番"，倒 不 如 講 "百 搭"，好 似 食 蝦 餃 飲 可 樂 嘅。
"半中不西"，倒不如説"百搭"，譬如説吃蝦餃喝可樂。

乙： Leo⁴ ha⁶ qiu¹ xi⁵ xig⁶ gai¹ zeo⁶ yeo⁵ bag³ dab³ min⁶ xig⁶, ya⁶ men¹ sam¹ méi⁶⁻²,
樓 下 超市 食 街 就 有 百 搭 麵 食，廿 蚊 三 味，
樓下超市食街就可以吃上百搭麵食，二十塊三種選擇，

ya⁶ ng⁵ men¹ séi³ méi⁶⁻² , yem⁶ néi⁵ dim² dab³ pui³ .

廿五　蚊 四 味，任 你 點 搭配。

二十五塊四種，任你搭配。

Hei⁶ bo³ ,　néi¹ yiu³ cêng² zei² ,　meg⁶ yu⁴ yun² ga¹ dung¹ gu¹ yeo⁶ deg¹ ,　sêng² dim² zeo² dim² .

甲：係囌，你 要 腸 仔、墨 魚 丸 加 冬 菇 又 得，想 點 就 點。

是呀，你點小香腸、墨魚丸子加香菇也行，自得其適。

Na⁴ ,　ni¹ di¹ zeo⁶ giu³ Hêng¹ Gong² jing¹ sen⁴ ,　mou⁵ mao⁴ tên⁵ ,　ji² yeo⁵

乙：嗱，呢啲 就 叫 香　港 精 神，冇　矛 盾，只有

喏，這就叫香港精神，不存在矛盾，只有

sêng¹ yung⁴ , bing⁶ qun⁴ , sêng¹ yéng⁴ .

相　容、並 存、雙　贏。

相容、並存和雙贏。

Néi⁵ gem² gong² fad³ deng² yu¹ xun¹ bou³ "Hêng¹ Gong² hei⁶ m⁴ hei⁶ men⁴ fa³

甲：你 嗽 講 法 等 於 宣 佈 "香　港 係唔 係 文 化

你這種説法等於宣佈 "香港是不是文化

sa¹ mog⁶ᵛ" gé³ tou² lên⁶ jig³ qing⁴ hei⁶ mou⁵ yé⁵ gong² wen² léi⁴ gong² .

沙 漠" 嘅 討 論 直 情 係 冇嘢 講　搵 嚟 講。

沙漠" 的討論完全是多餘的。

Mou⁵ co³ , Hêng¹ Gong² "bun³ tong⁴ fan¹" men⁴ fa³ guo³ hêu³ yeo⁵ ,　yi⁴ ga¹ yeo⁵ ,

乙：冇 錯，香　港 "半 唐 番" 文化 過 去 有，而 家 有，

不錯，香港 "半中不西" 文化過去有，現在有，

zêng¹ loi⁴ yig⁶ yed¹ yêng⁶ yeo⁵ .

將　來 亦 一 樣 有。

將來也一樣有。

M⁴ dan¹ ji² yem² xig⁶ yib⁶ ,　dai⁶ gung¹ xi¹ dai⁶ kéi⁵ yib⁶ yid¹ yêng⁶ gong² geo³

甲：唔 單 止 飲 食 業，大　公 司 大 企 業 一　樣　講 究

不光是飲食業，大公司大企業同樣講究

bun³ tong⁴ fan¹ gé³ ging¹ ying⁴ mou⁴ xig¹ .

半 唐 番嘅 經 營 模 式。

半中不西的經營模式。

Dim² gong² né¹ ? "Tong⁴" hei⁶ zung¹ xig¹ gé³ ga¹ zug⁶ sang¹ yi³ qun⁴ tung² ,

乙：點 講 呢？ "唐" 係 中 式 嘅 家 族 生 意 傳 統，

我該怎麼説呢？ "中" 是中式的家族生意傳統，

"fan¹" hei⁶ sei¹ xig¹ gé³ qun⁴ keo⁴ fa³ gun² léi⁵ yun⁴ sou³ .

"番" 係 西 式 嘅 全 球 化 管 理 元 素。

"西" 是西式的全球化管理元素。

4 鬼馬詞語話你知：此雞不同彼雞

❶ 內含雞肉

- "糯米雞"，廣東早點，內含雞塊的糯米糰子。

❷ 不含雞肉

第一，具有雞的某些特徵：

- "雞翼袖"，指上衣極短的袖子。
- "雞心柿"，柿子一種，個兒小，酷似雞心。

第二，不具有雞的任何特徵：

- "雞仔餅"，傳統餅食，味道稍甜的小圓餅。
- "雞尾包"，一種廉價麵包。
- "大眼雞"，木質大帆船，香港傳統標識：前面為大眼雞，背景為太平山。
- "雞胡"，麻將用語：食雞胡，即打出贏額最小的牌。

13

14

Ji³ Hed¹ Yen⁴ Zeng¹ Gé³ Ngog³ Zab⁶

至乞人憎嘅惡習

隨地吐痰

公然爆粗

排隊打尖

唔再講 "請" 同 "唔該"

喺公共場所大聲播音樂

香港話

Wa⁶ xud³ Ying¹ Guog³ yeo⁵ gan¹ din⁶ xi⁶ toi⁴ yeo⁵ gem²
話 說 英 國 有 間 電 視 台 有 感

yu¹ yi⁴ ga¹ gé³ Ying¹ Guog³ yen⁴ béi² seb⁶ géi² nin⁴ qin⁴ cou¹ lou⁵ deg¹
於 而 家 嘅 英 國 人 比 十 幾 年 前 粗 魯 得

do¹, zou⁶ zo² go³ "seb³ dai⁶ ngog³ zab⁶" ping⁴ xun², ceng⁴ ging¹ béi²
多, 做 咗 個 "十 大 惡 習" 評 選, 曾 經 被

yu⁶ wei⁴ "sen¹ xi⁴ guog³ ga¹" gé³ Ying¹ Guog³ kêg⁴ min⁶ lem⁴ "lei⁵
譽 為 "紳 士 國 家" 嘅 英 國 卻 面 臨 "禮

yi⁴ ngei⁴ géi¹". Seb⁶ dai⁶ ngog³ zab⁶ pai⁴ déi⁶ yed¹ gé³ hei⁶ cêu⁴ déi⁶
儀 危 機"。 十 大 惡 習 排 第 一 嘅 係 隨 地

tou³ tam⁴. Dei⁶ yi⁶ hei⁶ gung¹ yin⁴ bao³ cou¹. Dei⁶ sam¹ hei⁶ pai⁴ dêu⁶⁻²
吐 痰。 第 二 係 公 然 爆 粗。 第 三 係 排 隊

da² jim¹. Dei⁶ séi¹ hei⁶ m⁴ zoi³ gong² "qing²" tung⁴ "m⁴ goi¹". Dei⁶
打 尖。 第 四 係 唔 再 講 "請" 同 "唔 該"。 第

ng⁵ hei⁶ hei² gung¹ gung⁶ cêng⁴ so² dai⁶ séng¹ bo³ yem¹ ngog⁶. Dei⁶
五 係 喺 公 共 場 所 大 聲 播 音 樂。 第

lug⁶ hei⁶ hei² gung¹ gung⁶ cêng⁴ so² da² gag³ wag⁶ zé² fong³ péi³. Dei⁶
六 係 喺 公 共 場 所 打 嗝 或 者 放 屁。 第

ced¹ hei⁶ hei² gung¹ gung⁶ cêng⁴ so² dai⁶ séng¹ da² seo² géi¹. Dei⁶ bad³
七 係 喺 公 共 場 所 大 聲 打 手 機。 第 八

hei⁶ lün⁶ za¹ cé¹ wag⁶ zé² teo¹ pag³ yen⁴ déi¹ gé³ cé¹ wei⁶⁻². Dei⁶ geo² hei⁶
係 亂 揸 車 或 者 偷 泊 人 哋 嘅 車 位。 第 九 係

hei² gung¹ gung⁶ gao¹ tung¹ gung¹ gêu⁶ sêng⁶ m⁴ yêng⁶ zo⁶. Dei⁶ seb⁶
喺 公 共 交 通 工 具 上 唔 讓 座。 第 十

hei⁶ m⁴ bong¹ heo⁶ min⁶ gé³ yen⁴ lai¹ ju⁶ dou⁶ mun⁴, deng² yen⁴ guo³.
係 唔 幫 後 面 嘅 人 拉 住 度 門, 等 人 過。

Gem² gé³ ngog³ zab⁶, néi⁵ hei² Hêng¹ Gong² yeo⁵ mou⁵ zong⁶ gin³ guo³
嗽 嘅 惡 習，你 喺 香 港 有 冇 撞 見 過

né¹? Geo² xing⁴ geo² zeo² m⁴ led¹ la¹. Ngo⁵ hei² déi⁶ tid³ zung⁶ gin³
呢？九 成 九 走 唔 甩 啦。我 喺 地 鐵 仲 見

dou³⁻² yeo⁵ yen⁴ hei² ngo⁵ geg³ léi⁴ wei⁶⁻² jin² ji² gab³ tim¹ bo³. Wei³,
到 有 人 喺 我 隔 離 位 剪 指 甲 添 嘞。喂，

dai⁶ lou², ni¹ dou⁶ m⁴ hei⁵ néi⁵ ngug¹ kéi² lei⁴ bo³. Gong² ha⁵ wei⁶
大 佬，呢 度 唔 係 你 屋 企 嚟 嘞。講 吓 衛

seng¹, jun¹ zung⁶ ha⁵ zeo¹ wei⁴ gé³ yen⁴ hou⁴ nan⁴ wei⁴⁻² néi⁵ mé¹?
生，尊 重 吓 周 圍 嘅 人 好 難 為 你 咩？

普通話

　　話説英國有一家電視台有感於當下的英國人比十多年前粗魯得多，做了一個"十大惡習"的評選，曾經被譽為"紳士國家"的英國卻面臨"禮儀危機"。十大惡習排第一的是隨地吐痰。第二是公然説髒話。第三是排隊加塞兒。第四是不再説"請"和"勞駕"。第五是在公共場所大聲放音樂。第六是在公共場所打嗝或者放屁。第七是在公共場所大聲打手機。第八是不文明駕駛或偷停別人的車位。第九是在公共交通工具上不讓座。第十是不為後來的人把着門讓人通過。這樣的惡習，你在香港遇上過嗎？九成九肯定遇上過。我在地鐵還遇上有人在我隔壁座兒剪指甲。喂，這裏可不是你的家。講講衛生，尊重一下你周圍的人是很困難的事兒嗎？

2 生詞 (14-2)

打尖 da² jim¹ 動詞

[釋] 排隊加塞兒

[粵] 香港邊度都要排隊，但係好少人打尖。[普] 香港哪兒哪兒都要排隊，可是加塞兒的人不多。

撞見 zong⁶ gin³ 動詞

[釋] 碰見；遇上

① [粵] 我喺機場撞見佢哋一家大細。[普] 我在機場碰見他們一家子人。

② [粵] 有啲人就係夾硬打尖，撞見噉嘅情況你點做？[普] 有些人就是楞加塞兒，你遇上這樣的情況怎麼做？

走唔甩 zeo² m⁴ led¹ 動詞

[釋] 走避不及

① [粵] 有個賊畀警察捉到，走唔甩。[普] 有個匪徒叫警察逮住了，逃不掉。

② [粵] 呢單嘢佢走唔甩㗎嘞。[普] 這件事的責任他迴避不了。

友 yeo⁵⁻² 名詞

[釋] 傢伙，含貶義

[粵] 嗰條友你唔好同佢行咁埋。

[普] 那個傢伙你跟他離遠點兒。

都有嘅 dou¹ yeo⁵ gé² 謂詞結構

[釋] 某事可能會發生，或表陳述或表驚訝

① [粵] 佢一時唔記得都有嘅。[普] 也許是他一時忘了（情有可原）。

② [粵] 佢哋借錢唔還都有嘅。[普] 他們竟然借錢不還（太過分了）。

核突 wed⁶ ded⁶ 形容詞

[釋] 噁心

[粵] 椅下便有笪鼻涕，核突到死。

[普] 椅子下面有一灘鼻涕，噁心死了。

差人 cai¹ yen⁴ 名詞

[釋] 警察

[粵] 嗰賊畀差人拉番去差館。[普] 那小偷給警察押送到警察局。

盞 zan² 動詞

釋 落得

粵 咁唔講誠信盞做壞自己嘅招牌。

普 這樣不講誠信只能毀了自己的名聲。

搞到一身蟻 gao² dou³ yed¹ sen¹ ngei⁵ 固化動詞

釋 招惹諸多麻煩

粵 卡冚卡分分鐘搞到自己一身蟻。

普 用一張信用卡來償還另一張信用卡的欠款,麻煩多多的呀!

博 bog³ 動詞

釋 故意刺激對方使其採取行動來達到自己的目的

① **粵** 架車卡喺呢度博拉呀?
   普 把車停在這裏,是想執法人員拘捕你嗎?

② **粵** 返工日日遲到直情係博炒。
   普 天天上班遲到,簡直是想老闆炒你魷魚。

出嚟撈 cêd¹ lei⁴ lou¹ 動詞

釋 在社會上混

粵 出嚟撈要講誠信。**普** 在社會上混是要講誠信的。

眼超超 ngan⁵ qiu¹ qiu¹ 動詞

釋 用挑釁的眼光看

粵 唔好眼超超噉睇人哋,博打咩?

普 別用這樣的眼光挑釁人家,找揍是不?

郁吓 yug¹ ha⁵ 助動詞

釋 動不動(就做某事)

粵 你嘅脾氣認真要改,唔好郁吓就發脾氣。**普** 你的脾氣一定要改,別動不動就生氣。

唔衰攞嚟衰 m⁴ sêu¹ lo² lei⁴ sêu¹ 謂詞性結構

釋 自找麻煩

粵 邊個叫你撩嗰班人嗻,唔衰攞嚟衰!**普** 誰叫你惹怒那幫傢伙,純粹是自找麻煩。

粗口爛舌 cou¹ heo² lan⁶ xid⁶ 形容詞

釋 髒話連連

粵 粗口爛舌社會上冇人要你㗎。

普 左一句髒話右一句髒話社會上容不得你的。

3 微型會話 🎧14-3

❶ 吐痰要講文明

Néi⁵ tei² go² tiu⁴ yeo⁵⁻², jig³ jib³ hêng³ lab⁶ sab³ tung² dou⁶ tou³ tam⁴ dou¹ yeo⁵ gé².

甲： 你 睇 嗰 條 友，直 接 向 垃 圾 桶 度 吐 痰 都 有 嘅。

你看那傢伙，竟然直接向垃圾桶裏吐痰。

Yi², wed⁶ ded⁶ dou³!

乙： 咦，核 突 到！

哎，噁心死了！

Hei² Hêng¹ Gong²,gem² gé³ heng⁴ wei⁴ hei⁶ wei⁴ fad³ ga³、 béi² cai¹ yen⁴

甲： 喺 香 港，嗰 嘅 行 為 係 違 法 㗎，畀 差 人

在香港，這樣的行為是違法的，讓警察逮着，

zug¹ dou³⁻²,fad⁶ qin⁴⁻² ga³.

捉 到，罰 錢 㗎。

要罰款的。

Sei² m⁴ sei² fad⁶ qin⁴⁻² a³? Gong² lêng⁶ gêu³ xun³ la¹.

乙： 使 唔 使 罰 錢 呀？講 兩 句 算 啦。

用得着罰款嗎？説兩句算了。

Hêng¹ Gong² hei⁶ go³ fad³ ji⁶ sé⁵ wui⁵、qin¹ kéi¹ mei⁵ yi⁵ sen¹ xi³ fad³.

甲： 香 港 係 個 法 治 社 會，千 祈 咪 以 身 試 法。

香港是個法治社會，千萬別以身試法。

A³ sê⁴ séng⁴ yed⁶ gen¹ ju⁶ néi⁵、tei² néi⁵ yeo⁵ mou⁵ lün⁶ tou³ tam⁴ gem² a³?

乙： 阿 Sir 成 日 跟 住 你，睇 你 有 冇 亂 吐 痰 嘅 啊？

警察整天跟着你，看你有沒有亂吐痰是吧？

M⁴ hou² yeo² hiu¹ heng⁶ sem¹ léi⁵、mou⁵ xi⁶ zeo⁶ mou⁵ xi⁶,

甲： 唔 好 有 僥 倖 心 理，冇 事 就 冇 事，

不要有僥倖心理，沒事就沒事，

yed¹ yeo⁵ héi² xi⁶ sêng⁶⁻² lei⁴、zan² gao² dou³ ji⁶ géi² yed¹ sen¹ ngei⁵.

一 有 起 事 上 嚟，盞 搞 到 自 己 一 身 蟻。

一有事就惹起一身麻煩，何必呢？

Gem² yeo⁶ hei⁶,bog³ lai¹ mé¹?

乙： 嗰 又 係，博 拉 咩？

那倒是，存心讓警察逮你嗎？

156

Lai¹ zeo⁶ m⁴ wui⁵ lai¹, fed⁶ qin⁴⁻² lo¹. Ding⁶ ngeg² fad⁶ fun² qin¹ ng⁵ men¹.

甲： 拉 就 唔 會 拉，罰 錢 囉。定 額 罰 款 千 五 蚊。

不會逮你的，不過得罰款，定額罰款一千五百塊。

Ni¹ di¹ giu³ zou⁶ "m⁴ sêu¹ lo² lei⁴ sêu¹",

乙： 呢啲 叫 做 "唔 衰 攞嚟 衰"，

這就叫做"自找麻煩"，

giu³ di¹ xi⁵ men⁴ ju³ yi³ ha⁵ gung¹ gung⁶ wei⁶ seng¹ dou¹ hou² gé².

叫 啲 市 民 注 意 吓 公 共 衛 生 都 好 嘅。

鼓勵市民講求公共衛生是應該的。

❷ 何必爆粗

Kem⁴ yed⁶ bou³ ji¹ wa⁶, xig⁶ xi³ lêng⁵ ban¹ yen⁴ ngan⁵ qiu¹ qiu¹ héi² zeng¹ zeb¹,

甲： 琴 日 報 紙 話，食 肆 兩 班 人 眼 超 超 起 爭 執，

昨天報紙說，飯館兩幫人互相瞪眼，爭執起來，

xin¹ dung⁶ heo⁵, hou⁶ dung⁶ seo².

先 動 口，後 動 手。

先動口，後動手。

Ngo⁵ dou¹ m⁴ ji¹ dim² gai² yi⁴ ga¹ di¹ yen⁴ gem³ cou³, yug¹ ha⁵ zeo⁶ bao³ cou¹ da² gao¹.

乙： 我 都 唔 知 點 解 而 家 啲 人 咁 躁，郁 吓 就 爆 粗 打 交。

我真不明白為什麼現在的人那麼煩躁，動不動就爆粗打架。

Qin⁴ géi² nin⁴ ngo⁵ co⁵ ba¹ xi⁶⁻² fad³ yin⁶ di¹ zung¹ hog⁶ seng¹ gong² cou¹ heo²,

甲： 前 幾 年 我 坐 巴 士 發 現 啲 中 學 生 講 粗 口，

前幾年我乘公車發現有中學生說髒話，

yi⁴ ga¹ né¹, lin⁴ dai⁶ hog⁶ seng¹ dou¹ gong² mai⁴.

而 家 呢，連 大 學 生 都 講 埋。

現在呢，連大學生也在說。

Hei⁶ a³, nam⁴ nam⁴ nêu⁵ nêu⁵ dou¹ gong².

乙： 係 呀，男 男 女 女 都 講。

是的，男男女女都說。

Dai⁶ hog⁶ seng¹ hei² deg⁶ ding⁶ gé³ wan⁴ ging², yung⁶ deg⁶ ding⁶ gé³ yu⁵ yin⁴,

甲： 大 學 生 喺 特 定 嘅 環 境，用 特 定 嘅 語 言，

大學生在特定的環境，用特定的語言，

hou² nan⁴ gai³ ding⁶ mé¹ giu³ cou¹ heo².

好 難 界 定 咩 叫 粗 口。

很難界定什麼是髒話。

Fan⁴ xi⁵ dou¹ yeo⁵ tiu⁴ dei² xin³， wu⁶ sêng¹ do¹ di¹ jun¹ zung⁶ mei⁶ deg¹ lo¹.

乙：凡 事 都 有 條 底 線，互 相 多 啲 尊 重 咪 得 囉。

凡事都有條底線，互相多點兒尊重不就過去了嗎？

Hog⁶ néi⁵ wa⁶ zai¹， cêd¹ lei⁴ lou¹ dou¹ hei⁶ yun⁵ léi⁴ cou¹ heo² sei³ gai³ hou².

甲：學 你 話 齋，出 嚟 撈 都 係 遠 離 粗 口 世 界 好。

正如你說的那樣，在社會打滾還是盡量不說髒話為妙。

Yed¹ go³ yen⁴ guan³ zo² cou¹ heo² lan³ xid⁶， jig⁶ qing⁴ wui⁵ ying² hêng² kêu⁵ gé³

乙：一 個 人 慣 咗 粗 口 爛 舌，直 情 會 影 響 佢 嘅

一個人習慣用污言穢語，肯定會影響他的

jing³ sêng⁴ biu² dad⁶ neng⁴ lig⁶.

正 常 表 達 能 力。

正常表達能力。

Néi⁵ xi³ zou⁶ din⁶ toi⁴ a¹ na⁴， yem⁶ ho⁴ xi⁴ hou⁶ bao⁶ cou¹ dou¹ hei⁶ séi² zêu⁶: jig¹ cao²!

甲：你 試 做 電 台 吖 嗱，任 何 時 候 爆 粗 都 係 死 罪：即 炒！

你在電台工作就知道，任何時候說髒話都是死罪：馬上解僱！

M⁴ ji² din⁶ toi⁴ la¹， so² yeo⁵ dai⁶ géi¹ keo³ dou¹ m⁴ fun¹ ying⁴ cou¹ heo² jig¹ yun⁴ la¹,

乙：唔 止 電 台 啦，所 有 大 機 構 都 唔 歡 迎 粗 口 職 員 啦，

不光電台啦，所有大機構都不歡迎說髒話的職員，

po³ wai⁶ gung¹ xi¹ ying⁴ zêng⁶ a¹ ma³.

破 壞 公 司 形 象 吖 嘛。

會破壞公司形象嘛。

4 鬼馬詞語話你知：雲吞

　　"雲吞"，大致上相當於北方的"餛飩"。但坊間小店，你會聽到相關的種種暗語，叫你摸不着頭腦：

* 嗱碗細食 ＝ 來一碗淨雲吞（即不配麵條）。
* 嗱碗細蓉 ＝ 來一碗雲吞麵（即雲吞加麵條）。

　　以上是傳統的暗語。至於暗喻，則跟吸毒有關。因為"雲吞"異序唸作"吞雲"，意指"吞雲駕霧"，為以前抽鴉片煙的形象，轉意為吸毒。所以橫街小巷裏會有人：

* 食雲吞麵，即食白麵兒（毒品）。
* 食雲吞粉，即食白粉（毒品）。

　　公共場所，也有用得着"雲吞"的機會；那是轉喻。從公共衛生出發，市民應該把痰吐在或者把鼻涕擤在紙巾上，包好再扔到垃圾筒裏。那"包着髒物的紙巾團"，委婉的叫法就是"雲吞"；例：有嚿雲吞喺你腳底，唔好踹落去（有一團髒紙巾在你腳下，別踏上去）。

Sen[1] Sa[1] Xi[6-2] Sad[3] Dou[3] Mai[4] Sen[1]

新沙士殺到埋身

新沙士個 "新" 字點解？
表示同 03 年嗰隻唔同。
正名係 "中東呼吸綜合症"。
要注意個人衛生，減低風險先啱嘅。

香港話

Ling⁴ sam¹ nin⁴ gé³ "sa¹ xi⁶⁻²" tung⁴ yed¹ ng⁵ nin⁴ gé³
０３年嘅"沙士"同 １５年嘅

"sen¹ sa¹ xi⁶⁻²" yeo⁵ med¹ m⁴ tung⁴ né¹ ha²? M⁴ tung⁴ bin¹ zung² gé³
"新沙士"有乜唔同呢吓？唔同變種嘅

béng⁶ dug⁶. Séi² m⁴ séi² yen¹ ga³? Séi² deg¹ yen¹ ga³. Ji¹ bed¹ guo³,
病毒。死唔死人㗎？死得人㗎。之不過，

ling⁴ sam¹ nin⁴ go² zég³ qun⁴ yim⁵ xing³ gou¹, hei² sé⁵ kêu¹ yen⁴ qun⁴
０３年嗰隻傳染性高，喺社區人傳

yen⁴, ging¹ guo³ féi¹ mud⁶ qun⁴ bo³. Séi² mong⁴ lêd⁶⁻² yeo⁵ séng⁴ yed¹
人，經過飛沫傳播。死亡率有成一

xing⁴. Ni¹ zég³ dou³ mug⁶ qin⁴ wei⁴ ji², qun⁴ yim⁵ xing³ m⁴ gou¹,
成。呢隻到目前為止，傳染性唔高，

zung⁶ méi⁴ hei² sé⁵ kêu¹ cêd¹ yin⁶ yen⁴ qun⁴ yen⁴ gé³ yin⁶ zêng⁶, dan⁶
仲未喺社區出現人傳人嘅現象，但

séi² mong⁴ lêd⁶⁻² séi³ xing⁴. Yed¹ léng⁵ yé⁵ zeo⁶ bei⁶⁻² bei⁶ dou¹ mou⁵ gem³
死亡率四成。一領嘢就弊弊都有咁

bei⁶, yi⁴ cé² mou⁵ yêg⁶ yi¹. Sen¹ sa¹ xi⁶⁻² go³ "sen¹" ji⁶ dim² gai²?
弊，而且冇藥醫。新沙士個"新"字點解？

O⁶, di¹ yen⁴ hei⁶ gem² ngon¹ sêng⁶⁻² hêu⁶, biu² xi⁶ tung⁴ ling⁴ sam¹
哦，啲人係噉安上去，表示同０３

nin⁴ go² zég³ m⁴ tung⁴. Jing³ méng² hei⁶ "Zung¹ Dung¹ fu¹ keb¹ zung¹
年嗰隻唔同。正名係"中東呼吸綜

heb⁶ jing⁶". Yed¹ yi⁶ nin⁴ hoi¹ qi² hei² Zung¹ Dung¹ bed¹ dün⁶ lug⁶ deg¹
合症"。１２年開始喺中東不斷錄得

go³ ngon³, man⁶ man⁶⁻²⁽¹⁾ zeo⁶ sad³ dou³ lei⁴ Nga³ Zeo¹. Seo² xin¹ hei⁶
個案，慢慢就殺到嚟亞洲。首先係

Ma⁵ Loi⁴ Sei¹ Nga³, yin⁴ heo⁶ hei⁶ Féi¹ Lêu⁶ Ben¹, yi⁴ ga¹ lên⁴ dou³

馬 來 西 亞 ， 然 後 係 菲 律 賓 ， 而 家 輪 到

Hon⁴ Guog³. Hon⁴ Guog³ mou⁵ seo⁶ dou³ ling¹ sam¹ nin¹ go² zég³ gé¹

韓 國 。 韓 國 冇 受 到 ０３ 年 嗰 隻 嘅

cêu¹ can⁴, med¹ dou¹ hé³　　　　　ju⁶ lei⁴ zou⁶. Hêng¹ Gong¹ yen⁴ sen¹

摧 殘 ， 乜 都 □（hé³）住 嚟 做 。 香 港 人 身

jing¹ yug⁶ guei³, yug¹ ha⁶ zeo⁶ géng¹ céng¹ dou³ séi². Wa⁶ hei⁶ gem²

矜 肉 貴 ， 郁 吓 就 驚 青 到 死 。 話 係 噉

wa⁶, dou¹ hei⁶ yiu³ ju³ yi³ go³ yen⁴ wei⁶ seng¹, gam² dei¹ fung¹ him² xin¹

話 ， 都 係 要 注 意 個 人 衛 生 ， 減 低 風 險 先

ngam¹ gé³.

啱 嘅 。

普通話

　　０３年的"沙士"跟１５年的"新沙士"究竟有什麼不同？不同變種的病毒。致命嗎？會致命的。但是，０３年那種傳染性高，在社區裏人傳人，透過飛沫傳播。死亡率大約一成。這一種到目前為止，傳染性不高，還沒有在社區出現人傳人的現象，但死亡率佔四成。一傳染上就麻煩大極了，而且還沒有治它的藥。新沙士的"新"，怎麼解釋？哦，隨意加上去的，表示跟０３年的不同罷了。正名是"中東呼吸綜合症"。１２年開始在中東不斷出現個案，慢慢就傳到亞洲來。首先在馬來西亞，然後是菲律賓，現在是韓國。韓國沒有受到０３年沙士的摧殘，什麼都對付着做。香港人十分重視自身的健康。問題一出現，就害怕得要命。説是那麼説，還是得注意個人衛生，減低風險才對。

sad³ dou³ mai⁴ sen¹
殺到 埋身
謂詞結構

🙋 喻指危險迫在眉睫

🗣 裁員潮殺到埋身，大家都喺度諗後路。🔵 裁員潮迫在眉睫，大家都在考慮後路。

冇藥醫 mou⁵ yêg⁶ yi¹
動詞

🙋 沒藥治

① 🗣 老人癡呆冇藥醫。🔵 老人癡呆沒藥治。

② 俗語話：人蠢冇藥醫。🔵 俗語說：愚蠢是不可救藥的。

死得人 séi² deg¹ yen⁴
動詞

🙋 （疾病等）能致命

🗣 呢種病症狀唔明顯，但係死得人。🔵 這種病症狀不明顯，卻能致命。

口住 hé³ ju⁶
副詞

🙋 敷衍；漫不經心地

🗣 呢件事冇得口住嚟做。🔵 這件事可不能馬虎。

之不過 ji¹ bed¹ guo³
副詞

🙋 不過。注意："之" 為古漢語的殘留成分。

🗣 你講得有道理，之不過經費要盡快到位。🔵 你講得有道理，可經費要迅速到位。

---

sen¹ ging¹ yug⁶ guei³
身矜 肉貴
形容詞

🙋 珍重身體（含過分義）

🗣 佢身矜肉貴，屋企粗重嘢從來唔做。🔵 他向來珍重自己身體，家裏粗重活兒一律不做。

---

bei⁶⁻²bei⁶dou¹mou⁵gem³bei⁶
弊弊都冇咁弊
固化結構

🙋 強調單音形容詞 "弊" 的最高格式：最最糟糕

🗣 護照唔見咗，錢又冇埋，嗽就弊弊都冇咁弊。🔵 護照沒了，錢又沒了，糟糕透頂。

有心 yeo⁵ sem¹
動詞

🙋 想着別人

① 🗣 佢真係有心嘅啫，年年都封番封利是。🔵 她很體貼別人，每年過年都給紅包兒。

② 🗣 呢啲係孝敬你㗎。一你有心。🔵 這些是孝敬您的。一謝謝您一番心意。

咪搞 mei⁵ gao²　　拒絕用語

釋 我不！

粵 佢想拉我落水，咪搞。**普** 他想拉我下水，我不幹（表示斷然拒絕）。

張嘢 zêng¹ yé⁵　　非自由詞

釋 後隨整數，表示年齡

粵 你得三張幾嘢，仲後生。**普** 你才三十來歲，還年輕。

癐 / 攰 gui⁶　　形容詞

釋 累

粵 我今日好癐，想早啲瞓。**普** 我今天很累，想早點兒睡。

前一排 qin⁴ yed¹ pai⁴⁻²　名詞

釋 前些日子

粵 前一排我病咗，冇返工。**普** 前些日子我病了，沒上班。

較飛 gao³ féi¹　　固化動詞

釋 冒險

粵 唔好博咁盡，咪將自己條命仔嚟較飛。**普** 避免過勞，避免損害自己的身體健康。

登六 deng¹ lug⁶　　動詞

釋 表示已到六十歲

粵 出年我登六，退休嘞。**普** 明年我六十歲，得退休了。

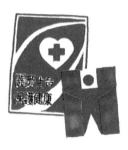

極 gig⁶　　結構助詞

釋 引出讓步結構，後隨否定成分

① **粵** 我個女食極都唔肥。**普** 我女兒怎麼吃也不胖。

② **粵** 佢講極我都唔明。**普** 不管他怎麼解釋，我還是不明白。

3 微型會話 🎧15-3

❶ 維他命丸

甲：啲 乜 嘢嘍㗎？邊 個 送 㗎？
Di¹ med¹ yé⁵ lei⁴ ga³? Bin¹ go³ sung³ ga³?
這是什麼？誰送的？

乙：呢，係阿三 叔 喺 加拿大 帶 番 嚟 送 畀 你 嘅 喎，
Né¹, hei⁵ a³ Sam¹ Sug¹ hei² Ga¹ Na⁴ Dai⁶ dai³ fan¹ lei⁴ sung³ béi² néi⁵ gé³ wo³,
噃，是三叔從加拿大帶回來送給你的，

維 他 命 丸 嚟㗎。
wei⁴ ta¹ ming⁶ yun² lei⁴ ga³.
是維生素片。

甲：我 冇 叫 佢 帶吖，佢 有 心，不 過 食 嚟有 乜 用？
Ngo⁵ mou⁵ giu³ kêu⁵ dai³ a¹, kêu⁵ yeo⁵ sem¹, bed¹ guo³ xig⁶ lei⁴ yeo⁵ med¹ yung⁶?
我沒叫他帶，謝謝他就是了，不過吃來有什麼用？

乙：佢 話 嗰邊 平 過 香 港。嗰邊 啲 唐 人 都 流 行
Kêu⁵ wa⁶ go² bin¹ péng⁴ guo³ Hêng¹ Gong². Go² bin¹ di¹ tong⁴ yen¹ dou¹ leo⁴ heng⁴
他說那裏比香港便宜。那裏華人都流行

食 維 他 命 丸。鬼 佬 嘢 一 定 好 嘅 啦。
xig⁶ wei⁴ ta¹ ming⁶ yun². Guei² lou² yé⁵ yed¹ ding⁶ hou² gé³ la¹.
吃維生素片。老外的東西一定是好東西。

甲：我 信 食 療，我 亦 信 常 識。叫 我 日 日 吞 埋 晒
Ngo⁵ sên³ xig⁶ liu⁴, ngo⁵ yig⁶ sên³ sêng⁴ xig¹. Giu³ ngo⁵ yed⁶ yed¹ ten¹ mai⁴ sai³
我信食療，我也信常識，叫我天天把那些

唔知 係 乜 嘅 丸 仔 落 肚，咪 搞。
m⁴ ji¹ hei⁶ med¹ gé³ yun² zei² log⁶ tou⁵, mei⁵ gao².
不知名的藥丸往肚子裏面嚥，免了吧。

乙：試 都 唔 試 吓？或 者 對 身 體 有 啲 好 處 呢。
Xi³ dou¹ m⁴ xi⁵ ha⁵? Wag⁶ zé² dêu³ sen¹ tei² yeo⁵ di¹ hou² qu³ né¹.
吃一點兒試試看，可能對身體有好處呢。

甲：前 一 排 報 紙話，呢啲 噉 嘅 維 他 命 丸 可 能 含
Qin⁴ yed¹ pai⁴⁻² bou³ ji² wa⁶, ni¹ di¹ gem² gé³ wei⁴ ta¹ ming⁶ yun² ho² neng⁴ hem⁴
前些日子報紙說，這樣的維生素片可能含

yeo⁵ féi¹ fad³ yêg⁶ med⁶ xing⁴ fen⁶， xig⁶ zo² mou⁵ béng⁶ bin³ yeo⁵ béng⁵.

甲：有 非 法 藥 物 成 分，食 咗 冇 病 變 有 病。

有非法藥物成分，吃了沒病變有病。

Gem² dig¹ kog³ yeo⁵ fung¹ him² bo³.

乙：嗰 的 確 有 風 險 嘞。

那的確有風險哪。

Kéi⁴ sed⁶ yiu³ gin⁶ hong¹ m⁴ nan⁴，do¹ yun⁴ fa³ gé³ guen¹ heng⁴ yem² xig⁶ zeo⁶ deg¹ la¹.

甲：其 實 要 健 康 唔 難，多 元 化 嘅 均 衡 飲 食 就 得 啦。

其實想健康不難，多元化的均衡飲食就行了。

Qin¹ kéi⁴ m⁴ hou² zêng¹ ji⁶ géi² tiu⁴ méng⁶ zei² gao² féi¹ a³.

乙：千 祈 唔 好 將 自 己 條 命 仔 較 飛 呀。

千萬別把自己的性命這樣糟蹋呀。

❷ 只求 "四得"

Ngo⁵ biu² zé² zeo⁶ lei⁴ deng¹ lug⁶，hung⁴ guong¹ mun⁵ min⁶，zung⁶ méi⁴ têu³ yeo¹，

甲：我 表 姐 就 嚟 登 六，紅 光 滿 面，仲 未 退 休，

我表姐就快六十，紅光滿面，還沒退休，

ngo⁵ men⁶ kêu⁵ dim² bou² yêng⁵ sen¹ ji²，kêu⁵ wa⁶ yiu³ gong² keo⁴ "séi³ deg¹" wo³.

我 問 佢 點 保 養 身 子，佢 話 要 講 求 "四 得" 喎。

我問她怎樣保養身體，她說要講求 "四得"。

"Séi³" med¹ yé⁵ wa⁶?

乙："四" 乜 嘢 話？

"四" 什麼來着？

"Séi³ deg¹"，deg¹ m⁴ deg¹ gé³ "deg¹". Hang⁴ deg¹，xig⁶ deg¹，fen³ deg¹，

甲："四 得"，得 唔 得 嘅 "得"。行 得、食 得、瞓 得、

"四得"，"得" 表示 "能"。就是說：能走、能吃、能睡、

cêd¹ deg¹，hei⁶ yeo⁵ dou⁶ léi⁵ ga³.

出 得，係 有 道 理 㗎。

能排出來，蠻有道理的。

O⁵，xin¹ lug⁶ zêng¹ yé⁵，"hang⁴ deg¹"，"xig⁶ deg¹"，dai⁶ ba² yen⁴ la¹.

乙：哦，先 六 張 嘢，"行 得"、"食 得"，大 把 人 啦。

哦，才六十歲，"能走"、"能吃"，一般人都行。

甲："Fen³ deg¹", zeo⁶ ca¹ di¹ leg³, sêng⁶⁻² ban¹ yed¹ zug⁶ hou² do¹ yen⁴ hou² yi⁶ gui⁶,
"瞓 得"，就差啲嘞，上 班一 族好多人 好易癐，

"能睡"，就不太理想，上班一族許多人很容易累，

fen³ gig⁶ dou¹ m⁴ geo³.
瞓 極 都 唔 夠。

怎麼睡也不夠。

乙：Fen³ gao³ ni¹ yêng⁶ yé⁵ a³, yeo⁵ xi⁴ fen³ kêu⁵ séi⁴ lib⁵ zung¹ wui⁵ béi² go² di¹
瞓 覺 呢 樣 嘢呀，有時 瞓 佢 四粒 鐘 會 比嗰啲

睡覺呀，有時睡他四個小時比那些整晚

séng⁴ man⁵ ngan⁵ guong¹ guong¹ deng² tin¹ guong¹ gé³ yeo⁵ fug¹ héi³.
成 晚 眼 光 光 等 天 光 嘅有 福 氣。

睜着眼睛等天亮的人有福氣。

甲：Jig⁶ qing⁴ la¹. "Fen³ deg¹", yeo⁵ qin⁴⁻² mai⁵ m⁴ dou³⁻² ga³.
直 情 啦。"瞓 得"，有 錢 買 唔到 㗎。

當然了，"能睡"，有錢也買不來的。

乙：Hei⁶ leg³, zung⁶ yeo⁵ "cêd¹ deg¹", hei⁶ med¹ yé⁵ yi³ xi¹ a³?
係 嘞，仲 有 "出 得"，係 乜 嘢意 思呀？

對了，還有 "能排出"，這是什麼意思？

甲：Kêu⁵ wa⁶ "cêd¹ deg¹", zeo⁶ hei⁶ pai⁴ cêd¹ cêng⁴⁻² lêu⁵ min⁶ gé³ dug⁶ sou³.
佢 話 "出 得"，就 係排 出 腸 裏面 嘅毒 素。

她説 "能排出"，就是排出大腸裏面的毒素。

Néi⁵ ji¹ la¹, dai⁶ cêng⁴⁻² ngam⁴ tung⁴ bin⁶ béi³ yeo⁵ guan¹ ga³.
你知啦，大 腸 癌 同 便 秘有 關 㗎。

你知道，大腸癌是跟便秘很有關係的。

乙：Do¹ yug⁶ xiu² coi³, yem² sêu² m⁴ geo³, séng⁴ yed¹ co⁵ ban⁶ gung¹ sed¹,
多 肉 少 菜，飲 水唔 夠，成 日 坐 辦 公 室，

多肉少菜，飲水不夠，整天坐辦公室，

mou⁵ med¹ wen⁶ dung⁶, sen¹ tei² jig¹ jig¹ mai⁴ mai⁴ di¹ dug⁶ sou³,
冇 乜 運 動，身體積 積 埋 埋 啲 毒 素，

缺乏運動，身體的毒素積存起來，

hou² m⁴ gin⁶ hong¹.
好 唔健 康。

很不健康。

４ 鬼馬詞語話你知：說 "命"

俗語說："一命二運三風水"，香港話中的"命"，有以下說法。

❶ 條命凍過水

形容病勢危殆。例：佢條命凍過水，救唔番嘞。

❷ 命水

指影響人的一生的運程。例：我命水唔好，一出世就冇咗老母。

❸ 命硬

形容身體承受力大。例：佢命硬，傷得咁重，好快就出院。

❹ 二奶命

指無法扶正，總是低人一等。例：佢副職都做足十年啦，正一二奶命。

❺ 冇橫財命

自嘲無法得到意外之財。例：我年年噉買六合彩，冇橫財命吖嘛。

Ngo⁵ Déi⁵ Ni¹ Ban¹ Da² Gung¹ Zei²

我哋呢班打工仔

我哋呢班打工仔。
通街走趯直頭係壞腸胃。
搵嗰些少到月底點夠使？
確實認真濕滯。

香港話

"Ngo⁵ déi⁵ ni¹ ban¹ da² gung¹ zei² / tung¹ gai¹ zeo² dég³
"我 哋 呢 班 打 工 仔 / 通 街 走 趯

jig⁶ teo⁴ hei¹ wai⁶ cêng⁴ wei⁶ / wen³ go² sé¹ xiu² dou³ yud⁶ dei² dim²
直 頭 係 壞 腸 胃 / 搵 嗰 些 小 到 月 底 點

geo³ sei²? / kog¹ sed⁴ ying⁶⁻² zen¹ seb¹ zei²." Ni¹ seo² Hêng¹ Gong²
夠 使? / 確 實 認 真 濕 滯。" 呢 首 香 港

yen⁴ gé³ gem¹ kug¹, dai⁶ dei² séi³ a⁶ sêu³ yi⁵ sêng⁶ gé³ zung¹ lou² dou¹
人 嘅 金 曲,大 抵 四 呀 歲 以 上 嘅 中 佬 都

wui⁵ cêng³. Kêu⁵ féi¹ sêng⁴ gêu⁶ tei² miu⁴ kui² cêd¹ Hêng¹ Gong² lam⁴
會 唱。佢 非 常 具 體 描 繪 出 香 港 藍

léng⁵ kuen⁴ tei² gé³ seng¹ wud⁶ zong⁶ tai³. Dou³ yi⁴ ga¹ zung⁶ yeo⁵ kéi⁴
領 群 體 嘅 生 活 狀 態。到 而 家 仲 有 其

yin⁶ sed⁶ yi³ yi⁶. Gem², bag⁶ léng⁵ yeo⁶ yu⁴ ho⁴ né¹? Yed¹ di¹ dou¹ m⁴
現 實 意 義。噉,白 領 又 如 何 呢?一 啲 都 唔

hou² deg¹ hêu⁴ bin¹. Jig⁶ cêng⁴ nga⁴ gin⁶ hong¹ cêu⁴ qu³ ho² gin³. Ju²
好 得 去 邊。職 場 亞 健 康 隨 處 可 見。主

yiu³ lei⁴ ji⁶ lêng⁵ go³ fong¹ min⁶. Yed¹ hei⁶ gung¹ xi⁴ cêng⁴, küd³ fad⁶
要 嚟 自 兩 個 方 面。一 係 工 時 長、缺 乏

wen⁶ dung⁶, yem² xig⁶ bed¹ guen¹, tei² lig⁶ teo³ ji¹ so² dai³ lei⁴ gé³ qing⁴
運 動、飲 食 不 均、體 力 透 支 所 帶 嚟 嘅 情

sêu⁵ sêng⁶ yeo¹ wed¹, jiu¹ lêu⁶. Yi⁶ hei⁶ zêu¹ keo⁴ yib⁶ jig⁶ so² dai³ lei⁴
緒 上 憂 鬱、焦 慮。二 係 追 求 業 績 所 帶 嚟

gé³ ngad³ lig⁶ pen⁴ yu¹ bao³ bou¹. Hou² do¹ xi⁴ fan¹ dou³ ngug¹ kéi⁵⁻²,
嘅 壓 力 瀕 於 爆 煲。好 多 時 返 到 屋 企,

péi⁴ héi³ dai⁶ bin³ yêng¹ keb⁶ ga¹ yen⁴. Ga¹ sêng⁶⁻² gong² nam⁴ zung¹
脾 氣 大 變 殃 及 家 人。加 上 港 男 中

yi³ "séi² cang³ m⁴ keo⁴ yen⁴" gé³ go³ xing³, hou² yung⁴ yi⁶ cêd¹ men⁶

意"死 撐 唔 求 人" 嘅 個 性，好 容 易 出 問

tei⁴. Sêu¹ zeg¹ "ping³ bog³" cêng¹ geo² yi⁵ lei⁶ béi⁶ xi⁶ wei⁴ Hêng¹

題。雖 則 "拚 搏" 長 久 以 嚟 被 視 為 香

Gong² jing¹ sen⁴, dan⁶ hei⁶ zêng⁶ gen¹ lai¹ deg¹ tai³ gen² yig⁶ wui⁵ tün²,

港 精 神，但 係 橡 筋 拉 得 太 緊 亦 會 斷，

so² yi⁵ xig¹ dong³ fong³ sung¹ féi¹ sêng⁴ zung⁶ yiu³, bao¹ kud³ jig¹ gig⁶

所 以 適 當 放 鬆 非 常 重 要，包 括 積 極

déi¹ zêng¹ gam² ngad³ dong³ zog³ seng¹ wud⁶ yed¹ bou⁶ fen⁶.

哋 將 減 壓 當 作 生 活 一 部 分。

　　"我們這幫打工仔／到處奔波簡直是折磨腸胃／賺那麼丁點兒錢到月底怎麼夠花？／真叫纏手。"這首香港人的金曲，大概四十歲以上的中年人都會唱。它非常具體地描繪出香港藍領群體的生活狀體。到現在還有其現實意義。那，白領又如何呢？一點兒也沒有強到哪兒去。職場亞健康隨處可見。主要是來自兩個方面。一是工時長、缺乏運動、飲食不均、體力透支所帶來的情緒上憂鬱、焦慮。二是追求業績所帶來的壓力瀕於崩潰。許多時候回到家裏，脾氣大變殃及家人。加上香港男性愛"硬撐不求人"的習性，很容易出問題。雖然"拚搏"長久以來被視為香港精神，但是橡皮筋拉得太緊也會斷，所以適當放鬆非常重要，包括積極地把減壓當作生活一部分。

16

tung¹ gai¹ zeo² deg³

通街走趯 謂詞結構

釋 四處奔波

粵 通街走趯無非係為噉兩餐。

普 四處奔波無非是為了糊口。

使 sei² 動詞

釋 花（錢）

① **粵** 一個月淨食飯都要使成三千蚊。**普** 一個月光吃飯也得花上三千塊錢。

② **粵** 你唔好咁大使呀，睇住嚟使。**普** 你別亂花錢，省着點兒。

濕滯 seb¹ zei⁶ 形容詞

釋 麻煩

粵 老闆又拖糧，真夠晒濕滯。

普 老闆又遲發工資，這下子麻煩極了。

中佬 zung¹ lou² 謔稱

釋 中年人

粵 你都近五張嘢啦，中佬一個。

普 你也快五十歲了，步入中年了。

爆煲 bao³ bou¹ 固化動詞

釋 喻指承受不了，精神崩潰

粵 儘量多休息，舒緩壓力，千祈唔好爆煲。**普** 儘量多休息，舒緩壓力，千萬別自我控制不了。

噉囉 gem² lo¹ 句末助詞

釋 什麼的（用於列舉）

粵 譬如講，行吓山，游吓水噉囉。

普 譬如說，在山裏走走，游游泳什麼的。

嗰 go² 限定詞

釋 用在數字前面，嫌少

① **粵** 賺嗰幾百蚊，有鬼用咩！**普** 賺那幾百塊錢，有屁用！

② **粵** 得嗰幾條友，做唔到嘢個嘛。**普** 只有那麼幾個人，幹不了事兒的。

至好噃 ji³ hou² bo³ 謂詞結構

釋 用於句末，表示提醒

① **粵** 今日有雨，帶番把遮至好噃。**普** 今天有雨，帶把雨傘吧。

② **粵** 你叫佢等埋我哋至好噃。**普** 你讓他最好等等我們。

呻 sen³ 動詞

釋 埋怨

① 粵 你成日喺度呻有乜用啫，做吓嘢好過。普 你整天埋怨這埋怨那，有什麼用？幹點兒活兒吧。

② 粵 你一個月薪水成三萬幾銀，仲呻窮？普 你一個月工資三萬塊有多，還哭窮？

補水 bou² sêu² 動詞

釋 補貼

粵 呢次加班有冇得補水？普 這次加班有補貼嗎？

食檸檬 xig⁶ ning⁴ meng¹ 動詞

釋 被無情拒絕

粵 聽講李生向梁小姐求婚，食咗檸檬。普 聽説李先生向梁小姐求婚，被拒絕了。

炒魷 cao² yeo⁴⁻² 動詞

釋 "炒魷魚" 的縮略語；解僱

粵 你出差逾期不歸，老闆實炒你魷。普 你出差逾期不歸，老闆準解僱你。

mou⁵ ni¹ zég³ go¹ zei² cêng³
冇呢隻歌仔唱 固化動詞

釋 某種做法再也行不通

粵 擅自用公款請人食飯，冇呢隻歌仔唱嘞。普 擅自用公款請人吃飯，不可能了。

ngao¹ sai³ teo⁴
摷晒頭 固化動詞

釋 莫名其妙

粵 聽到佢話辭職，大家都摷晒頭。
普 聽聞他説辭職，大家都大惑不解，莫名其妙。

gong² xiu³ wen² dei⁶ yêng⁶⁻²
講笑搵第樣 固化動詞

釋 提醒某人得嚴肅對待某事

粵 喂，你噉講唔掂，講笑搵第樣嚼。普 喂，你這樣講不對，這可不能開玩笑。

3 微型會話 🎧16-3

❶ 點叫老細加薪

甲：
Wei³, néi⁵ tei² gem¹ nin⁴⁽²⁾ gung¹ xi¹ wui⁵ m⁴ wui⁵ ga¹ sen¹ a¹ na⁴?
喂，你睇今年公司會唔會加薪吖嗱？
喂，你看今年公司會不會加薪？

乙：
Hou⁶ nan⁴ gong². Dan⁶ hei⁶, yu⁴ guo² néi⁵ ji⁶ men¹ wei⁶ gung¹ xi¹ leb⁶ ha⁵ zo²
好難講。但係，如果你自問為公司立吓咗
很難説。但是，如果你自問為公司立下了

hon⁶ ma⁵ gung¹ leo⁴, ju² dung⁶ zeng¹ cêu² ga¹ sen¹, yeo⁶ méi⁵ sêng⁴ bed¹ ho².
汗馬功勞，主動爭取加薪，又未嘗不可。
汗馬功勞，主動爭取加薪，完全可以嘗試一下。

甲：
Gem² yeo⁶ hei⁶, nem² nem² ji¹ géi² jig⁶ m⁴ jig⁶ deg¹ ga¹ sen¹ xin¹.
嗾又係，諗諗自己值唔值得加薪先。
那是，首先考慮一下自己是否值得加薪。

乙：
Péi³ yu⁴ gong², yeo⁵ mou⁵ dai⁶ gé¹ gung³ hin³ a³, yed¹ go³ yen⁴ zou⁶ géi² go³ yen⁴
譬如講，有冇大嘅貢獻呀，一個人做幾個人
譬如説。有沒有突出貢獻呀，一個人頂幾個人

gé³ yé⁵ a³, ging¹ sêng⁴ cêd¹ cai¹ wag⁶ zé² qi⁴ zug⁶ ga¹ ban¹ a³ gem² lo¹.
嘅嘢呀，經常出差或者持續加班呀嗾囉。
工作呀，經常出差或者持續加班等等。

甲：
Hei⁶ a¹, ngo⁵ déi⁶ bong¹ gung¹ xi¹ zan⁶ dou³⁻² qin⁴⁻² , sêu¹ yin⁴ hei⁶ ga¹ go²
係吖，我哋幫公司賺到錢，雖然係加嗰
對了，我們替公司賺了錢，雖然只是那

géi² bag⁶ men¹, dan⁶ hei⁶ dou¹ wui⁵ tei⁴ xing¹ ha⁵ xi⁶ héi³.
幾百蚊，但係都會提升吓士氣。
幾百塊，但畢竟會提升一下士氣。

乙：
Yeo⁶ wag⁶ zé² yi⁴ ga¹ gé¹ sen¹ ceo⁴ ming⁴ hin² dei¹ yu¹ xi⁵ cêng⁴ tung⁴ yib⁶ sêu² ping⁴,
又或者而家嘅薪酬明顯低於市場同業水平，
又或者現在的薪酬明顯低於市場同業水平，

yeo⁶ wag⁶ zé² gung¹ xi¹ zan⁶ zo² dai⁶ qin⁴⁻² a³.
又或者公司賺咗大錢呀。
又或者公司盈利可觀呀。

甲：
Ngo⁵ gog³ deg¹ Zung¹ Guog³ yen⁴ zou⁶ lou⁵ sei³ tung⁴ guei² lou² zou⁶ lou⁵ sei³ gé¹
我覺得中國人做老細同鬼佬做老細嘅
我覺得中國人當老闆和老外當老闆的

fan² ying³ m⁴ tung⁴ go³ bo³.

反 應 唔 同 個 嘴。

反應是不同的。

Hei⁶ a³, Zung¹ Guog³ yen² zou⁶ lou⁵ sei³ néi⁵ yiu³ yun² jun² di¹,

乙： 係 呀，中 國 人 做 老 細 你 要 婉 轉 啲，

對，中國人當老闆你要委婉一點，

guei² lou² zou⁶ lou⁵ sei³ néi⁵ zeo⁶ bed¹ fong⁴ jig⁶ jib² gong².

鬼 佬 做 老 細 你 就 不 妨 直 接 講。

老外當老闆你就不妨直說。

Yu⁴ guo² gem¹ nin⁴ zung⁶ mou⁵ deg¹ ga¹ sen¹, m⁴ pai⁴ cêu⁴ wen² gung¹ tiu¹ cou⁴ ga³.

甲： 如 果 今 年 仲 冇 得 加 薪，唔 排 除 搵 工 跳 槽 㗎。

如果今年還加不了薪，我另找工作跳槽算了。

Néi⁵ pou¹ hou² sai³ heo⁶ lou⁶ ji³ hou² bo³, m⁴ hou² hei² lou⁵ sei³ min⁶ qin⁴ wei² hib³ qi⁴ jig¹.

乙： 你 鋪 好 晒 後 路 至 好 嘴，唔 好 喺 老 細 面 前 威 脅 辭 職。

你得完全鋪好後路再說，不要在老闆面前威脅辭職。

❷ 打工仔嘅新文化

Kem⁴ man⁵ tung⁴ yed¹ go³ lou⁵ ban² peng⁴ yeo⁵ xig⁶ fan⁶, kêu⁵ hei² dou³ sen³ sen¹

甲： 琴 晚 同 一 個 老 闆 朋 友 食 飯，佢 喺 度 呻 新

昨晚跟一個老闆朋友吃飯，他不斷抱怨說新

yed¹ doi⁶ da² gung¹ men⁴ fa³ tung⁴ guo³ wong⁵ yeo⁵ hou² dai⁶ fen¹ bid⁶ leg³.

一 代 打 工 文 化 同 過 往 有 好 大 分 別 嘞。

一代打工文化跟以前有很大的分別了。

Yi⁴ ga¹ di¹ heo⁶ sang¹ zei² tung⁴ ngo⁵ déi⁵ nem² gé³ zen¹ hei⁶ m⁴ tung⁴.

乙： 而 家 啲 後 生 仔 同 我 哋 諗 嘅 真 係 唔 同。

現在那些年輕人跟我們想的確不同。

Na⁴, ngo⁵ peng⁴ yeo⁵ xi³ guo³ bou² sêu² giu³ ha⁶ sug⁶ ga¹ ban¹. Go³ ha⁵ sug⁶ gêu¹

甲： 嗱，我 朋 友 試 過 補 水 叫 下 屬 加 班。個 下 屬 居

噗，我朋友曾經加錢叫下屬加班，那個下屬竟

yin⁴ céng² kêu⁵ xig⁶ ning⁴ meng¹, zung⁶ wa⁶ ngo⁵ béi² fan¹ qin⁴⁻² néi⁵, m³ ga¹.

然 請 佢 食 檸 檬，仲 話 我 畀 番 錢 你，唔 加。

然一口拒絕，還說我給回你錢，不加班。

Kêu⁵ déi⁵ m⁴ hei⁶ jing⁶ hei⁶ tei² yen⁴ gung¹ ga¹ leg³. Qin⁴⁻² ji¹ ngoi⁶, zung⁶ yiu³ zêu¹ keo⁴

乙： 佢 哋 唔 係 淨 係 睇 人 工 㗎 嘞。錢 之 外，仲 要 追 求

他們不是光看工資的了。錢之外，還要追求

我哋呢班打工仔

seng¹ wud⁶ ping⁴ heng⁴ la¹, do¹ di¹ tung⁴ ga¹ yen⁴ sêng¹ qu³ gé³ xi⁴ gan³ la¹.

生 活 平 衡 啦，多 啲 同 家 人 相 處 嘅 時 間 啦。

生活平衡啦，多點兒跟家人相處的時間啦。

Geo⁶ xi⁴ da² gung¹ zei² féi¹ sêng⁴ zêg⁶ zung⁶ qin⁴ ging² tung⁴ fad³ jin²,

甲：舊 時 打 工 仔 非 常 着 重 前 景 同 發 展，

以往打工仔非常着重前景和發展，

yeo⁵ deg¹ xing¹ jig¹ zeo⁶ hou² hoi¹ sem¹.

有 得 升 職 就 好 開 心。

有升職機會就好滿意。

Hei⁶ a³, yeo⁵ xi⁴ zung⁶ yen¹ wei⁶ sêng² zan⁶ do¹ di¹ qin⁴·² ji⁶ dung⁶ ga¹ ban¹. Ging¹ zei¹

乙：係 呀，有 時 仲 因 為 想 賺 多 啲 錢 自 動 加 班。經 濟

對呀，有時還因為想多賺點兒錢自動加班。經濟

m⁴ sên⁶ ging², yeo⁵ yen⁴ ji⁶ yun⁶ gam² sen¹, héi¹ mong⁶ m⁴ hou² béi⁶ cao² yeo⁴·².

唔 順 景，有 人 自 願 減 薪，希 望 唔 好 被 炒 魷。

不好，有人自願減薪，希望別給解僱。

Yi⁴ ga¹ mou⁵ ni¹ zég³ go¹ zei² cêng⁴ leg³. Yeo⁴ yen¹ sem⁶ ji³ béi² kêu⁵ xing¹,

甲：而 家 冇 呢 隻 歌 仔 唱 嘞。有 人 甚 至 畀 佢 升，

現在沒這麼回事了。有人甚至讓他升職，

kêu⁵ dou¹ ning⁴ yun⁶·² m⁴ xing¹. Ngo⁵ peng⁴ yeo⁵ jig⁶ qing⁴ ngao¹ sai³ teo⁴.

佢 都 寧 願 唔 升。我 朋 友 直 情 搲 晒 頭。

他都寧願不升。我朋友真的無法理解。

Di¹ yen⁴ hou² xig¹ gei³ sou³ ga³. Xing¹ jig¹ jig¹ hei⁶ gung¹ zog³ do¹ zo², zeg³ yem⁶

乙：啲 人 好 識 計 數 㗎。升 職 即 係 工 作 多 咗，責 任

他們很會計算的。升職就是工作多了，責任

dai⁶ zo², yen⁴ gung¹ yeo⁵ xin¹ ga¹ deg¹ xiu² xiu². Gong² xiu³ wen² dei⁶ yêng⁶·² leg³.

大 咗，人 工 又 先 加 得 少 少。講 笑 搵 第 樣 嘞。

大了，而工資增加不多。別開這個玩笑了。

Hei⁶ bo³, gung¹ zog³ do¹ zo², zeg³ yem⁶ dai⁶ zo², xi⁴ gan³ cêng⁴ zo²,

甲：係 嘛，工 作 多 咗，責 任 大 咗，時 間 長 咗，

那是，工作多了，責任大了，時間長了，

hou² nan⁴ yung⁶ ngen⁴ ji² lei⁴ gei³ xun³ bo³.

好 難 用 銀 紙 嚟 計 算 嘛。

很難用鈔票來計算的。

Hei⁶ lo¹. Tei² ha⁵ néi⁵ déi⁶ zou⁶ lou⁵ ban² gé² dim² yêng⁶·² tung⁴ yun⁴ gung¹ keo¹ tung¹ leg³.

乙：係 囉。睇 吓 你 哋 做 老 闆 嘅 點 樣 同 員 工 溝 通 嘞。

那就要看你們當老闆的如何跟員工溝通了。

4 鬼馬詞語話你知：檸檬茶

　　2007 年，香港中學公開考試的中文作文試題只有三個字：
"檸檬茶"。這充分說明檸檬茶並不是一般飲料那麼簡單。檸檬
在香港的奇遇從與美國的可口可樂邂逅開始。茶餐廳的"檸樂"
是最最經典的飲料，衍生出一個龐大的家族：

❶ 凍檸樂

可樂裏面加檸檬片，冰鎮口味更佳。

❷ 凍檸茶

與紅茶相配

❸ 凍檸水

檸檬加糖漿兌水

❹ 凍檸蜜

與西洋菜蜜相配

❺ 凍檸七

與美國的"七喜"汽水相配

❻ 凍檸賓

與英國的"利賓納"果汁相配，等等。

馬照跑

香港跑馬，一年三季，一週三次。

馬迷忘形之時，真係老竇姓乜都唔記得。

正所謂小數怕長計。

成年累月嘅計實則係輸多贏少。

香港話

Hêng¹ Gong² pao² ma⁵, cêu⁴ zo² ced¹, bad³ yud⁶ fen⁶ teo²
香 港 跑 馬，除 咗 七、八 月 份 哺

xu² ji¹ ngoi⁶, yed¹ nin⁴ sam¹ guei³, yed¹ zeo¹ sam¹ qi³. Pao¹ ma⁵ go²
暑 之 外，一 年 三 季，一 週 三 次。跑 馬 嗰

yed⁶, Hêng¹ Gong² sé⁵ wui⁶⁻² gé³ seng¹ wud⁶ meg⁶ bog³ ming¹ hin² déi⁶
日，香 港 社 會 嘅 生 活 脈 搏 明 顯 哋

ga¹ fai³. Sou¹ yi⁵ man⁶ gei³ gé³ ma⁵ mei¹ yed¹ cei⁴ yung² hêng³ ma⁵
加 快。數 以 萬 計 嘅 馬 迷 一 齊 湧 向 馬

cêng⁴, m⁵ léi⁵ hei⁶ sei¹ zong¹ geg³ léi⁵, ngeo⁴ géi³ leb¹ géi³ dou¹ kéi⁴ doi⁶
場，唔 理 係 西 裝 革 履、牛 記 笠 記 都 期 待

ju⁶ ma⁵ zei² sang¹ xing³, kéi⁴ doi⁶ ju⁶ dou¹ zei² gê³ dai⁶ xu⁶ gé³ kéi⁴ jig¹
住 馬 仔 生 性，期 待 住 刀 仔 鋸 大 樹 嘅 奇 跡

cêd¹ yin⁶. Dou³ dou³ zab⁶ men⁴ yed¹ hoi¹, ma⁵ mei¹ gé³ sem¹ zeo⁶ gen¹
出 現。到 到 閘 門 一 開，馬 迷 嘅 心 就 跟

ju⁶ ma⁵ tei⁴ deg¹ deg¹ séng¹ yed¹ cei⁴ tiu³ dung⁶, mong⁴ ying⁴ ji¹ xi⁴ zen¹
住 馬 蹄 嘚 嘚 聲 一 齊 跳 動，忘 形 之 時 真

hei⁶ lou⁶ dou⁶ xing³ med⁶ dou¹ m⁴ géi³ ded¹. Zung² ji¹, ca¹ m⁴ do¹ séng⁴
係 老 竇 姓 乜 都 唔 記 得。總 之，差 唔 多 成

go³ Hêng¹ Gong² dou¹ béi² "yeo⁵ ma⁵ zeg¹ seng¹, mou⁵ ma⁵ zeg¹ séi²"
個 香 港 都 畀 "有 馬 則 生，冇 馬 則 死"

gé³ sem¹ tai³ so² ma⁴ zêu³. Yed¹ cêng⁴ coi³ xi⁶ log⁶ lei¹, dong¹ yin⁴ yeo⁵
嘅 心 態 所 麻 醉。一 場 賽 事 落 嚟，當 然 有

xu¹ yeo⁵ yéng⁴. Dan⁶ jing³ so² wei⁶ xiu² sou³ pa³ cêng⁴ géi³, séng⁴ nin⁴
輸 有 贏。但 正 所 謂 小 數 怕 長 計，成 年

lêu⁵ yud⁶ gem² géi³ sed⁶ zeg¹ hei⁶ xu¹ do¹ yéng⁴ xiu². Lei⁴ gued⁶ cou²
累 月 噉 計 實 則 係 輸 多 贏 少。嚟 掘 草

péi⁴ gé³ ma⁵ mei⁴ geng³ do¹ hei⁶ lei⁴ pou¹ cou² péi⁴ zeo⁶ zen¹. Néi⁵ mou⁵
皮 嘅 馬 迷 更 多 係 嚟 鋪 草 皮 就 真。 你 冇

téng¹ guo³ gem² gé³ go¹ zei² mé¹? "Xu¹ yun⁴ yeo⁶ lei⁴ dou² guo³."
聽 過 噉 嘅 歌 仔 咩? "輸 完 又 嚟 賭 過。"

Gem², pao² ma⁵ zeo⁶ ying⁴ yin⁴ gen² gen² keb¹ yen⁵ ju⁶ zung³ do¹ gé³
噉, 跑 馬 就 仍 然 緊 緊 吸 引 住 眾 多 嘅

Hêng¹ Gong² yen⁴. Jing³ hei⁶ "ma⁵ jiu³ pao²" zeo⁶ keo³ xing⁴ Hêng¹
香 港 人。 正 係 "馬 照 跑" 就 構 成 香

Gong² men⁴ fa³ gé³ yed¹ go³ zung⁶ yiu³ bou⁶ fen⁶.
港 文 化 嘅 一 個 重 要 部 分。

（普通話）

　　香港賽馬，除了七、八月份歇夏之外，一年三季，一週三次。賽馬那天，香港社會的生活脈搏明顯地加快。數以萬計的馬迷一起湧向馬場。不管是西裝革履或平民打扮都期待着下了賭注的馬會勝出，期待着以小本博取大利的奇跡出現。等到閘門一開，馬迷的心就跟着馬蹄嘚嘚聲一齊跳動，緊張之餘忘乎所以。總之，差不多整個香港都被"有馬則生，無馬則死"的心態所麻醉。一場賽事下來，當然有輸有贏。可是，小數目累加起來不得了，到頭來還是輸多贏少。到馬場來想撈一筆的馬迷，往往是輸家。你聽見過這樣的歌詞沒有？"輸了再賭。"那麼，賽馬就仍然緊緊地吸引着眾多的香港人。所謂"馬照跑"就構成香港文化的一個重要部分。

ngeo⁴ géi³ leb¹ géi³
牛記笠記

並列名詞

- 🅡 指牛仔褲、Ｔ恤衫（大眾化穿着）
- 🅟 假日出去玩，牛記笠記至舒服。
- 🅟 假日外出遊玩，穿牛仔褲、Ｔ恤衫最舒服。

馬仔 ma⁵ zei²

名詞

- 🅡 特指下了賭注的馬匹
- 🅟 下一場我買咗兩隻馬仔。🅟 下一場我賭兩匹馬。

生性 sang¹ xing³

形容詞

- 🅡 獲勝機會大
- 🅟 希望我啲馬仔生生性性。🅟 希望我買的馬能勝出，讓我有所斬獲。

---

dou¹ zei² gê³ dai³ xu⁶
刀仔鋸大樹

習用語

- 🅡 以小財博取大利
- 🅟 六合彩我都買過，刀仔鋸大樹嘅啦。🅟 六合彩我偶爾也買，希望以小錢得大彩。

---

lou⁵ dou⁶ xing¹ med¹ dou¹ m⁴ géi³ ded¹
老竇姓乜都唔記得

固化結構

- 🅡 形容高興萬分，控制不住自己（連父親姓什麼也忘了）
- 🅟 第一次買馬仔就中咗大獎，直情老竇姓乜都唔記得。🅟 第一次賭馬就得了大獎，高興得實在控制不住自己。

---

xiu² sou³ pa³ cêng⁴ gei³
小數怕長計

固化結構

- 🅡 喻指花錢積少成多
- 🅟 返工放工日日車費卅皮，一個月就成千蚊，小數怕長計㗎。
- 🅟 上班下班天天車費三十塊，一個月下來差不多一千塊，真是加起來就受不了。

草皮 cou² péi⁴

名詞

- 🅡 借指賽馬場的草地
- ① 🅟 想嚟掘多少草皮咧，冇咁易。🅟 想來贏取多少吧，沒那麼容易（掘草皮＝掘馬贏錢）。
- ② 🅟 今晚又係嚟鋪草皮嘞。🅟 今晚又輸了錢了（鋪草皮＝賽馬輸錢）。

就真 zeo⁶ zen¹ 謂詞結構

[釋] **用於反駁上文的説法**

[粵] 唔係我，係佢就真。[普] 可不是我，是他，沒錯！

金多寶 gem¹ do¹ bou² 名詞

[釋] **可觀的獎池**

[粵] 今晚金多寶嚾，博吓咧？

[普] 今晚的獎池特別豐富，怎麼樣，買張彩票。碰碰運氣。

bin¹ yeo⁵ gem³ dai⁶ zég³ gab³ na²

邊有咁大隻蛤乸

cêu⁴ gai¹ tiu³

隨街跳 習用語

[釋] **天下沒有那麼便宜的事兒**

[粵] 噉就賺到第一桶金？邊有咁大隻蛤乸隨街跳㗎？[普] 這樣就賺取了第一桶金？天下哪有這麼便宜的事兒。

把鬼 ba² guei² 感歎語

[釋] **沒用**

[粵] 要嚟把鬼！[普] 要來幹嗎？沒用！

qin⁴ coi⁴ sen¹ ngoi⁶ med⁶

錢財身外物 俗語

[釋] **錢財乃浮華的東西，用不着刻意去追求**

[粵] 有錢又點啫？錢財身外物吖嘛。

[普] 有錢又如何？不要把金錢看得太重。

夠皮 geo³ péi⁴⁻² 動詞

[釋] **足夠**

[粵] 五千蚊，夠皮未？[普] 五千塊錢，夠了嗎？

話啫 wa⁶ zé¹ 副詞結構

[釋] **雖然如此**

[粵] 話啫，佢係你阿媽嚟㗎嘛。

[普] 不管怎樣，她是你母親。

yeb⁶ sad³ dong² sad³ fa³ sad³

入煞擋煞化煞 煞，名詞

[釋] **煞，風水上指禍害**

[粵] 風水嘅嘢，無非講入煞、擋煞同化煞。[普] 風水之道關乎如何提防禍害產生，防止禍害作亂以及把禍害消除。

❶ 六合彩

Gem¹ man⁵ lug⁶ heb⁶ coi² yeo⁵ gem¹ do¹ bou² bo³，m⁴ mai⁵ di¹ lei¹ wan² ha¹?

甲：今 晚 六 合 彩 有 金 多 寶 嘛，唔 買 啲 嚟 玩 吓？

今晚六合彩有金多寶哪，買幾張來碰碰運氣吧。

Néi⁵ tei² ngo⁵ yeo⁵ mou⁵ wang⁴ coi² méng⁴ a¹ na⁴?

乙：你 睇 我 有 冇 橫 財 命 吖嗱？

你看我有沒有發橫財的運氣？

Lug⁶ heb⁶ coi² hei⁶ ping⁴ deng² gé³，yen⁴ yen⁴ dou¹ yeo⁵ zung³ zêng² géi¹ wui⁶.

甲：六 合 彩 係 平 等 嘅，人 人 都 有 中 獎 機 會。

六合彩是平等的，每人都有中獎機會。

Gong² hei⁶ gem² gong² lo¹，séi¹ seb⁶ geo² xun² lug⁶，zung³ yiu³ ga¹ mai⁴ go³ teg⁶ bid⁶

乙：講 係 噉 講 囉，49 選 6，仲 要 加 埋 個 特 別

說是這樣說，49選6，而且還要加上個特別

hou⁶ ma⁵ wo³. Bin¹ yeo⁵ gem² dai² zég³ gab³ na² cêu⁴ gai¹ tiu³ ga³?

號 碼 喎。邊 有 咁 大 隻 蛤 乸 隨 街 跳 㗎？

號碼。哪有那麼便宜的事情呢。

Néi⁵ méng⁶ sêu² m⁴ hou² za³ ma³. Lug⁶ heb⁶ coi² séi³ a⁶ géi² nin⁴ cong³ zou⁶ zo² séng⁴

甲：你 命 水 唔 好 咋 嘛。六 合 彩 四 呀 幾 年 創 造 咗 成

你命運不佳罷了。六合彩四十多年創造了超過

séi³ bag³ ming⁴ qin¹ man⁶ fu³ yung¹ ga³.

400 名 千 萬 富 翁 㗎。

400名千萬富翁。

Lo² gem² do¹ qin⁴² lei¹ ba² guei¹ méi¹? Wang⁴ coi⁴ guei¹ wang⁴ coi⁴，téng¹ gong² hou² do¹

乙：攞 咁 多 錢 嚟 把 鬼 咩？橫 財 歸 橫 財，聽 講 好 多

要那麼些錢來幹嘛？橫財還橫財，聽說許多

zung³ zo² teo⁴ zêng² gé³ dou¹ mou⁵ goi² bin³ dou¹ yun⁴ loi⁴ gé³ seng¹ wud⁶ tung⁴ gung¹ zog³.

中 咗 頭 獎 嘅 都 冇 改 變 到 原 來 嘅 生 活 同 工 作。

中了頭獎的都沒有改變原來的生活和工作。

Ngam¹，qin⁴ coi⁴ sen¹ ngoi⁶ med⁶. Yeo⁶ m⁴ dai³ deg¹ zeo² gé³. Leo⁴ béi² ji² xun¹，

甲：啱，錢 財 身 外 物。又 唔 帶 得 走 嘅。留 畀 子 孫，

對，錢財乃身外物。人死了帶不走的。留給下一代，

fen¹ fen¹ zung¹ hoi⁶ séi² kêu⁵ déi⁶ tim¹.

分 分 鐘 害 咗 佢 哋 喙。

會害了他們的。

Bed¹ guo³, ngo⁵ zung⁶ hei⁶ zung¹ yi³ lên⁴ dou³ ngo⁵ zung³ zêng².

乙： 不 過，我 仲 係 中 意 輪 到 我 中 獎。

不過，我還是喜歡輪到我中獎。

M⁴ sei² tai³ do¹，bag³ léng⁴ man⁶ geo³ péi⁴⁻²。

唔 使 太 多，百 零 萬 夠 皮。

用不了太多，一百多萬足夠了。

Dim² a³， bag³ léng⁴ man⁶ tung⁶ lou⁵ po⁴ hêu³ yed¹ tong³ wan⁴ keo⁴ lêu⁵ heng⁴ gem² a⁴?

甲： 點 呀，百 零 萬 同 老 婆 去 一 趟 環 球 旅 行 嘅 啊？

怎麼，拿着一百多萬陪老婆去一趟環球旅行是吧？

Mou⁵ co³。Bou³ dab³ ha⁵ lou⁵ po⁴ hei⁶ ying¹ goi¹ gé³。

乙： 冇 錯。報 答 吓 老 婆 係 應 該 嘅。

沒錯。報答一下老婆是應該的。

❷ 風水

Hêng¹ Gong² Wui⁶ Fung¹ Ngen⁴ Hong⁴ hei² Gong² Dou² Zung¹ Wan⁴ go² dêu³ tung⁴

甲： 香 港 滙 豐 銀 行 喺 港 島 中 環 嗰 對 銅

香港滙豐銀行在港島中環那對銅

xi¹ ji² zou⁶ ying⁴ seb⁶ fen¹ wei¹ mang⁵ bo³。

獅 子 造 型 十 分 威 猛 噃。

獅子造型十分威猛。

Geng² hei⁶ la¹。Kêu⁵ m⁴ dan¹ ji² hei⁶ ngei⁶ sêd⁶ ben²,

乙： 梗 係 啦。佢 唔 單 止 係 藝 術 品,

當然了。它不光是藝術品,

geng³ zung⁶ yiu³ gé³ kêu⁵ hei⁶ yung⁶ lei⁴ dong² sad³ gé³。

更 重 要 嘅 佢 係 用 嚟 擋 煞 嘅。

更重要的它是用來擋煞的。

Med¹ guei² lou² yêng⁴ hong⁴⁻² dou¹ sên³ fung¹ sêu² ga³?

甲： 乜 鬼 佬 洋 行 都 信 風 水 㗎？

怎麼老外洋行也信風水的？

Fung¹ sêu² hei² Hêng¹ Gong² hou² do¹ yen⁴ sên³ ga³,

乙：風 水 喺 香 港 好 多 人 信 㗎，

風水在香港很多人是相信的，

m⁴ léi⁵ néi⁵ hei⁶ tong⁴ yen⁴ ding⁶ fan¹ guei².

唔 理 你 係 唐 人 定 番 鬼。

不管你是中國人還是外國人。

Tong⁴ yen⁴ zeo⁶ wa⁶ zé¹. Cung⁴ sang¹ zei² dou³ ga¹ gêu¹ bou³ ji³,

甲：唐 人 就 話 啫。從 生 仔 到 家 居 佈 置、

中國人就是這樣。從生小孩兒到家居佈置、

cao² gu² teo⁴ ji¹ sem⁶ ji³ xing¹ hog⁶、xun¹ gêu² dou¹ tung⁴ fung¹ sêu¹ yeo⁵ guan¹.

炒 股 投 資 甚 至 升 學、選 舉 都 同 風 水 有 關。

炒股投資甚至升學、選舉都跟風水有關。

Guei² lou² yed¹ yêng⁶ sên³ dou³ seb⁶ zug¹.　Na⁴，Wui⁶ Fung¹ Ngen⁴ Hong⁴ jing³ jing³ hei⁶ hei⁶

乙：鬼 佬 一 樣 信 到 十 足。嗱，滙 豐 銀 行 正 正 係 喺

老外一樣非常相信。喏，滙豐銀行剛好是在

Tai³ Ping⁴ San¹ kéi⁴ zung¹ yed¹ tiu⁴ lung⁴ meg⁶ gé³ yud⁶ wei⁶⁻² dou⁶. Fung¹ sêu¹ yed¹ leo⁴.

太 平 山 其 中 一 條 龍 脈 嘅 穴 位 度。風 水 一 流。

太平山其中一條龍脈的穴位上。風水一流。

Tung⁴ xi¹ ji² yeo⁵ med¹ guan¹ hei⁶ xin¹?

甲：同 獅 子 有 乜 關 係 先？

跟獅子有什麼關係呢？

Ngo⁵ dou¹ méi⁶ gong² yun⁴. Men⁶ tei⁴ hei⁶ Wui⁶ Fung¹ jing³ mun⁴ min⁶ hoi²，

乙：我 都 未 講 完。問 題 係 滙 豐 正 門 面 海，

我還沒講完。問題是滙豐正門面海，

hoi² guong¹ yeb⁶ sad³，so² yi³ yiu³ bai² dêu³ tung⁴ xi¹ ji² zo⁶ zen⁶ dong² sad³.

海 光 入 煞，所 以 要 擺 對 銅 獅 子 坐 鎮 擋 煞。

海光入煞，所以要擺一對銅獅子坐鎮擋煞。

Ni¹ di¹ dou¹ hei⁶ sên³ m⁴ sên³ yeo⁵ néi⁵ gé¹ zé¹.

甲：呢 啲 都 係 信 唔 信 由 你 嘅 啫。

這些都是信不信由你罷了。

Hou⁶ mun⁴ né¹，zung³ lug⁶ po¹ zung¹ lêu⁴ xu⁶，　giu³ zou⁶ fa³ sad¹ cêu¹ coi⁴ gem³ wa⁶ wo³.

乙：後 門 呢，種 六 喬 棕 櫚 樹，叫 做 化 煞 催 財 嘅 話 喎。

後門呢，種六棵棕櫚樹，算是化煞催生財運。

4 鬼馬詞語話你知：跑馬用語

　　香港跑馬到而家都跑咗百幾年嘞，逐漸形成咗成套嘅社會文化共識。首先，跑馬唔係簡單嘅賭博。要做功課㗎。馬嘅家族史、佢嘅脾性、體態、戰績同埋佢同人嘅配合規律唔能夠知哦唔知哦㗎。第二，跑馬唔係單純嘅體育競技。佢係嘉年華，大家齊齊享受。第三，跑馬有輸有贏，都係無形中支持咗香港嘅慈善事業。所以，作為普通老百姓，學識一啲跑馬嘅詞語係好自然嘅。

❶ 漏閘

"按理閘門一開，馬匹即往前奔跑。" 漏閘，即馬匹沒有招着點跑出而輸在起跑線上。

❷ 馬膽

"呢隻馬狀態非常好，可以做馬膽。" 即指同組馬匹中成績可作參考之用的。

❸ 馬鼻

"輸畀七號馬馬鼻得亞軍。" 即指以十分接近的距離（一個馬鼻之差）輸給七號馬。

❹ 沙地／草地

"嗰隻馬先跑沙地 1500 米，後跑草地 1350 米，都唔錯。" 沙地，即沙地賽程；草地，即草地賽程。

❺ 開齋

"佢隻馬卒之上禮拜六跑夜馬開齋。" 他的馬終於在上星期六夜場賽事中第一次獲勝。

Teo⁴　　Ji¹　　Yeo⁵　　Dou⁶

投資有道

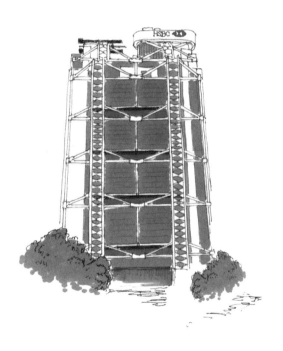

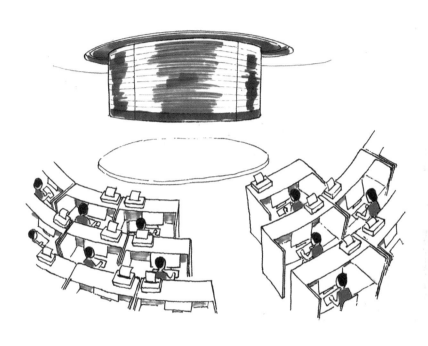

行內人士教路，話要注意四點。

首先要避免羊群心理。

其次，唔好借錢投資。

第三，切忌盲目投資。

最後，入貨後要注意定期檢查價格嘅升跌。

香港話

Hêng¹ Gong² gé³ tung¹ zêng³ gig⁶ ji¹ yim⁴ zung⁶. Teo⁴ ji¹
香　港　嘅　通　脹　極　之　嚴　重。投　資

né¹,　zeo⁶ hei⁶ jig¹ gig⁶ cong³ fu³ gé³ yed¹ zung² seo² dün². Seo² xin¹
呢，就　係　積　極　創　富　嘅　一　種　手　段。首　先

yiu³ ming⁴ bag⁶ gé³,　teo⁴ ji¹ tung¹ teo⁴ géi¹ m⁴ tung⁴. Teo⁴ ji¹,　péi³
要　明　白　嘅，投資　同　投　機　唔　同。投　資，譬

yu⁴ gong², cao² gu² wag⁶ géi¹ gem¹ mai⁵ mai⁶, hei⁶ yiu³ zou⁶ gung¹
如　講，炒　股　或　基　金　買　賣，係　要　做　功

fo³ gé³,　m⁴ neng⁴ geo³ dou⁶ ting³ tou⁴ xud³, yung⁶ lêu⁶ qi⁵ dou² bog³
課　嘅，唔　能　夠　道　聽　途　說，用　類　似　賭　博

gé³ sem¹ tai³ mang⁴ mug⁶ hêu³ ma⁵. Deng² dou³ kuei¹ xun² ji¹ heo⁶ xin¹
嘅　心　態　盲　目　去　馬。等　到　虧　損　之　後　先

fad³ gog³ ji⁶ géi² gao² co³ zo². Heo⁶ sang¹ zei² zung⁶ yeo⁵ xi⁴ gan³ zan⁶
發　覺　自　己　搞　錯　咗。後　生　仔　仲　有　時　間　賺

fan¹ xun² sed¹ gé³ qin⁴⁻², zêng² zé² fen¹ fen¹ zung¹ mou⁵ zug¹ geo³ xi⁴
番　損　失　嘅　錢，長　者　分　分　鐘　冇　足　夠　時

gan¹ jun² kuei¹ wei⁴ ying⁴ ga³. So² yi⁵, heo⁶ sang¹ zei² ho² yi⁵ xing⁴
間　轉　虧　為　盈　㗎。所　以，後　生　仔　可　以　承

seo⁶ gou¹ fung¹ him², yi⁵ ji¹ gem¹ zeng¹ jig⁶ wei⁴ mug⁶ biu¹, zêng² zé²
受　高　風　險，以　資　金　增　值　為　目　標，長　者

zêu³ hou² gan² dei¹ fung¹ him² gé³ bou² bun² ceg³ lêg⁶. Hong⁴ noi⁶ yen⁴
最　好　揀　低　風　險　嘅　保　本　策　略。行　內　人

xi⁶ gao³ lou⁶, wa⁶ yiu³ ju³ yi³ séi³ dim². Seo² xin¹ yiu³ béi⁶ min⁵ yêng⁵
士　教　路，話　要　注　意　四　點。首　先　要　避　免　羊

kuen⁴ sem¹ léi⁵,　m⁴ hou⁶ gen¹ sed⁶ sug⁶ yen⁴ gé³ teo⁴ ji¹ küd³ ding⁶.
群　心　理，唔　好　跟　實　熟　人　嘅　投　資　決　定。

Kéi⁴ qi³, m⁴ hou² zé³ qin⁴⁻² teo⁴ ji¹. Yen¹ wei⁶ m⁴ hei⁶ qi³ qi³ teo⁴ ji¹
其 次，唔 好 借 錢 投 資。因 為 唔 係 次 次 投 資

dou¹ neng⁴ wog⁶ léi⁶, wan⁴ qin⁴⁻² gé³ gei³ xun³ fong¹ xig¹ fan⁴ guo³
都 能 獲 利，還 錢 嘅 計 算 方 式 煩 過

Fan⁴ Dei³ Gong¹. Dei⁶ sam¹, qid³ géi⁶ mang⁴ mug⁶ teo⁴ ji¹, teo⁴ ji¹
梵 蒂 岡。第 三，切 忌 盲 目 投 資，投 資

gung¹ gêu⁶ do¹ do¹, néi⁵ m⁴ xig¹, sed⁶ zong⁶ ban². Zêu³ heo⁶, yeb⁶
工 具 多 多，你 唔 識，實 撞 板。最 後，入

fo³ heo⁶ yiu³ ju³ yi³ ding⁶ kéi⁴ gim² ca⁴ ga³ gag³ gé³ xing¹ did³.
貨 後 要 注 意 定 期 檢 查 價 格 嘅 升 跌。

普通話

　　香港的通脹非常嚴重。投資呢，就是積極創富的一種手段。首先要清楚的是，投資和投機不同。投資，譬如說，炒股或者基金買賣，是要做功課的，不能道聽途說，用類似賭博的心態盲目從事。等到虧損之後才發覺自己搞錯了。年輕人還有時間賺回損失的金錢，長者就很可能沒有足夠時間轉虧為盈。所以，年輕人可以承受高風險，以資金增值為目標，長者最好挑選低風險的保本策略。行內人士指出，要注意四點。首先要避免羊群心理，不要跟隨熟人的投資決定。其次，不要借貸投資，因為不是每次投資都能獲利而還錢的計算方式十分繁雜。第三，切忌盲目投資。投資工具有的是，你不懂，準吃虧。最後，入貨後要注意定期檢查價格的升跌。

去馬 hêu³ ma⁵　動詞

釋 執行

粵 個計劃需要反覆論證至去馬。

普 那計劃需要反覆論證才上馬。

後生仔 heo⁶ sang¹ zei²　名詞

釋 年輕人（與超過 65 歲的長者相對）

粵 後生仔輸得起，所以佢哋敢想敢做。**普** 年輕人輸得起，所以他們敢想敢做。

番 fan¹　動詞後綴

釋 表示回歸原來的狀態

① **粵** 唔夠兩年佢就賺番原來蝕咗嘅錢。**普** 不出兩年他就賺回原來虧蝕的錢。

② **粵** 還番本書畀你。**普** 把書還給你。

分分鐘 fen¹ fen¹ zung¹　副詞

釋 強調某事隨時可能發生

① **粵** 冇做足功課就學人投資，分分鐘血本無歸。**普** 沒做足功課就隨着別人投資，隨時血本無歸。

② **粵** 仲唔走，分分鐘遲到。**普** 還不走，沒準會遲到。

教路 gao³ lou⁶　動詞

釋 指出成事的竅門

粵 佢有經驗，請佢教路至啱。

普 他有經驗，請他指點一下最合適。

跟實 gen¹ sed⁶　動詞

釋 盲目跟隨

粵 各人有各人嘅打算，唔好跟實嗰啲所謂專家做決定。**普** 各人有各人的打算，別老跟隨那些所謂專家做決定。

---

fan⁴ guo³ Fan⁴ Dei³ Gong¹
煩過梵蒂岡　固化格式

釋 麻煩得很。注意"煩"、"梵"同音，以構成這樣的諧稱。

粵 申請去嗰度嘅簽證，煩過梵蒂岡呀。**普** 申請上那裏的簽證，實在麻煩得很。

實 sed⁶　副詞

釋 準，一定

① **粵** 你噉嘅方案，實唔通過。**普** 你這樣的方案準通不過。

② **粵** 你噉嘅方案，實揼。**普** 你這樣的方案，準行！

多多 do¹ do¹ 後附加成分

🟢 用於消極名詞後，表示大的數量

① 🟣 初初冇考慮清楚就決定，而家問題多多。🔵 剛開始沒有考慮清楚就決定，現在問題陸續來了。

② 🟣 申請政府資助，麻煩多多。🔵 申請政府資助，麻煩得很哪！

揜 ngem⁴ 動詞

🟢 從口袋裏往外掏

🟣 你喺度揜乜嘢呀？一揜鎖匙囉。

🔵 你在掏什麼？一掏鑰匙。

貪過癮 tam¹ guo³ yen⁵ 動詞

🟢 圖一時痛快，説出或做出某事（未經過認真考慮）

🟣 我細個試過貪過癮學人食煙。

🔵 我小時候圖痛快，別人抽煙我也學着抽煙。

將死 zêng¹ séi² 動詞

🟢 比喻象棋裏給人將軍，失敗告終

🟣 佢提呢幾個問題立刻將死咗我。

🔵 他提的幾個問題使我無言以對，身陷絕境。

講吓啫 gong² ha⁵ zé¹ 動詞

🟢 説説而已

🟣 佢講吓啫，唔好介意。🔵 他隨便説説，不必介意。

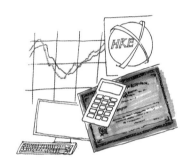

驚死 géng¹ séi² 動詞

🟢 十分擔心

🟣 佢驚死遲到，成日催我早啲走。

🔵 他十分擔心遲到，整天催我早點兒出發。

猶自可 yeo⁴ ji⁶ ho² 動詞（古漢語殘留用法）

🟢 表示讓步；可以接受

🟣 你要兩三千蚊猶自可，多啲就唔得喇。🔵 你要兩三千塊錢，可以，多點兒不行。

3 微型會話 18-3

❶ 唔做功課點投資

Wei³, teo⁴ ji¹ m⁴ hei⁶ sem¹ hüd³ loi⁴ qiu⁴, m⁴ hei⁶ tam¹ guo³ yen⁵ ga³.

甲： 喂，投資唔係 心 血 來 潮，唔係 貪 過 癮 㗎。

喂，投資不是心血來潮，不是求過癮。

Ngo⁵ yeb⁶ hong⁴ fai³ sa¹–a³ nin⁴, bun² yib⁶ zan⁶ dou³⁻² qin⁴⁻².

乙： 我 入 行 快 卅 年，本 業 賺 到 錢。

我入行快三十年，本業賺到錢，

Ngo⁵ séng⁴ yed⁶ nem² mei⁶ hei⁶ xi⁴ heo⁴ teo⁴ ha⁵ ji¹ zou⁶ ha⁵ sang¹ yi³.

我 成 日 諗 咪 係 時候 投 吓資 做 吓 生 意。

我整天在想，是否是時候嘗試着投資做生意。

Nam⁴ yen⁴⁻² hei⁶ gem² ga¹ leg³, xi⁶ yib⁶ sêng⁶ dou³ mou⁵ go³ gai¹ dün⁶,

甲： 男 人 係 嗽 㗎 嘞，事業 上 到 某 個 階 段，

男人就是這樣，事業達到某個階段，

dou¹ héi¹ mong⁶ yeo⁵ sen¹ ted⁶ po³. Bed¹ guo³ m⁴ zou⁶ gung¹ fo³ dim² teo⁴ ji¹.

都 希 望 有 新 突 破。不 過唔做 功 課 點 投資。

都希望有新突破，不過不做功課怎樣投資。

Ngo⁵ sêng² tung⁴ peng⁴ yeo⁵ hoi¹ ga³ féi¹ gun², néi⁵ dim² tei²?

乙： 我 想 同 朋 友 開咖啡 館，你 點 睇？

我想跟朋友開咖啡店，你怎樣看？

Dei⁶ yed¹ Néi⁵ tei² zung³ gé³ déi⁶ kêu¹ yen⁴ leo⁴, zou¹ gem¹ sêu² zên², gêu¹ men⁴

甲： 第 一，你 睇 中 嘅 地 區 人 流、租 金 水 準、居 民

第一，你看中的地區人流、租金水平、居民

xiu⁶ fei³ neng⁴ lig⁶, yeo⁵ géi² do¹ ging⁶ zeng¹ dêu³ seo², ji¹ m⁴ ji¹?

消 費 能 力、有 幾 多 競 爭 對 手，知 唔 知 ？

消費能力、有多少競爭對手，你知道嗎？

M⁴ ji¹.

乙： 唔 知。

不知道

Dei⁶ yi⁶, yiu³ géi² do¹ xing⁴ bun², yen⁴ seo² dim² yêng⁶⁻² cou¹ zog³, yun⁴ gung¹

甲： 第 二，要 幾 多 成 本、人 手 點 樣 操 作、員 工

第二，要多少成本、人手如何操作、員工

dim² yêng⁶⁻² pui⁴ fen³, yeb⁶ fo³ qing⁴ xig¹ yeo⁶ hei⁶ dim², ji¹ m⁴ ji¹?

點 樣 培 訓、入 貨 程 式 又 係 點，知 唔 知 ？

如何培訓、進貨程序又是如何，知道嗎？

M⁴ ji¹.

乙： 唔知。

不知道。

Yed¹ dan⁶ xid⁶ guong¹, zoi³ zab⁶ ji¹, zoi³ xid⁶, zoi³ zab⁶ ji¹, hei⁶ mei⁶?

甲： 一 旦 蝕 光，再 集 資，再 蝕，再 集 資，係 咪？

一旦虧沒，再集資，再虧，再集資，是吧？

Ni¹ tiu⁴ tei⁴ dou¹ m⁴ ji¹ gé³ wa⁶, ngo⁵ hün³ néi⁵ mei⁵ gao².

呢 條 題 都 唔知嘅話，我 勸 你 咪 搞。

這條問題還不知道的話，我勸你別幹。

Sam¹ tiu⁴ men⁶ tei⁴ zêng¹ séi¹ zo² ngo⁵ leg³.

乙： 三 條 問 題 將 死 咗 我 嘞。

三條問題就把我將死了。

❷ 創業起步難

Yeo⁵ go³ diu⁴ ca⁴ bou³ gou³ wa⁶, yi⁴ ga¹ di¹ dai⁶ hog⁶ seng¹ hing¹ cong³ yib⁶,

甲： 有 個 調 查 報 告 話，而 家 啲 大 學 生 興 創 業，

有個調查報告說，現在的大學生創業，

yeo⁵ hing¹ cêu³ gé³ séng⁴ bad³ xing⁴ gem³ do¹.

有 興 趣 嘅 成 八 成 咁 多。

有興趣的佔八成那麼多。

Gong² ha⁵ zé¹, sam¹ xing⁴ xi³ ha⁵ xi³ ha⁵,

乙： 講 吓啫，三 成 試 吓 試 吓，

説説罷了。三成人探探路，

zen¹ jing³ hêu³ ma⁵ jing⁶ hei⁶ deg¹ yed¹ xing⁴ géi² zé¹.

真 正 去 馬 淨 係 得 一 成 幾啫。

動真格的只有一成多而已。

Dim² gai² hou⁶ sang¹ zei² cong³ yib⁶ gem³ nan⁴ né¹ ha²?

甲： 點 解 後 生 仔 創 業 咁 難 呢 吓？

為什麼年輕人創業那麼困難？

Nem² dou¹ nem² dou³⁻² la¹. Hêng¹ Gong² gé³ hog⁶ seng¹ go¹ sei³ sei³ go³ zeo⁶ jib³ seo⁶

乙： 諗 都 諗 到 啦。香 港 嘅 學 生 哥 細 細 個 就 接 受

這不難明白。香港的學生從小就接受

ying³ xi⁵ gao³ yug⁶, ji² keo⁴ biu¹ zên² dab³ ngon³, pin¹ léi⁴ sé¹ xiu² dou¹ m⁴ gem².

應 試 教 育，只 求 標 準 答 案，偏 離 些 小 都 唔 敢。

應試教育，只求標準答案，稍稍偏離一點兒也不敢。

甲：Dim² dou¹ hou², m⁴ neng⁴ gou³ co³. Gem² zeo⁶ med¹ cong³ yi¹, med¹ géi⁶ hao²,
點 都 好，唔 能 夠 錯。嗽 就 乜 創 意、乜 技 巧、
不管這麼樣，就是不能錯。那什麼創意、什麼技巧、

med¹ yung⁵ héi¹ a³, ling¹ dan⁶·²!
乜 勇 氣呀，零 蛋！
什麼勇氣，全沒有。

乙：Zung⁶ yeo⁵ a³, yed¹ bun¹ ga¹ zêng² dou¹ king¹ hêng³ zei² nêu⁵·² gan² di¹ dei¹ fung¹ him²
仲 有 呀，一 般 家 長 都 傾 向 仔女 揀 啲 低 風 險
還有哪，一般家長都傾向兒女選擇低風險

gé³ jig¹ yib⁶, géng¹ séi² mou¹ him² cong³ yib⁶ dou¹ xi⁴ lêng⁵ teo⁴ m⁴ dou¹ ngon⁶.
嘅職 業，驚 死 冒 險 創 業 到 時 兩 頭唔 到 岸。
的職業，擔心冒險創業到時兩頭不到岸。

甲：Zung⁶ yeo⁵ qin⁴·² gé³ men⁶ tei⁴, jing³ fu² sen¹ qing² ji¹ zo⁶ gé³ kêu⁴ dou⁶ m⁴ do¹,
仲 有 錢 嘅 問 題，政 府 申 請 資助嘅 渠 道 唔多，
還有錢的問題，政府申請資助的渠道不多，

hou² do¹ xi⁴ yiu³ ji¹ géi² ngem⁴ ho¹ bao¹.
好 多 時 要 自己 揞 荷 包。
很多時候要自己掏腰包。

乙：Sam¹ ng⁵ man⁶ yeo⁴ ji⁶ ho², seb⁶ léng⁴ man⁶ zeo⁶ hou² la² léi⁶.
三 五 萬 猶 自可，十 零 萬 就 好 剌脷。
三五萬尚可，十來萬就受不了。

甲：So² yi⁵, yud⁶ lei⁴ yud⁶ do¹ gé³ dai⁶ hog⁶ seng¹ bed¹ yib⁶ ji¹ heo⁶ gung¹ zog³
所以，越 嚟 越 多 嘅大 學 生 畢 業之 後 工 作
所以，越來越多的大學生畢業之後工作

géi² nin⁴ bog⁶ méng⁶ cou⁵ qin⁴·² cong³ yib⁶.
幾 年 搏 命 儲 錢 創 業。
幾年拚命存錢創業。

乙：Bed¹ guo³, hou² do¹ xi⁴ yiu³ tei² go³ yen⁴ gé³,
不 過，好 多 時 要 睇 個 人 嘅，
不過，很多時候得看個人，

bed¹ yib⁶ zêu³ co¹ géi² nin⁴ xi¹ yib⁶ jig¹ lêu⁵ yig⁶ hou² zung⁶ yiu³.
畢 業 最 初 幾 年事 業 積 累 亦 好 重 要。
畢業最初幾年事業積累也相當重要。

4 鬼馬詞語話你知：水為財

　　香港話的"水"有錢財的意思，如："佢大把水"，即謂金銀滿屋，非常富有。又指鈔票。如："五嚿水"（五百塊）、"一撇水"（一千塊）。下面介紹幾個常用的固定結構。

❶ 磅水

給錢。例：佢磅水過你未？（他給你錢了嗎？）

❷ 度水

籌措金錢。例：下禮拜要交稅，諗吓去邊度度水先。（想想向哪兒借錢。）

❸ 回水

退錢。例：喂，貨不對辦，回水！（喂，都是些次貨，退款！）

❹ 抽水

拿仲介費。例：人哋梗係要抽水㗎啦。（他們肯定要收取仲介費的。）

Ngou³ Mun⁴⁻² Xiu² Xing⁴

澳門小城

澳門好細，澳門人自稱"小城"。

隨便行吓，都有機會同歷史不期而遇。

喺歷史城區由北到南，向右手便行，經過

玫瑰堂，上去就係大三巴同大砲台。

香港話

Ngou³ Mun⁴⁻² hou² sei³, Ngou³ Mun⁴⁻² yen⁴ ji⁶ qing¹ "xiu²
澳　門　好　細，澳　門　人　自　稱　"小

xing⁴". Dan⁶ hei⁶ ni¹ zo⁶ xiu² xing⁴ wen⁵ cong⁴ ju⁶ zung³ do¹ zung³ pou⁴
城"。但　係　呢　座　小　城　蘊　藏　住　眾　多　中　葡

yung⁴ heb⁶ gé³ yen⁴ men⁴ ging² gun¹. Cêu⁴ bin⁶⁻² hang⁴ ha⁵, dou¹ yeo⁵
融　合　嘅　人　文　景　觀。隨　便　行　吓，都　有

géi¹ wui⁶ tung⁴ lig⁶ xi² bed¹ kéi¹ yi⁴ yu⁶. Zeo⁶ hêu³ lig⁶ xi² xing⁴ kêu¹ da²
機　會　同　歷　史　不　期　而　遇。就　去　歷　史　城　區　打

go³ bai⁶ geb⁶ jun³ lé⁴? Go² dou⁶ hei⁶ yed¹ dai⁶ pin³ zung³ pou⁴ fung¹ geg³
個　白　鴿　轉　咧？嗰　度　係　一　大　片　中　葡　風　格

gung⁶ qun⁴ gé³ gin³ zug¹ kuen⁴, hei⁶ hei² Ngou³ Mun⁴⁻² xin¹ tei² deg¹
共　存　嘅　建　築　群，係　喺　澳　門　先　睇　得

dou³⁻² ga³ za³. Pou⁴ xig¹ gé³, yeo⁵ gao³ tong⁴⁻², Pou⁴ Tou⁴ Nga⁴ yen⁴
到　㗎咋。葡　式　嘅，有　教　堂，葡　萄　牙　人

sên¹ tin¹ ju² gao³, hêu³ dou³ bin¹, gao³ tong⁴⁻² zeo⁶ héi² dou³ bin¹, bing⁶
信　天　主　教，去　到　邊，教　堂　就　起　到　邊，並

cé² yi⁵ tong⁴ kêu¹ zog³ wei⁴ heng⁴ jing³ fen¹ kêu¹. Zung³ xig¹ gé³, yeo⁵
且　以　堂　區　作　為　行　政　分　區。中　式　嘅，有

miu⁶⁻², yeo⁵ Pou⁴ Tou⁴ Nga⁴ yen⁴ seo² qi³ deng¹ lug⁶ Ngou³ Mun⁴⁻² gé³
廟，有　葡　萄　牙　人　首　次　登　陸　澳　門　嘅

Ma¹ Go³ Miu⁶⁻². Hei² lig⁶ xi² xing⁴ kêu¹ yeo⁴ beg¹ dou³ nam⁴, hêng³ you⁶
媽　閣　廟。喺　歷　史　城　區　由　北　到　南，向　右

seo² bin⁶ hang⁴, ging¹ guo³ Mui⁴ Guei³ Tong⁴⁻², sêng⁶⁻² hêu³ zeo⁶ hei⁶ Dai⁶
手　便　行，經　過　玫　瑰　堂，上　去　就　係　大

Sam¹ Ba¹ tung⁴ Dai⁶ Pao³ Toi². Hêng³ zo² seo² bin⁶ hang⁴, sên⁶ ju⁶ Dung⁴
三　巴　同　大　砲　台。向　左　手　便　行，順　住　東

Fong1 Cé4 Hong6-2 sêng6-2, néi5 wui5 fad3 yin6 nung4 lid6 gé3 nam4 ngeo1
方　斜　巷　上，你　會　發　現　濃　烈　嘅　南　歐

fung4 qing4, yeo5 hab6 cêng6 ning4 jing6 gé3 ség2 zei2 gai1, yeo5 yung6
風　情，有　狹　長　寧　靜　嘅　石　仔　街，有　用

nai5 wong4 xig1, nün6 lug6 xig1, zou2 hung4 xig1 fen2 cad3 ngoi6 cêng4
奶　黃　色、嫩　綠　色、棗　紅　色　粉　刷　外　牆

gé3 sei1 yêng4 gin3 zug1. Jun3 go3 wan1 zé1, cêd1 yin6 hei2 ngan5 qin4
嘅　西　洋　建　築。轉　個　彎　啫，出　現　喺　眼　前

wa6 m4 ding6 zeo6 hei6 ling6 yed1 pai3 yun4 zeb1 yun4 méi6 gé3 zung4
話　唔　定　就　係　另　一　派　原　汁　原　味　嘅　中

guog3 yun4 sou3 leg3.
國　元　素　嘞。

普通話

　　澳門很小，澳門人自稱"小城"。但是這座小城蘊藏着許多中葡融合的人文景觀。隨意漫步，都有機會跟歷史不期而遇。讓我們去歷史城區轉一圈好了。那裏是一大片中葡風格並存的建築群，這只有在澳門才能看到。葡式的，有教堂，葡萄牙人信奉天主教，去到哪兒，就在哪兒建教堂，並且以堂區作為行政分區。中式的，有廟宇，有葡萄牙人首次登陸澳門的媽閣廟。在歷史城區從北往南，靠右邊走，經過玫瑰堂，往上就是大三巴和大砲台。靠左邊走，沿着東方斜巷往上走，你會發現濃烈的南歐風情，有狹長寧靜、用特別的小石子鋪設的小街，有用奶黃色、嫩綠色、棗紅色粉刷其外牆的西洋建築。才拐一個彎，出現在眼前的可能就是另一派原汁原味的中國元素了。

da² go³ bag⁶ gab³ jun³

打個白鴿轉　動詞

- 釋 兜個圈
- 粵 我出去打個白鴿轉就返嚟。
- 普 我出門兜個圈就回來。

xin¹ ... ga³ za³

先⋯⋯㗎咋　中嵌結構

- 釋 才
- 粵 呢啲嘢喺呢度先有得賣㗎咋。
- 普 這些東西只有在這兒才買得着。

xig⁶ guo³ fan¹ cem⁴ méi⁶

食過返尋味　習用語

- 釋 形容食品好吃，人們吃了還會回來找吃
- 粵 呢度嘅乾炒牛河冇得彈，食過返尋味㗎。 普 這兒的牛肉炒河粉真正好，大有回頭客。

右手便 yeo⁶ seo² bin⁶　名詞

- 釋 右邊兒
- 粵 右手便係男廁，左手便係女廁。
- 普 男廁在右邊兒，女廁在左邊兒。

順住 sên⁶ ju⁶　介詞

- 釋 沿着
- 粵 點呀？順住呢條路上定落去呀？
- 普 怎麼樣？沿着這條路上還是下？

話唔定 wa⁶ m⁴ ding⁶　動詞

- 釋 説不定
- ① 粵 冇晒佢消息，話唔定佢暫時唔返嚟。 普 完全沒有他的消息，説不定他暫時不回來。
- ② 粵 幾時開會，而家仲話唔定。 普 什麼時候開會。現在還不好説。

例牌 lei⁶ pai⁴⁻²　名詞

- 釋 慣常的選擇，常用作副詞
- ① 粵 南方人食飯例牌先飲湯。 普 南方人吃飯通常先喝湯。
- ② 粵 我返到公司例牌先睇電郵。 普 我回公司通常會看看電郵。

... bin¹ ... bin¹

⋯⋯邊⋯⋯邊　關聯結構

- 釋 "邊"即"哪兒"，表示並列
- 粵 我哋去海南島玩，行到邊，食到邊。 普 咱們上海南島玩兒，走到哪兒吃到哪兒。

xing⁴ hong⁴ xing⁴ xi⁵

成行成市　　謂詞結構

- 釋 形容某行業已發展起來，頗具規模
- 粵 呢度賣鞋，做到成行成市㗎。
- 普 這裏賣鞋，已經形成一個成熟的市場。

---

ling⁴ sé³　m⁴ tung⁴

零舍唔同　　複合副詞

- 釋 讚稱與眾不同
- 粵 澳門嘅杏仁餅零舍唔同，香港嘅同廣州嘅冇得比。 普 澳門的杏仁餅確實與眾不同，香港的和廣州的沒法相比。

嗒 dab¹　　動詞

- 釋 細細品嚐（酒和糖果餅食）
- 粵 嗒粒話梅可以止渴。 普 口含一枚話梅能解渴。

叻仔 lég¹ zei² 名詞，可作形容詞

- 釋 聰明，會辦事
- 粵 佢叻仔，好識諗計。 普 他聰明靈活，很會想辦法。

---

dug⁶ gu¹ yed¹ méi⁶⁻²

獨沽一味　　謂詞結構

- 釋 指經營單一
- 粵 呢度淨係賣花生糖，獨沽一味。
- 普 這兒光經營一種食品，花生糖。

起勢噉 héi² sei³ gem²　　副詞

- 釋 一個勁兒地；拼命
- ① 粵 個賊起勢噉走，警察起勢噉追。普 小偷兒拼命逃，警察拼命追。
- ② 粵 佢哋幾個起勢噉食，唔夠半粒鐘食個清光。普 他們幾個一個勁兒地吃，用不了半小時把飯菜全吃光。

---

hog⁶　…　　gem² nem²

學……噉諗　　謂詞結構

- 釋 如某人所想
- 粵 學佢噉諗就啱嘞。普 像他那麼想就對了。

先至 xin¹ ji³　　副詞

- 釋 才
- 粵 佢先，下個先至到你。普 他在先，下一個才輪到你。

❶ 手信兩餅

Lei⁴ Ngou³ Mun⁴⁻² gé³ lei⁶ pai⁴⁻² dung⁶ zog³ ji¹ yed¹ hei⁶ mai⁵ seo² sên¹.

甲：嚟 澳 門 嘅例牌　動　作之一 係 買 手 信。

來澳門的通常動作之一是買手信。

Zen¹ ga³、 bao¹ bou² néi⁵ "xig⁶ guo³ fan¹ cem⁴ méi⁶".

真 㗎，包 保 你 "食 過 返 尋 味"。

不騙你，包保你吃過後回頭再買來吃。

Ngo⁵ dou¹ téng¹ guo² Ngou³ Mun⁴⁻² seo² sên¹ yed¹ leo², ca⁴ sed⁶ Hêng¹ Gong² dou¹

乙：我 都 聽 過 澳 門 手 信 一 流，查實 香 港 都

我也聽說過澳門手信一流，其實香港也

yeo⁵ deg¹ mai⁶ a³、 dim² gai² di¹ yen⁴ zeo⁶ hei⁶ yen⁶ ju⁶ Ngou³ Mun⁴⁻² gé³ né¹ ho⁴⁻²?

有 得 賣 吖，點 解 啲 人 就 係 認 住 澳 門 嘅 呢 何？

買得到，為什麼我們總認為澳門的最好呢？

Ngou³ Mun⁴⁻² seo² sên¹ lig⁶ xi² cêng⁴、 ga¹ zug⁶ sang¹ yi³、 géi² doi⁶ log⁶ lei⁴、

甲：　澳 門　手 信 歷 史 長，家族　生 意，幾 代 落 嚟，

澳門手信歷史長，家族生意，幾代下來，

xig⁶ coi⁴、 gung¹ ngei⁶ dou¹ hou² gong² geo³. Yeo⁵ sai¹ heo² béi¹ ga³.

食 材、工　藝 都 好　講　究。有 晒 口 碑 㗎。

食材、工藝都很講究。可謂口碑載道。

Hei⁶ bo³、 kêu⁵ déi⁶ gé³ seo² sên³ zou⁶ dou³ xing⁴ hong⁴ xing⁴ xi⁵、 m⁴ gan² dan¹.

乙：係 嘞，佢 哋 嘅 手 信 做 到　成　行　成　市，唔 簡　單。

對了，他們的手信業規模不小，絕不簡單。

Néi⁵ yiu² mai⁵、 ji³ hou² hei⁶ hêu³ Ngou³ Mun⁴⁻² Bun³ Dou² gé³ Fug¹ Lung⁴ Sen¹

甲：你 要 買，至 好 係 去 澳 門　半 島 嘅 福 隆 新

你要買，最好是去澳門半島的福隆新

Gai¹ tung⁴ mai⁴ Tem³⁻² Zei² gé³ Gun¹ Ya⁵ Gai¹. Go² dou⁶ di¹ yé⁵ ling⁴ sé³ m⁴ tung⁴.

街 同 埋　氹　仔 嘅 官 也 街。嗰 度 啲 嘢 零 舍 唔 同。

街和氹仔的官也街。那兒的東西確實與眾不同。

Go² lêng⁵ dad³ déi⁶ fong¹ yeo⁵ med¹ hou² gai³xiu⁶ a³?

乙：嗰 兩 笪 地 方 有 乜 好 介 紹 呀？

那兩個地方有什麼好介紹呀？

Ngou³ Mun⁴⁻² seo² sên¹ yeo⁵ lêng⁵ ting⁴⁻², méi⁶ dou⁶ jing⁶ hei⁶ deg¹ nam⁴ fong¹

甲：　澳 門　手 信 有 兩 停，味 道 淨 係 得 南 方

澳門手信有兩種，味道只有在南方

yeo⁵ ga³ za³: heng⁶ yen⁴ béng² tung⁴ gei¹ zei² béng².

有 㗎咋：杏 仁 餅 同 雞 仔 餅。

才能嚐得到：杏仁餅和雞仔餅。

Yeo⁵ med¹ m⁴ tung⁴ a³?

乙： 有 乜 唔 同 呀？

有什麼不同？

Heng⁶ yen⁴ béng² gem¹ hêng¹、gei¹ zei² béng² né¹、nam⁴ yu⁵ hêng¹.

甲： 杏 仁 餅 甘 香，雞 仔 餅 呢，南 乳 香。

杏仁餅甘香，雞仔餅呢，南乳香。

Zeo⁶ ni¹ lêng⁵ zung² "hêng¹"、zeo⁶ dei² mai⁵ lei⁴ xi³ xi³ la¹.

就 呢 兩 種 "香"，就 抵 買 嚟試 試 啦。

就這兩種 "香"，就值得買來嚐嚐。

Jig¹ hei⁶ wa⁶、heng⁶ yen⁴ béng² gé³ "hêng¹" tung⁴ gei¹ zei² béng² gé³ "hêng¹"，

乙： 即 係 話，杏 仁 餅 嘅 "香" 同 雞 仔 餅 嘅 "香"，

就是説，杏仁餅的 "香" 跟雞仔餅的 "香"，

dab¹ log⁶ ji³ ben² sêng⁴ deg¹ cêd¹ lei⁴.

嗒 落至 品 嚐 得 出 嚟。

細細品嚐才能感受得到。

❷ 小賭怡情

Yen⁴ teo⁴ yung² yung²，yen⁴ big¹ yen⁴ bo³.

甲： 人 頭 湧 湧，人 逼 人 嚕。

人山人海，真夠擠的，

Ngo⁵ hei² dou⁶ nem²，bin¹ dou² lei⁴ gem³ do¹ dou² hag³ né¹ ha².

我 喺 度 諗，邊 度 嚟 咁 多 賭 客 呢 吓。

我在想究竟從哪兒來那麼些賭客哪。

Ngou³ Mun⁴⁻² hoi¹ dou² yeo⁵ lêng⁵ go³ yeo¹ sei³: yed¹、zeo¹ zou¹ déi⁶ kêu¹

乙： 澳 門 開 賭 有 兩 個 優 勢：一，周 遭 地 區

澳門開賭有兩個優勢：一，周圍地區

hou³ dou² yen⁴ xi⁶ m⁴ xiu²、jig¹ hei⁶ hag³ yun⁴ yeo⁵ bou² jing³.

好 賭 人 士唔 少，即 係 客 源 有 保 證。

好賭的人不少，就是説客源有保證。

Dung¹ min⁶ gé³ Hon⁴ Guog³ yen⁴，

甲： 東 面 嘅 韓 國 人，

東面的韓國人，

sei¹ min⁶ gé³ Tai³ Guog³ yen⁴ hou³ dou² hou⁴ dou² yeo⁵ méng² ga³ la¹.

西 面 嘅 泰 國 人 好 賭 豪 賭 有 名 㗎啦。

西面嘅泰國人好賭豪賭出了名的。

Yi⁶, Ngou³ Mun⁴·² yen⁴ lég¹ zei², xig¹ deg¹ zêng¹ Zung¹ Guog³ yun⁴ sou³

乙: 二, 澳 門 人 叻仔, 識 得 將 中 國 元 素

二，澳門人聰明，懂得把中國元素

tung⁴ sei¹ fong¹ gé³ ying⁴ wen⁶ mou² xig¹ gid¹ heb⁶ héi² lei³.

同 西 方 嘅 營 運 模 式 結 合 起 嚟。

跟西方的營運模式結合起來。

Héi⁶ a³, zung¹ xig¹ yeo⁵ zung¹ xig¹ gé³ dou² fad³, péi³ yu⁴ gong² fan¹ tan¹ la¹,

甲: 係呀, 中 式 有 中 式 嘅 賭 法, 譬 如 講 番 攤 啦,

是的，中式有中式嘅賭法，譬如說番攤呀，

sei¹ xig¹ yeo⁵ sei¹ xig¹ gé³ dou² fad³, péi³ yu⁴ gong² lên⁴ pun⁴·² la¹.

西 式 有 西 式 嘅 賭 法, 譬 如 講 輪 盤 啦。

西式有西式的賭法，譬如說輪盤呀。

Gem² xin¹ ji³ jiu¹ dou³·² hag³ ga³ ma³. Dug⁶ gu¹ yed¹ méi⁶·² m⁴ dim² ga³.

乙: 噉 先 至 招 到 客 㗎嘛。 獨 沽 一 味 唔 掂 㗎。

這樣才能招徠客人，單一經營不行的。

Ling⁶ ngoi¹ né¹, dou¹ géi² yen⁴ xing⁴ fa³, m⁴ wui⁶ héi² sei³ gem² tem³ néi⁵ log⁶ ju³.

甲: 另 外 呢, 都 幾 人 性 化, 唔 會 起 勢 噉 氹 你 落 注。

另外呢，也講究人性化，不會一個勁兒鼓動你下注。

Ni¹ jiu¹ zeo⁶ héi⁶ tei⁴ séng² dai⁶ ga¹ "xiu² dou² yi⁴ qing⁴" leg¹.

呢 招 就 係 提 醒 大 家 "小 賭 怡 情" 嘞。

這一招就是提醒大家"小賭怡情"了。

Yeo⁵ han⁴ qin⁴·² xin¹ hou² dou² tung⁴ mai⁴ yiu³ seo² ju⁶ ji⁶ géi² gé³ ji² xid⁶ wei⁶·²,

乙: 有 閒 錢 先 好 賭 同 埋 要 守 住 自己 嘅 止 蝕 位,

有閒錢才去賭，以及要懂得守住自己的止蝕位，

ji¹ dou³ ji⁶ géi² ho² yi⁵ xu¹ géi² do¹, m⁴ dim² jig¹ hag¹ seo¹ seo² léi⁴ cêng⁴.

知道 自 己 可 以 輸 幾 多, 唔 掂 即 刻 收 手 離 場。

知道自己可以輸多少，不行馬上收手離場。

Gong² héi⁶ gem² gong² zé¹, "tam¹ xing¹ bed¹ ji¹ xu¹", héi⁶ tin¹ ha⁶ dou² tou⁴ gé³ sem¹ léi⁵.

甲: 講 係 噉 講 啫, "貪 勝 不 知 輸" 係 天 下 賭 徒 嘅 心 理。

説是這麼説，"貪勝不知輸"是天下賭徒的心理。

Ha¹, yu⁴ guo² dai⁶ ga¹ dou¹ hog⁶ néi⁵ gem² nem², zung² sei³ hoi¹ dou² cêng⁴ gé²?

乙: 哈, 如 果 大 家 都 學 你 嘅 諗, 仲 使 開 賭 場 嘅?

哈，如果大家的想法跟你的一樣，那就沒人經營賭場了。

4 鬼馬詞語話你知：賭場用語

　　俗語話：一百歲唔死都有新聞。香港跑馬 1846 年開始，而澳門將賭博合法化係喺 1847 年。又係百幾年之後，1960 年更將博彩業確定為澳門經濟發展嘅龍頭大哥，事關澳門政府財政收入嘅一半係嚟自博彩稅收。Stanley 何嘅葡京酒店喺 1969 開業，壟斷晒一切，到到 2003 年賭權先開放，由一變六。你問我 Stanley 係乜誰？哼，何鴻燊吖嘛。睇嚟真係要介紹澳門賭場嘅用語畀大家至得嘞。

❶ 籌碼種類

現金碼、泥碼、特碼

❷ 賭枱種類

番攤枱、廿一點枱、百家樂枱、骰寶枱

❸ 賭聖名言

賭博無必勝，輕注好怡情，閒錢來玩耍，保持娛樂性

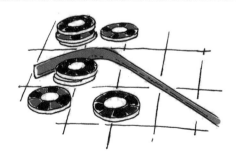

Piu¹ Zoi⁶ Hêng¹ Gong²

漂在香港

按照港漂自己嘅統計,返歸、出國、留港
各佔三分之一。

職場上,有啲人同期待出現落差。

生活上,覺得好難融入呢個社會。

打拚咗幾年,仲係原地踏步。

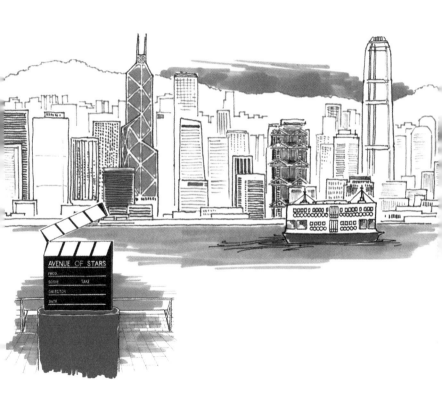

AVENUE OF STARS

PROD.

SCENE   TAKE

DIRECTOR

DATE

香港話

Tung⁴ beg¹ piu¹ m⁴ tung⁴ gé³ hei⁶, piu¹ hei² Hêng¹ Gong²
同　北　漂　唔　同　嘅　係，漂　喺　香　港

gé³ noi⁶ déi⁶ yen⁵ nan⁴ yi⁵ yeo⁵ guei¹ sug⁶ gem². Hou² do¹ yen⁴ gog³
嘅　內　地　人　難　以　有　歸　屬　感。好　多　人　覺

deg¹, Hêng¹ Gong² ji² hei⁶ yed¹ go³ zung¹ jun² zam⁶, ké¹ ngeo⁴ wen²
得，香　港　只　係　一　個　中　轉　站，騎　牛　搵

ma⁵ zé¹, dün⁶ dün⁶ m⁴ wui⁵ hei⁶ zêu³ zung¹ gé³ log⁶ gêg³ déi⁶. Dig¹
馬　啫，斷　斷　唔　會　係　最　終　嘅　落　腳　地。的

kog³, ngon³ jiu³ gong² piu¹ ji¹ géi² gé³ tung² gei³, fan¹ guei¹, cêd¹ guog³,
確，按　照　港　漂　自　己　嘅　統　計，返　歸、出　國、

leo⁴ gong² gog³ jim³ sam¹ fen⁶ ji¹ yed¹. Dim² gai² yeo⁶ wui⁵ gem² gé²?
留　港　各　佔　三　分　之　一。點　解　又　會　噉　嘅？

Yun⁴ yen¹ bed¹ ngoi⁶ lêng⁵ go³. Yed¹, jig¹ cêng⁵ sêng⁶, yeo⁵ di¹ yen⁴
原　因　不　外　兩　個。一，職　場　上，有　啲　人

hei² Hêng¹ Gong² gé³ gung¹ zog³ gong¹ wei⁶⁻² tung⁴ kéi⁴ doi⁶ cêd¹ yin⁶
喺　香　港　嘅　工　作　崗　位　同　期　待　出　現

log⁶ ca¹, wag⁶ zé² xig¹ ying³ m⁴ dou³⁻² gig¹ lig⁶ ging⁶ zeng¹ so² dai³ lei⁴
落　差，或　者　適　應　唔　到　激　烈　競　爭　所　帶　嚟

gé³ ngad¹ lig⁶ tung⁴ fen¹ wei⁴. Yi⁶, seng¹ wud⁶ sêng⁶, gog³ deg¹ hou²
嘅　壓　力　同　氛　圍。二，生　活　上，覺　得　好

nan⁴ yung⁴ yeb⁶ ni¹ go³ sé⁵ wui⁶⁻². Yu² yin⁴ guan¹ m⁴ hou² guo³. Séng⁴
難　融　入　呢　個　社　會。語　言　關　唔　好　過。成

yed⁶ dou¹ hei⁶ "xig¹ téng¹ m⁴ xig¹ gong²". Sé⁵ gao¹ lei⁴ gong², zeo⁶
日　都　係　"識　聽　唔　識　講"。社　交　嚟　講，就

mou⁵ yé⁵ hou² king¹, gag³ zo² yed¹ ceng⁴ gem². Gong² dou³ ju⁶, zung⁶
冇　嘢　好　傾，隔　咗　一　層　噉。講　到　住，仲

cam². Ju⁶ guan³ dai⁶ ngug¹ gé³ beg¹ fong¹ yen⁴, zung² gog³ deg¹ Hêng¹
慘。住 慣 大 屋 嘅 北 方 人，總 覺 得 香

Gong² gé³ leo⁴⁻² tai³ big¹ zeg¹， yi¹ cé² zou¹ gan¹ guo³ deg¹ hêu³ gé³ dan¹
港 嘅 樓 太 逼 仄，而 且 租 間 過 得 去 嘅 單

wei⁶⁻² dou¹ man⁶ man⁶⁻² séng¹. Gong² wo¹ gêu¹, hei⁶ kua¹ zêng¹ di¹,
位 都 萬 萬 聲。講 蝸 居，係 誇 張 啲，

dan⁶ qi² zung¹ hei⁶ bed¹ song². Da² ping³ zo² géi² nin⁴, zung⁶ hei⁶ yun⁴
但 始 終 係 不 爽。打 拼 咗 幾 年，仲 係 原

déi¹ dab⁶ bou⁶, m⁴ dou³ néi⁵ m⁴ nem² ga³ leg³.
地 踏 步，唔 到 你 唔 諗 㗎 嘞。

普通話

　　跟北漂不同的是，漂在香港的內地人很難有歸屬感。很多人覺得，香港只是一個窺伺可乘之機的中轉站，絕對不會是歸宿地。的確，按照港漂自己的統計，回內地、出國、留港各佔三分之一。為什麼會是這樣？原因不外兩條。一，職場上，有些人在香港的工作崗位跟期待出現落差，或者適應不了激烈競爭所帶來的壓力和氛圍。二，生活上，覺得很難融入這個社會。語言關不好過。來來去去都是"能聽懂，説不了"。就社交來説，就沒法兒交流，隔了一層似的。説起住，更不是滋味。習慣住大房子的北方人，總覺得香港的樓房太小，而且要租一套過得去的單元房，租金就過萬。説蝸居，是誇張了點兒。但心情就是不爽。打拼了幾年，還是原地踏步，你就不能不考慮的了。

騎牛搵馬

ké⁴ ngeo⁴ wen² ma⁵

習用語

- **釋** 騎着牛找馬。比喻暫且安於現狀，等待更好的機會。

- **例** 一步一步嚟，心急冇用。騎牛搵馬先啦。**普** 一步一步來，別心急。先這麼着，然後等待機會好了。

斷斷唔會

dün⁶ dün⁶ m⁴ wui⁵

複合動詞

- **釋** "斷斷"表示"絕對"，即絕對不會

- **例** 我了解佢，斷斷唔會做出嘅嘅蠢事。**普** 我了解她，絕對不會做出這樣的傻事兒。

返歸 fan¹ guei¹

動詞

- **釋** 回家

- **例** 幾時返歸？**普** 什麼時候回家？

識 xig¹

動詞

- **釋** 會；認識

- ① **粵** 落嚟香港，要識英文，仲要識埋廣東話。**普** 來香港，要懂英語，還要懂粵語。

- ② **粵** 我識佢，唔識佢細佬。**普** 我認識他，不認識他的弟弟。

傾 king¹

動詞

- **釋** 交談；討論

- ① **粵** 得閒傾吓。**普** 有空兒聊聊。

- ② **粵** 我哋傾緊個計劃。**普** 我們正討論那個計劃。

隔咗一層

geg³ zo⁵ yed¹ ceng⁴

動詞結構

- **釋** 比喻有某種隔閡，無法直接溝通

- **粵** 由於文化差異，初初大家唔係傾得好埋，好似隔咗一層嗽。

- **普** 由於文化差異，剛開始大家談得並不暢快，好像有一堵牆分隔開。

慘 cam²

形容詞

- **釋** 不幸

- **粵** 佢就慘囉，畀人打咗荷包。

- **普** 他真倒霉，給人偷了錢包。

無形中 mou⁴ ying⁴ zung¹

副詞

- **釋** 實際上

- **粵** 老闆同你升職，要你做嘅嘢多咗，無形中係減你薪啫。**普** 老闆給你升職，要你幹的活兒多了，那實際上是減了你的工資。

逼仄 big¹ zeg¹　　　　形容詞

釋 空間窄小

粵 佢哋一家五個人，住得好逼仄。

普 他們一家五口人，住得很擠。

man⁶ man⁶⁻² séng¹
萬 萬 聲　　　　形容詞

釋 "聲" 表示強調數目之大

① 粵 而家買對名牌波鞋千千聲
　　噪。普 現在一雙名牌球鞋得上
　　千塊。

② 粵 而家兩個人去轉台灣玩都成
　　萬萬聲。普 現在兩個人跑轉台
　　灣也得一萬塊以上。

m⁴ dou³ néi⁵ m⁴
唔到你唔　　　　動詞結構

釋 迫於無奈，你不能不

粵 工廠趕貨，唔到你唔 OT。

普 工廠趕工，你不能不加班。

你知啦 néi⁵ ji¹ la¹　　話語標記

釋 你懂的

粵 你知啦，冇外國博士學位好難
　　入香港嘅大學教書喍。普 沒有
　　外國博士學位很難在香港的大
　　學任教的，這你懂的。

拉記 lai⁶ géi³　　　　名詞

釋 "記" 是後綴，泛指處所，如 "M
　　記" 指麥當勞；"拉" 是圖書館
　　的英文第一音節的譯音；即指
　　"圖書館"，屬大學生校園用語。

粵 考試期間，拉記由朝早七點開
　　放到晚黑十二點。普 考試期
　　間，圖書館從早上七點開放到
　　晚上十二點。

啩 gua³　　　　句末助詞

釋 表示懷疑；不確定

① 粵 係佢？一唔係啩？
　　普 是他？一不是吧。

② 粵 個會幾時開？一聽講話喺月
　　底啩。普 會議什麼時候開？一
　　聽說好像是在月底開。

阿 Sir a³ sê⁴　　　　名詞

釋 指 "老師"

① 粵 阿 Sir，我哋嘅成績點呀？
　　普 老師，我們的成績怎麼樣？
　　（面稱）

② 粵 佢哋班嘅阿 Sir 好好人，有
　　問必答。普 他們班的老師很不
　　錯，有問必答。（背稱）

3 微型會話 🎧20-3

❶ 融入香港：求學

甲：Dim² a³?　Lei⁴ zo² Hêng¹ Gong² bun³ nin⁴,
點呀？嚟咗　香　港　半年，
怎樣？來了香港半年，

xig¹ m⁴ xig¹ ying³ deg¹ dou³⁻² ni¹ dou⁶ gé³ hog⁶ zab⁶ wan⁴ ging² a³?
適唔適　應　得　到　呢度嘅學　習　環　境呀？
能適應這兒的學習環境嗎？

乙：Géi² hou². Hou² coi² log⁶ lei⁴ ji¹ qin⁴ zou³ zug¹ gung¹ fo³.
幾　好。好　彩落嚟之前　做　足　功　課。
還好，幸虧到來之前做好功課。

Yed¹ ha⁵ xig¹ ying³ m⁴ dou³⁻² dou¹ ji¹ dou³ hei² bin¹ dou³ wen² ji¹ liu⁶⁻².
一　吓適　應　唔到　都知道喺邊　度　搵資料。
一下子適應不了也知道在哪兒找資料。

甲：Dim² yêng⁶⁻² léi⁶ yung⁶ ni¹ dou⁶ gé³ gao³ hog⁶ ji¹ yun⁴ hou² zung⁶ yiu³,
點　樣　利　用　呢度嘅教　學　資　源　好　重　要，
怎樣利用這兒的教學資源很重要，

zêng² ngag¹ deg¹ hou² mou⁴ ying⁴ zung¹ zeo⁶ yeo⁵ ju² dung⁶ kün¹.
掌　握　得　好　無　形　中　就　有主　動　權。
掌握得好就等於有了主動權。

乙：Ngo⁵ zêu⁶ dai⁶ gé³ tei² wui⁶ zeo⁶ hei⁶ ni¹ dou⁶ gé³ hog⁶ zab⁶, sêng⁶⁻² tong⁴,
我　最　大嘅體　會　就　係　呢度嘅學　習、上　　堂、
我最大的體會就是這兒的學習、上課和

keo¹ tung¹ mou⁴ xig¹ tung⁴ noi⁶ déi⁶ hou² m⁴ tung⁴.
溝　通　模　式　同　內地　好　唔　同。
溝通模式跟內地十分不同。

甲：Ni¹ dou⁶ gé³ ju² dung⁶ kün¹ hei⁶ hei² hog⁶ seng¹ dou⁶,
呢度嘅主　動　權　係　喺　學　生　度，
這兒的主動權是在學生那邊，

yi⁴ m⁴ hei⁶ séng⁴ yed¹ deng² a³　　sê⁴ men² néi⁵ men⁶ tei⁴.
而　唔係　成　日　等阿 Sir 問　你　問　題。
而不是老等着老師問你問題。

乙：Ling⁶ ngoi⁶ né¹,　néi⁵ tei⁴ men⁶ tei⁴,　a³　sê⁴ jing⁶ hei⁶ wui⁶ yen⁵ dou⁶ néi⁵ ji⁶ géi²
另　外　呢，你提　問　題，阿 Sir 淨　係　會　引　導　你　自己
另外嘛，你提問題，老師只會引導你自己

216

hêu⁶ fad³ gued⁶, yen¹ wei⁶ hou⁶ do¹ men⁶ tei⁴ hei⁶ mou⁵ gu³ ding⁶ dab³ ngon³ gé¹.

去 發 掘，因為 好 多 問 題 係 冇 固 定 答 案 嘅。

去發掘，因為很多問題是沒有固定的答案的。

Gem² gé¹ hog⁶ fad³，wui⁵ bong¹ ji⁶ géi² dug⁶ leb⁶ xi¹ hao²，gin¹ leb⁶ ji⁶ sên³，

甲： 噉 嘅 學 法，會 幫 自 己 獨 立思考，建 立 自信，

這樣學法，會幫助自己獨立思考，建立自信，

qing¹ xig¹ ji⁶ sen¹ fad³ jin² gé¹ fong¹ hêng³.

清 晰 自 身 發 展 嘅 方 向。

清晰自身發展的方向。

Zung⁶ yiu³ zên⁶ fai³ hog⁶ xig¹ gong² yud⁶ yu⁵.

乙： 仲 要 儘 快 學 識 講 粵 語。

還要儘快會說粵語。

Hao⁶ yun⁴ lêu⁵ min⁶ gé¹ yud⁶ yu⁵ tung⁴ sé⁵ wui⁶·² sêng⁶ gé³ yud⁶ yu⁵ m⁴ tung⁴ ga³.

校 園 裏 面 嘅 粵 語 同 社 會 上 嘅 粵 語 唔 同 㗎。

校園裏面的粵語跟社會上的粵語是不同的。

Dim² m⁴ tung⁴ fad³?

甲： 點 唔 同 法？

怎麼不同？

Kêu⁵ déi⁵ hou² zeb⁶ guan³ zung¹ ying⁴ gab³ zab⁶，yi¹ cé² wui⁵ wen⁶ heb⁶ lei⁴ yung⁶，

乙： 佢 哋 好 習 慣 中 英 夾 雜，而 且 會 混 合 嚟 用，

他們很習慣中英夾雜，而且會混合來用，

péi³ yu⁴ gong² "lai¹ géi³"， jig¹ hei⁶ tou⁴ xu¹ gun³.

譬 如 講 "拉 記"， 即 係 圖 書 館。

譬如說 "拉記"，就是圖書館。

❷ 融入香港：求職

甲：**你 出 年 呢 個 時 候 就 畢 業 囉噃，有 乜 打 算 呀？**
Néi⁵ cêd¹ nin⁴⁻² ni¹ go³ xi⁴ hou⁶ zeo⁶ bed¹ yib⁶ lo³ bo³， yeo⁵ med¹ da² xun³ a³?
你明年這個時候就要畢業了，有什麼打算沒有？

乙：**仲 早，出 年 三 四 月 份 做 畢 業 論 文，**
Zung⁶ zou², cêd¹ nin⁴⁻² sam¹ séi³ yud⁶ fen⁶ zou⁶ bed¹ yib⁶ lên⁶ men⁴⁻²，
還早，明年三四月份做畢業論文，

五 月 份 去 諗 都 未 遲。
ng⁵ yud⁶ fen⁶ hêu¹ nem² dou¹ méi⁶ qi⁴.
五月份去考慮還不晚。

甲：**遲 嘞，會 好 被 動 㗎。出 年 元 旦 一 過，**
Qi⁴ leg³, wui⁵ hou² béi⁶ dung⁶ ga³. Cêd¹ nin⁴⁻² yun⁴ dan³ yed¹ guo³,
晚了，會很被動的。明年元旦一過，

就 要 諗 掂 㗎 嘞。
zeo⁶ yiu³ nem² dim⁶ ga³ leg³.
就要考慮清楚了。

乙：**使 唔 使 咁 緊 張 呀？**
Sei² m⁴ sei² gem³ gen² zêng¹ a³?
用得着這麼着急嗎？

甲：**你 諗 住 返 內 地 定 係 留 港 發 展 先？**
Néi⁵ nem² ju⁶ fan¹ noi⁶ déi⁶ ding⁶ hei⁶ leo⁴ gong² fad³ jin² xin¹?
你打算回內地還是留港發展？

定 係 兩 邊 都 求 職？
Ding⁶ hei⁶ lêng⁵ bin¹ dou¹ keo⁴ jig¹?
還是兩邊都求職？

乙：**留 港 發 展 機 會 大 啲 啩。**
Leo⁴ gong² fad³ jin² géi¹ wui⁶ dai⁶ di¹ gua³.
留港發展機會大一點兒吧。

甲：**噉，你 就 要 好 好 諗 吓 能 唔 能 夠 適 應 到**
Gem², néi⁵ zeo⁶ yiu³ hou² hou² nem² ha⁵ neng⁴ m⁴ neng⁴ geo³ xig¹ ying³ dou³
那麼，你現在就要好好兒考慮考慮是否能適應

香 港 嘅 工 作 強 度 同 工 作 文 化 囉噃。
Hêng¹ Gong² gé³ gung¹ zog³ kêng⁴ dou⁶ tung⁴ gung¹ zog³ men⁴ fa³ lo³ wo³.
香港的工作強度和工作文化了。

Hou², do¹ zé⁶ néi⁵ gé³ tei⁴ séng².

乙：好，多謝你嘅提醒。

好，謝謝你的提醒。

Néi⁵ ji¹ la¹, yi⁴ ga¹ wen² gung¹ hou⁴ nan⁴. Néi⁵ bed¹ fong⁴ yeo⁴ dei² ceng⁴ zou⁶ héi²,

甲：你知啦，而家搲 工 好 難。你 不 妨 由 底 層 做 起，

你懂的，現在找工作很難。你不妨從基層做起，

m⁴ hou² ha⁵ ha⁵ kêng⁴ diu⁶ hog⁶ lig⁶ tung⁴ sen¹ ceo² gé³ log⁶ ca¹.

唔好吓吓強 調 學 歷 同 薪 酬 嘅 落差。

不要老是強調學歷和薪酬的落差。

Hei⁶, ngo⁵ dou¹ téng¹ gong² guo³ hou² do¹ yeo⁵ bog³ xi⁶ hog⁶ wei⁶⁻² gé³ yen⁴ pai⁴ gen² dêu⁶⁻² ga¹.

乙：係，我 都 聽 講 過 好 多 有 博 士 學 位 嘅 人 排 緊 隊 㗎。

是，我聽說過很多持有博士學位的人正在排着隊呢。

4 鬼馬詞語話你知：□（hea³）

　　隨着"宅"、"宅男"、"宅女"的出現，香港話相應地出現了有音無字的□（讀作 hea³），形容一種儘量不消耗體力、儘量不動用腦筋的生存狀態。基本意義有二：

❶ 宅在家裏不出門

例：外面落雨，成個週末□喺屋企煲碟追劇。抽象一點兒可以説：個仔寧願□喺屋企都唔搲工。

❷ 做事漫無目的，得過且過

例：公司嘢□吓□吓咁做，博炒呀？又：啲嘢係咁□住嚟做，點得㗎？